막장

크레도 퓨전 판타지 장편소설
WISHBOOKS FUSION FANTASY STORY

악역이 되다

 9

크레도 퓨전 판타지 장편소설

초판 1쇄 찍은 날 | 2020년 7월 16일
초판 1쇄 펴낸 날 | 2020년 7월 23일

지은이 | 크레도
펴낸이 | 권태완 우천제

기획 | 위시북스
편집책임 | 한준만
편집 | 위시북스

펴낸곳 | ㈜케이더블유북스
등록번호 | 제25100-2015-43호
등록일자 | 2015. 5. 4
KFN | 제2-41호

주소 | 서울시 구로구 디지털로31길 38-9, 401호
전화 | 070-8892-7937 팩스 | 02-866-4627
E-mail | fantasy@kwbooks.co.kr

ⓒ크레도, 2019

ISBN 979-11-293-5971-1 04810
       979-11-293-4389-5 (set)

Wish
Books

막장 악역이 되다

크레도 퓨전 판타지 장편소설

WISHBOOKS FUSION FANTASY STORY

9

막장
악역이 되다

·CONTENTS·

✦ Chapter1 ✦
우주적 로맨스

　진우는 바로 이동했다. 먼저 신성 연합 쪽의 행성에 구출한 군인들을 내려놓았다. 바로 깨우지 않고 릴리스의 능력을 이용해 기억을 조작했다.

　그중에 라티카가 있다는 게 의외였다. 신성 연합이 도와줘서, 중간에 탈출했다는 그런 스토리를 만들었다.

　모두 바퀴벌레의 채액이 몸속에 남아 있어 깊은 수면 상태였다. 깨어나려면 시간이 조금 걸린다고 한다. 릴리스에게 라티카와 군인들을 맡기고 다크 아이로 이동했다.

　죽음의 별을 다크 아이의 궤도로 옮겨 위성으로 만들었다. 계산은 이미 끝나 있었기에, 바로 빠르게 자리를 잡았다.

　"업데이트인가?"

　"암흑제국에 어울리는군."

　슬쩍 플레이어들의 반응을 보니 나쁘지 않았다. 죽음의 별은 기괴한 모양새이기는 하지만, 멀리서 보니 그럭저럭 괜찮았다. 특히 밤에는 항성의 빛을 받아 좋은 조명이 되어주었다. 다크 아이의 도시와 어울리며 낭만적이었지만 암흑제국의 플레이어들은 그런 쪽과 거리가 멀었다.

어째서인지 모두 이성과 인연이 전혀 없었다.

여자친구! 남자친구!

그들에게는 전설에나 나오는 존재였다.

"음, 좋군. 자질이 있어."

"감사합니다!"

"세상은 혼자 사는 것이다. 이유 없이 다가오는 이성은 없다! 명심하도록."

"네! 사부님! 유혹에 흔들리지 않겠습니다!"

세라에게 여러 가지를 가르치고 있는 남자는 양손검의 모습이 보였다. 남자는 양손검뿐만 아니라 다른 플레이어들도 세라에게 아낌없이 베풀었다. 세라는 어느덧 아이돌 비슷한 존재가 되어 있었다.

페로가 그 광경을 보고는 감탄했다.

"과연, 강한 전사들답군요."

"뭐가?"

"이성에 대한 갈망을 파괴와 신념으로 이겨내고 있습니다."

"그런 것도 알 수 있어?"

"네, 냄새로 알 수 있습니다. 저자는 아주 강렬한 외로움을 느끼고 있군요."

"음……."

진우는 고개를 끄덕였다. 암흑제국의 플레이어들은 어쩌면 외로워서 그렇게 된 것일 수도 있다. 관심을 받고 싶어서 그렇게 과격한 행동을 보인 것인지도 모른다.

'요즘 전투가 많아졌다고 하던가.'

약탈도 많아져서 암흑제국과 신성연합은 항상 전쟁상태였다. 진우가 의도한 바가 있었지만, 요즘은 그걸 넘어 개발에 방해가 될 정도로 격렬했다. 진우는 황금의 여성회 회원과 부하들에게 페로를 소개시켜 주었다. 마침 다크 아이에 모여 있어서 빠르게 소개를 해줄 수 있었다.

모두 페로를 보며 감탄했다. 확실히 페로는 외모만 본다면 굉장히 아름다웠다. 계획적으로 만들어진 외모였기 때문에 황금의 여성회 회원 중에서도 독보적이었다.

"요정입니까?"

"와! 여신 같아요!"

유나와 루나가 감탄하면서 바라보았다. 아르카나는 고개를 갸웃하다가 흠칫했다. 페로 안에 숨겨진 소름 끼치는 모습을 감지한 것이다. 군주급이라면 모두 감지할 수 있었다. 페로와 아르카나의 눈이 마주쳤다. 페로가 고개를 숙여 인사를 한 다음, 손가락 하나를 자신의 입술에 가져다 대고 웃었다.

조용히 해달라는 제스처였다.

"오! 안녕!"

"오랜만이군요. 미궁 님. 잘 지내셨나요?"

"또 타도 됨?"

"죄송해요. 저는 대군주님이 계셔서……."

"이해함!"

미궁은 유난히 좋아했다. 협곡에서 그녀와 함께 놀았던 적이 있어서 둘은 구면이었다. 허영은 아무래도 상관없다는 듯 힐끔 보고는 술을 마셨다.

단우천이 다가왔다.

"같은 군주급인 것 같은데…… 내가 선배로군. 잘 부탁……."

페로가 웃으며 단우천을 바라보았다. 그 순간 단우천은 무언가 귀신이라도 본 것처럼 얼굴이 새파랗게 질렸다. 동공이 마구 흔들렸는데, 페로는 그에게 공손히 인사했다.

"잘 부탁드립니다. 선배님."

"아, 알겠습니다."

"부족한 점이 있다면 부디 혼내주시길 바랍니다."

"아, 아니요. 괘, 괜찮습니다. 제가 그럴 짬도 아니고."

단우천이 순식간에 사라졌다. 만약 페로가 단우천과 겨룬다면 단우천의 압도적인 패배였다. 종족의 차이를 극복하기에 단우천은 너무 나약했다.

페로는 성격이 좋아서 금세 부하들과 어울렸다.

"와! 요정족! 멋지네요. SF에 빠질 수 없지요!"

세연은 그녀답게 흥분했다. 옆에서 보고 있던 희연은 페로의 압도적인 모습에 조금 주눅이 든 것 같았다.

군주급들을 제외하면 모두 요정 종족으로 알고 있었다. 굳이 이야기해 줄 필요는 없을 것 같았다.

'그런 게 뭐가 중요하겠어.'

인성이 좋으면 된 거지!

진우는 그렇게 생각했다. 따지고 보면 자신도 최악의 존재라는 설정이 있었다.

스르릭!

페로의 발밑에서 검은 피 같은 것들이 뿜어져 나갔다. 바닥의 틈을 따라 스며들더니 건물 구석구석까지 퍼져나갔다. 다크아이에는 쥐나 도마뱀 같은 생물들이 많았는데, 건물 안에도 자주 들어왔다.

찍? 퓈.

바닥에서 가시가 치솟으며 쥐에 꽂혔다. 쥐가 부르르 떨더니 그대로 바닥으로 흡수되었다. 작은 벌레로 변해 어두운 곳으로 스며 들어갔다. 아르카나가 차를 내오다가 그것을 보고 흠칫 놀랐다. 페로는 여전히 웃을 뿐이었다.

분위기는 그 어느 때보다도 좋았다. 단우천만이 구석에서 덜덜 떨고 있을 뿐이었다.

세연에게 죽음의 별에 대해 알려주자 엄청 좋아했다. 바로 다키와 이야기를 나누며 정보를 내려받았다. 다른 박사들은 거의 환장을 했다. 델록스 제국의 기술을 분석하며 밤낮없는 하루를 보냈다. 다키의 기술지원을 받자 G&P의 기술은 비약적으로 발전하기 시작했다.

'이제 우주 세계도 꽤 안전해졌군.'

기계 군주의 잔재가 거슬리기는 했지만, 바퀴벌레 일족들이 잘 감시를 하고 있으니 괜찮을 것이다. 군주급 존재가 사라졌고, 그 자리에 암흑제국을 채워놓았다. 갑자기 적이 사라진다면, 오히려 전쟁이 발생할 수도 있었기 때문이다. 우주 세계 역사로 본다면 유례없는 인류의 위기였지만, 오히려 평화로웠다. 라이네스 왕국과 우주연합국의 영역에서 벌어졌던 소규모 분쟁도 사라졌다.

암흑제국, 그리고 바퀴벌레라는 공공의 적 때문이었다.

"우리에겐 파괴뿐이다!"

"파괴 뒤에는 아름다운 녹색 재생이 기다리고 있다!"

"은하계를 정화하자!"

암흑제국군 플레이어들은 날이 갈수록 격렬해졌다. 아예 신성 제국의 영역까지 들어와 약탈했다. 약탈만 하면 그러려니 하는데, 전함이나 건물 할 것 없이 모조리 다 파괴했다.

"와, 역겨운 숲쟁이 놈들, 또 털어갔네."

"아, 길드연합에서는 전면전 벌인다는데."

"진짜 멸종시켜야 해."

신성연합 내부에서도 전쟁을 벌이자는 쪽으로 의견이 기울어지고 있었다. 언젠가 한 번 발생할 일이기는 했지만, 지금은 조금 곤란했다. 아직 대규모 전쟁을 소화하기에는 준비가 부족했다. 현재 상태로는 이득보다 손해가 컸다.

'그렇다고 강제적으로 막을 수도 없고……'

강제적으로 자유도를 제안하는 건 뉴월드와 어울리지 않았다. 오히려 더 곪아버릴 가능성이 컸다. 진우가 잠시 생각에 빠져 있을 때 페로가 다가왔다.

"대군주님. 드릴 말씀이 있습니다."

진우는 고개를 돌려 페로를 바라보았다.

"저희 일족의 번식속도가 너무 빨라 조절이 필요합니다."

"네가 조절할 수 있지 않아?"

"구조상 조절할 수 있는 게 아닙니다."

진우는 고개를 끄덕였다. 지배의 권능으로 바퀴벌레 일족들을 만들 때 먹고 번식하라는 의지를 불어넣었다. 그렇게 탄생했기에 그들은 자의적으로 번식을 억제할 수 없었다.

바퀴벌레 일족들은 암수의 구별 없이 먹는 것만으로 자가생식을 하는 중이었다. 번식속도가 굉장히 빨랐다. 지금은 괜찮았지만 시간이 지난다면 전 은하가 바퀴벌레 일족으로 채워질 수도 있었다.

'신경 쓸 일이 계속 터지는군.'

기계 군주를 해결하기 위해 즉흥적으로 일을 벌였더니, 문제가 발생하고 있었다. 모두 진우의 업보였다. 그렇다고 바퀴벌레 일족들을 죽일 수는 없었다. 하나하나 이성이 있는 이들이었다. 모두 진우의 부하들이었다.

"다키와 대화한 결과 해결 방법을 발견하긴 했습니다."

"뭔데?"

"대량의 생체정보를 이용해 진화하여 번식을 억제하는 방법입니다. 최적의 대상은 인간입니다."

모든 바퀴벌레 일족을 진화시키기 위해서는 아주 방대한 인간의 생체정보가 필요했다. 생체정보를 추출하는 가장 효과적인 방법은 먹어치우는 것이었다. 하지만 그건 페로도 꺼려하니 고려할 상황이 아니었다.

"오래 붙어 있는 것만으로도 가능합니다. 각질이나 머리카락 등을 흡수하면 됩니다. 타액을 얻을 수 있다면 더할 나위 없이 좋습니다."

"아바타는 안 되겠지?"

"네, 아무래도 인형인지라……."

"음……."

"죄송합니다."

진우는 고개를 저었다. 페로의 잘못이 아니었다. 잠시 생각에 빠졌다.

'전쟁…… 플레이어들을 자연스럽게 억제하고…… 생체정보라…….'

한 번에 일이 해결된다면 얼마나 좋을까?

진우는 피식 웃었다. 그러다가 무언가 생각이 났다.

"뉴월드 로맨스……."

그저 재미있을 것 같아서 구상해 봤던 계획이었다.

나만의 연인! 뉴월드 유니버스의 새로운 작품으로 플레이어들의 관심을 돌릴 수 있을 뿐만 아니라, 대량의 생체정보를 얻을 수 있었다. 그럴듯하게 속일 수 있는 방법은 많았다.

'괜찮을 것 같은데?'

문제는 바퀴벌레 일족의 의향이었다. 진우는 페로에게 구상한 계획을 알려주었다. 그러자 바로 고개를 끄덕였다.

"좋군요. 저는 1억 7,300만 개의 연애 시뮬레이션 게임에 대한 정보를 가지고 있습니다. 다키의 도움을 받아 생체정보로 변환한 상태입니다."

"그렇게 많아?"

"네, 연애 시뮬레이션 게임에도 다양한 장르가 있더군요. 순애, 타락, SF, 호러, 성인, 조금 강한 성인, 심한 성인, 심하고 격렬한 성인……."

"음, 그렇군."

무엇인지 궁금해졌다. 다음에 몰래 해보도록 하자.

"그럼 그렇게 하기로 하자."

"네, 알겠습니다. 감사합니다."

계획대로만 되면 암흑제국군 플레이어도 당분간 얌전해지지 않을까? 외로운 이들을 위로해 줄 수도 있었다.

물론, 바퀴벌레이긴 했지만.

"뭐, 닭살 커플을 보고 바퀴벌레 커플이라고도 하나……."

"정말 듣기 좋은 말입니다."

이미 그러한 말이 있는데, 큰 상관은 없을 것 같았다.

어떤 식으로 구현하면 좋을까? 뉴월드 유니버스 새로운 확장판 개념으로 접근하기로 했다. 뉴월드 유니버스에서 나만의 연인과 같이 행동하며 데이트를 할 수 있었다. 그리고 그 개념을 현실에까지 확장할 생각이었다.

그게 중요했다. 뉴월드와 현실에서는 작은 요정으로 있다가 주거 공간으로 오면 최신 홀로그램 기기를 통해 커진다는 설정을 덧붙일 생각이었다. 요정 컨셉이라 괜찮을 것 같았다.

G&P에서는 이미 촉감을 느낄 수 있는 홀로그램을 선보인 상태였다.

'이미 NPC에게 익숙해졌으니 괜찮겠지.'

G&P는 지금까지 상식을 벗어난 엄청난 일들을 해왔다.

홀로그램 TV, 현실과 구분이 되지 않는 가상현실, 3년 동안 갈지 않아도 되는 배터리 등, 세상에 많은 충격을 주었다. G&P의 최신 기술이라고 우기면 모두 이해할 것이다. 진우의 계획을 듣자마자 모든 연구원들이 달라붙어 기술 개발에 들어갔다. 세연이 가장 적극적이었다. 김대진 박사와 연구원들도 열정적으로 임했다.

바퀴벌레 일족의 정체를 알게 되자 둘은 더욱 열광했다. 완전 사악한 음모였기 때문이다! 페로도 연구실에 머물며 도움을 주었고, 무엇보다 다키의 도움이 컸다.

그 결과는 바로 나왔다. 진우가 다크 아이에 있는 연구실에 오자 세연과 김대진 박사가 달려왔다. 둘은 여전히 암흑제국군 복장이었다.

"폐하! 오셨군요!"

"저 킨대르진이 모시겠습니다."

김대진 박사는 이미 암흑제국의 킨대르진 박사가 되어 있었다. 세연과 김대진 박사가 개발한 장치들을 가지고 왔다. 바로 발매해도 무리가 없을 정도로 완성된 형태였다.

둥그런 형태의 장치가 보였다. 김대진 박사가 설명해 주기 시작했다.

"이게 바로 요정 접속기가 달린 부화장치입니다."

"부화장치?"

"네, 흐흐흐. 사람들이 바퀴벌레 요정을 처음 만나게 될 장소이기도 하지요."

페로가 다가와 공손히 인사를 올리고는 품에서 알 하나를 꺼냈다. 김대진 박사는 황홀하다는 듯 그 알을 바라보았다.

"페로 님이 거대하고 아름다운 생명체를 이렇게 알 형태로 압축시켰습니다! 오오오! 이 환상적인 모습을 보십시오!"

김대진 박사는 이미 컨셉과 하나가 되었다. 누가 봐도 암흑제국의 매드 사이언티스트였다.

김대진 박사가 페로에게 알을 받아 부화장치 위에 올려놓았다.

"이곳에서 일주일 동안 사용자의 성향을 완벽히 파악하여 최적의 형태로 부화하게 됩니다! 사용자의 성향과 1억 7,300만 개의 방대한 정보를 조합하여 사용자에게 딱 맞는 나만의 연인이 탄생하는 것이지요!"

"그렇군. 그런데 일주일이나 걸리나?"

진우의 말에 옆에 있던 세연이 강력하게 고개를 끄덕였다.

"그 간절한 기다림! 일주일 동안 애간장을 태우며 괴로워하는 사람들의 모습을 보고 싶었습니다!"

"……그래."

부화장치가 가동되자 바퀴벌레 알, 아니, 요정의 알이 깨지며 아름다운 요정이 나타났다. 요정은 기간제 대여였기 때문에 분해를 시도할 경우에는 엄청난 위약금을 물게 된다. 바퀴벌레들은 빔을 아무렇지도 않게 팅겨낼 정도니 파손 걱정은 하지 않아도 되었다. 바퀴벌레 요정이 인사를 하고 방긋 웃었다. 책상 위를 다다다 하고 뛰어가다가 넘어졌다.

약간 허당끼가 있다는 설정이었다. 다시 일어나 부화장치 위에 올라가자 안으로 사라졌다. 플레이어가 뉴월드에 접속할 때, 바퀴벌레 요정도 부화장치에 달린 접속기 안으로 들어가야 뉴월드에 나타날 수 있다는 설정이었다.

파손될 경우를 대비하여 자폭 장치도 달려 있었다.

"이 부분은 대군주님의 도움이 필요합니다."

"음, 마침 다키도 있으니 문제 될 건 없어."

차원과 차원을 넘는 일은 진우가 도움을 주어야 했다. 지배의 권능과 악마의 눈, 죽음의 별, 성소의 힘 빌리면 문제가 될 건 없었다. 때에 따라서 조금 시간이 걸리거나 이동이 불가능하기는 하겠지만, 그 정도는 어색하지 않을 것이다.

김대진 박사가 홀로그램 장치를 보여주었다.

"이걸 집이나 원하는 공간에 설치하고 가동시키면……."

홀로그램 장치에서 빛이 뿜어져 나오며 접속기에 닿았다. 아름다운 빛무리와 함께 요정이 완벽한 인간 형태가 되어 나타났다. 약간 홀로그램처럼 반투명한 느낌이 났다.

"실제로 커진 것이지만, 홀로그램처럼 보이도록 하였습니다. 마계의 기술이 들어갔으니 들킬 염려는 없습니다."

무려 아티팩트 기반으로 만들어진 만질 수 있는 홀로그램이었다! 어느 정도 제약이 있긴 하지만 말이다.

"또 다른 지구 버전은 오로지 홀로그램 형태만을 이용할 생각입니다. 만화나 게임 속 히로인도 구현이 가능합니다."

"음, 괜찮네."

"1인 1바퀴벌레! 저희의 숭고한 목표입니다!"

김대진 박사의 말을 들은 페로도 고개를 끄덕였다.

"인간들과는 좋은 파트너가 될 수 있을 것 같습니다. 저희 일족은 인간들을 매우 귀여워하거든요."

"……그렇군."

뉴월드에서 요정 형태로 같이 지내다가 지구로까지 나올 수 있었다. 정이 쌓이지 않으면 이상한 것이었다. 게다가 특별한 조건에서는 인간 형태가 될 수 있었다.

'급조한 것치고는 괜찮네.'

모두 진우를 바라보았다. 진우는 고개를 끄덕였다.

테스트를 하여 부족한 부분을 보완해야 했다.

"좋아. 테스트해 보자."

바퀴벌레의 지구 습격이 시작되었다. 마침 좋은 테스터들이 있었다.

남자는양손검은 솔로였다. 친구에게 사기를 당했고, 몸까지 안 좋아 연인을 만들 생각을 하지 못했다. 그렇게 살다 보니 어느덧 40대 중후반이 되었다. 지금은 뉴월드 덕분에 유명인이 되어 살 만했다. 삶의 질은 점점 올라갔지만, 그럴수록 외로움을 느꼈다. 그에게는 뉴월드만이 전부였다. 현실에서는 가족도 친구도 존재하지 않았다.

'나에게는 뉴월드가 있으니…….'

뉴월드를 할 때는 외롭지 않았다. 나약한 신성연합 놈들의 뚝배기를 부수며 희열을 느꼈다. 그러나 로그아웃하여 현실로 돌아오면 외로움이 밀려왔다. 불이 꺼진 방, 그리고 지독하게 사무치는 정적. 창문에 쳐놓은 커튼은 늘 그대로였다. 식은 밥을 꾸역꾸역 먹고 다시 뉴월드로 들어가는 게 그의 일상이었다. 외로움을 극복하려 시작한 게 방송이었다. 그러나 외로움은 여전히 채워지지 않았다.

밖으로 언제 나갔는지 기억조차 나지 않았다. 남자는양손검은 배달음식을 시키고 침대에 앉았다. 잠시 그렇게 있을 때였다. 핸드폰에 문자가 왔다. 광고 문자겠거니 하면서 살펴보니 G&P에서 온 것이었다.

막장 악역이되다 9

[남자는양손검 님! 뉴월드 : 로맨스 서비스가 시작되었습니다. 베타 테스트에 참여할 수 있습니다. 참여하겠습니까?]

뉴월드라면 무조건 참여해야 했다. 새로운 확장판일까? 남자는양손검은 일단 참여하겠다고 답장을 보냈다.

'벌써 왔나?'

음식 배달이 벌써 온 것일까? 문을 여니 정장을 입은 남자가 큰 박스를 가지고 서 있었다.

"남자는양손검 님, 안녕하십니까? 뉴월드 로맨스 팀장 노우정입니다. 베타 테스트에 참여해 주셔서 정말 감사합니다."

"아…… 네."

"안에 사용설명서가 동봉되어 있으니, 그대로 따라 하시면 됩니다. 좋은 시간 되시길 바랍니다."

김우정 팀장은 상자를 넘기고 사라졌다. 남자는양손검은 고개를 갸웃하다가 상자를 열어보았다. 커다란 알과 둥근 형태의 무언가가 있었다. 스피커 같은 모양이었는데, 디자인은 굉장히 세련되어서 장식물로 써도 될 것 같았다.

남자는양손검은 설명서를 읽어보았다.

'부화장치에 알을 올려놓고 일주일이 지나면 요정이 나온다고?'

말이 안 되는 이야기였다.

[요정의 알에게 다정하게 이야기를 걸어주세요! 요정의 알은 기억할 것입니다.]

그런 설명도 붙어 있었다. 남자는양손검은 피식 웃고는 고개를 저었다. 그래도 G&P에서 온 것이니 부화장치를 설치하고 알을 올려놓아 보았다. 은은한 빛이 뿜어져 나오고 있어 그냥 보기 좋았다.

"G&P라고 하더라도……."

요정이라니 그건 말이 되지 않았다. 남자는양손검은 다시 웃어넘기고는 뉴월드에 접속했다.

꿈틀!

그가 뉴월드에 접속하자 알이 꿈틀거렸다. 그의 집 안에 가득했던 바퀴벌레들이 사라진 건 그때부터였다.

시간이 지나고 일주일이 되었다. 남자는양손검이 화장실에서 나오며 알을 바라볼 때였다.

콰드득!

알이 깨지기 시작했다! 균열이 생기더니 펑! 소리와 함께 깨졌다. 사방으로 파편이 흩날렸다. 마치 보석처럼 반짝였다.

알이 있던 곳에는 두 손을 모으고 있는 작은 요정이 있었다. 남자는양손검은 멍한 표정으로 그 광경을 바라보았다. 빛무리에 감싸여 있는 모습은 신성해 보이기까지 했다.

두 눈을 감고 있던 요정이 자리에서 일어나더니 부화장치에 달린 스위치를 눌렀다. 그러자 빛이 사라졌다.

"안 돼. 전기를 아껴야지."

"……응?"

"여기저기 다 켜놓고 다니면 안 돼."

요정이 날개를 퍼덕이며 날아오르기 시작하더니 방과 거실을 돌아다녔다. 스위치를 눌러 화장실과 거실의 불을 껐다. 그리고 커튼을 걷었다. 밝은 햇살이 집안으로 들어왔다. 창문을 열더니 바닥에 널브러져 있는 옷들을 세탁기에 넣었다.

남자는양손검은 반쯤 넋이 나갔다. 손바닥만 한 작은 요정이 이리저리 날아다니고 있었다. 게다가 집안일을 하고 있었다. 몸이 작아 힘들 법도 한데, 그런 기색은 없었다.

요정은 남자는양손검에게 날아왔다. 조금 화가 난 듯한 표정이었다.

"설거지는 바로 해야 해. 듣고 있어?"

"으, 응? 아……."

"라면만 먹는 거야?"

"그…… 귀찮아서…… 모, 몸도 불편하고……."

요정이 남자는양손검을 빤히 올려다보았다. 그러고는 한숨을 내쉬었다. 요정이 손을 내밀어보라는 제스처를 취했다.

남자는양손검이 손바닥을 내밀자 요정이 그 위로 올라갔다. 그러고는 손가락을 깨물었다.

"으엇!?"

"엄살은……."

요정이 손바닥에 앉아서 고개를 끄덕였다.

"영양상태를 분석해 봤는데, 심각해."

"그, 그래?"

"응. 살아 있는 좀비 수준! 진짜 좀비가 되어버린다구!"

요정이 무서운 얼굴로 두손을 들며 위협하자 남자는양손검이 어이가 없어 피식 웃었다. 아파 오는 허리 탓에 절뚝이며 걸어 침대에 앉았다. 치료를 받아 걸어 다닐 수 있는 수준이지만, 오랫동안 병원에 가지 않아 차도가 없었다.

"약은 꼬박꼬박 먹고 있어?"

"아…… 귀찮아서……."

"죽고 싶은 거야? 죽기 전에 내가 죽여줄까?"

"으, 으음……."

남자는양손검이 시선을 슬쩍 피했다. 요정이 주먹을 쥐고는 날아올랐다.

펔펔!

남자는양손검을 패기 시작했다.

"아, 아파! 아프다고!"

"아프라고 때리는 거야."

"으아악! 아, 알았어. 먹을게."

바로 약을 들고 오자 요정이 만족한 표정이 되었다. 요정이 페트병을 들고 컵에 물을 따라주었다. 남자는양손검은 약을 먹고는 요정을 바라보았다.

"그…… 뭐라고 불러야 해?"

"나? 딱히 이름은 없는데. 아! 이름 지어줘."

"음…… 요정은주먹맛?"

"장난하냐?"

사전까지 들고 와서 어울릴 만한 이름을 찾기 시작했다. 같이 진지하게 고민했다. 서로 닮은 점이 꽤 있었다. 고민 끝에 윈디라는 이름으로 정했다. 무난한 느낌이라 괜찮았다.

남자는 양손검의 본명은 김한손이었다.

"한손아. 왜 닉네임이 그따구야?"

김한손은 뭐라 대답할 수 없었다. 윈디가 부화장치를 조작하더니 무언가를 꺼냈다. 방안과 거실에 조그마한 장치를 설치하고 부화장치로 왔다. 윈디가 안으로 들어가니 설치한 장치가 빛을 뿜어냈다.

"짠!"

"커, 커졌어?"

"엄청나지? G&P의 기술력은 우주 최고야."

김한손은 커진 윈디를 보며 넋이 나갔다. 여전히 소녀의 모습이기는 하지만, 사람이 되었다! 자세히 보니 홀로그램 티가 나긴 했다. 살짝 손을 뻗어 윈디의 팔을 눌러보았다.

"어?"

촉감이 느껴지자 당황했다. 윈디가 손가락을 꿈틀하더니 씨익 웃었다.

"이런 것도 된다."

"어억!"

윈디가 달라붙어 간지럽혔다. 김한손은 결국 참지 못하고 웃을 수밖에 없었다. 김한손과 윈디의 동거가 시작되었다. 뉴월드로 로그인하고 기다리자 윈디가 나타났다. 테스터를 꽤 뽑았기에, 요정을 달고 다니는 플레이어들이 가끔 보였다.

"한손아, 근데 왜 벗고 다녀?"

"……으음."

"녹색 팬티라니…… 변태구나."

그동안 해온 짓을 떠올려 보니 차마 변명을 할 수 없었다. 요정과 알콩달콩하게 시간을 보내는 이들이 보였다. 윈디는 애교를 떠는 요정과는 성격이 완전 달랐다.

윈디와 함께 우주를 여행했다. 약탈도 하고, 신성연합 놈들의 뚝배기도 부수고, 탐사도 했다. 방송을 켤 생각이 들지 않았다. 로그아웃을 하면 웃는 얼굴로 반겨주는 윈디가 있었다. 한손은 처음으로 마음이 따뜻해졌다. 같이 지내는 시간이 길어지자 굉장히 친해졌다. 이제는 윈디가 없는 삶은 상상조차 되지 않았다.

그렇게 시간이 흘렀다. 창밖을 물끄러미 바라보고 있는 윈디가 보였다. 언제나 활발했는데, 요즘들어 기운이 없었다.

"나가고 싶어?"

"너 힘들잖아."

"이제 괜찮아."

약도 꼬박꼬박 챙겨 먹고 식사도 제대로 하니 걸을 수 있는 수준이 되었다. 한손은 밖에 나가지 않다 보니 밖이 두려워졌다. 그러나 지금은 괜찮았다. 윈디는 인터넷에서 주문한 인형옷을 입고 있었다. 윈디가 한손의 셔츠 주머니에 들어왔다.

"전함보다 좋은 것 같아."

밖으로 나갈 생각을 하니 한손의 몸이 조금 떨렸는데, 윈디의 그 말이 힘이 되었다. 한손은 집 밖으로 나왔다. 병원을 갈 때, 이사를 할 때를 제외하고는 나온 적이 거의 없었다. 노을이 지는 도시의 풍경이 그럭저럭 예뻤다. 그렇게 걷는 것만으로도 윈디는 굉장히 좋아했다.

난생처음 커피숍에 들려서 커피도 주문했다. 주변 사람들이 윈디를 신기하게 바라보았다. 이미 요정에 대한 정보가 퍼졌기에 호들갑을 떠는 사람은 없었다.

윈디는 치즈케이크를 두 손에 들고 먹었다.

"이거 괜찮네!"

한손은 윈디가 기운을 차린 것 같아 다행이라는 생각했다. 그 후 밤이 될 때까지 돌아다녔다. 뒷산에 올라 도심의 야경을 바라보았다. 둘은 잠시 말이 없었다.

"한손아. 나 없어도 잘 있을 수 있어?"

한손의 눈이 동그랗게 떠졌다. 전혀 생각하지 못한 일이었다. 그는 웬디가 기운이 없는 이유를 알게 되었다.

"아……."

"일주일 뒤에 테스트 기간 끝나는데……."

"완전히 가는 거야?"

"테스트잖아. 난 테스트 제품이야. 더 좋은 게 오겠지?"

한손은 웬디의 옆모습을 바라보았다. 슬픈 표정을 지으며 애써 웃고 있었다. 테스트 기간은 한 달이었다. 테스트가 끝나면 작동이 정지되며 부화장치와 함께 회수가 된다고 한다. 테스트 제품이니만큼 다시 만날 수 있을지 알 수 없었다.

윈디가 웃으며 한손을 바라보았다.

"한손! 내일은…… 신성연합 애들 혼내주러 가자!"

"그래."

"그리고 모레는……."

둘은 일주일 계획을 세웠다. 누가 들으면 말도 안 되는 계획이었다. 일부러 어렵고 허황된 계획을 잡았다. 신성연합 길드에 쳐들어갔다. 언제나 거슬렸던 놈들이었다.

"어억! 미, 미친!"

"서, 선글라스를 낀 요정…… 녹색 팬티……!"

"남자는 양손검과 미친 요정! 아, 안 돼! 우린 죽었어."

"도, 도망쳐!"

한손을 피해 도망치는 신성연합의 플레이어들은 막다른 길에 이르자 절망했다. 붉은 검기가 뿜어져 나가며 어두운 주변을 비추었다.

"으악! 왜, 왜 이러는 거야! 우, 우리가 무슨 잘못을 했다고."

"풍경을 어지럽혔다."

"우린 쓰레기를 버린 것밖에 없어! 그것도 지정된 장소에 버렸다고!"

"분리수거는 중대사항이다."

"미, 미친……!"

서걱!

신성연합 플레이어의 목이 떨어졌다. 윈디가 값이 나가는 물건을 잔뜩 챙겨왔다. 한손이 엄지손가락을 치켜들자 윈디도 웃으며 엄지손가락을 치켜들었다.

비싼 전함까지 탈취했다. 그 이후, 뉴월드의 핫플레이스를 돌아다니면서 약탈을 하거나 좋은 경치를 감상했다. 그를 막아서는 이들은 아무도 없었다. 모두 죽었으니까. 여러 길드뿐만 아니라 신성제국의 도시 하나를 박살 낸 것은 전설이 되었다.

현실에서도 충실하게 보냈다. 같이 영화를 보러 가기도 했다. 난생처음 영화관에 가봤는데, 윈디가 팝콘 통 안으로 들어가 팝콘 하나를 다 먹었다. 정작 영화 내용은 기억이 나지 않았다. 일주일이 순식간에 흘렀다.

이별의 순간이 오자 한손은 그 어떤 말도 할 수 없었다. 윈디가 그의 뺨에 입을 맞추고 부화장치 안으로 들어갔다.

[작동이 정지되었습니다.]

한손은 멍한 표정이 되었다. 잠시 뒤 김우정 팀장이 직접 윈디를 회수해갔다. 전과 달리 집안은 깔끔했다. 방향제를 뿌려 향긋한 냄새가 났다. 윈디가 온 이후로 늘 이러했다.

너무나도 조용했다. 한손은 침대 위에 곱게 개어져 있는 윈디의 옷을 바라보았다.

"크흑⋯⋯."

눈물이 흘렀다. 힘든 인생을 살면서 단 한 번도 울어 본 적이 없었는데, 눈물이 마구 흘렀다. 한손은 그 자리에 무너져서 오열했다. 윈디가 사라지고 나서 뉴월드에 로그인을 하지 않았다. 윈디와 같이 걸었던 거리를 걸으면서 추억에 잠겼다. 핸드폰으로 윈디와 찍은 사진을 보다가, 인터넷에 들어가 보았다.

[제목: G&P 본사 앞 시위 예정!]

글쓴이: 돌려줘.

내일부터 G&P 본사 앞에서 시위를 할 예정입니다.

어떠한 불이익도 감수할 것입니다. 그러나 우리의 친구, 연인이 사라지게 놔둘 수는 없습니다. 소중한 시간을 보냈다면 함께해 주세요.

이진우 대표님. 이 글을 보고 계신다면 제발…….

[라무와 함께.jpg]

라무와 다시 만나고 싶습니다.

[댓글: 1,231개]

-하드디스크: 저도 참가합니다.

-돌려줘제발: 참가합니다. 하란과 이대로 헤어질 수는 없습니다.

-연대: 계속 울었습니다.

한손도 고개를 끄덕였다. 날이 밝자마자 시위 현장에 참가했다. 테스터들이 거의 모두 모인 것 같았다. 남자와 여자 반반이었는데, 모두 필사적이었다. 하지만 로맨스는 엔딩이 슬퍼야 오래 기억에 남는 법이었다.

한가롭게 시간을 보내고 있던 진우는 연구소로 와서 보고를 들었다. 김대진 박사와 페로가 나란히 서 있었다.

"테스트 결과가 굉장히 좋습니다. 신청자 숫자가 역대급입니다! 뉴월드를 하지 않은 사람들도 신청하고 있습니다."

"생체정보 수집도 순조로울 것 같네요."

결과는 생각보다 좋았다. 시위가 있다는 소식에 진우는 고개를 끄덕였다. 페로의 말로는 파견을 나갔던 부하들도 우울한 기색이 있다고 한다. 인간들과 지내는 게 꽤 즐거웠던 모양이었다. 본래 모습을 잊어버릴 정도로 말이다.

"그것도 진화의 일부겠지요."

페로는 그렇게 말하며 조용히 웃었다. 기간이 끝나면 초기화가 된다는 설정은, 이런저런 상황에 맞추기 위해 세연이 넣은 것이었다. 세연은 시위 현장을 화면에 띄워놓고 음침하게 웃었다.

"후훗! 아주 좋은 반응입니다! 예상보다 격렬하군요!"

"이거 괜찮은 거야?"

"기억을 잃는 히로인은 로맨스의 기본 설정입니다!"

"그런가?"

"기억은 잃은 히로인과 다시 생활하면서 하나둘씩 기억을 찾는 스토리! 그렇게 된다면 이제 다시는 떨어질 수 없겠지요! 이게 바로 눈물마약폭탄 작전입니다."

생각해 보면 정말 흔한 설정이었지만 그 흔한 설정이 잘 먹히니 흔한 설정이 된 것이었다. 진우가 생각했던 것보다 훨씬 장

우주적 로맨스 33

기적인 계획이었다. 지금은 테스트라 한 달이지만, 정식 출시가 되면 2년마다 기억이 리셋될 것이다.

습득한 생체정보를 업로드하기 위해서는 한 달 정도 시간이 필요했다. 그 이후에 복귀할지 아니면 다시 우주에서 지낼지는 자유였다. 그래서 그렇게 설정한 것이었다. 마족 연구원들은 인간들이 고통받는 걸 보고 굉장히 좋아했다.

"역시 대군주님이시군."

"이렇게 악랄한 계획을……!"

"육체의 고통보다 정신의 고통이 더 큰 법이지."

마족이 세연을 물들인 걸까, 아니면 세연이 마족을 물들인 걸까? 진우는 앞으로 어떻게 할지는 파견 나간 요정들에게 맡기기로 했다. 같이 재미있게 지냈으면 복귀할 가능성이 커지는 것이었고, 아니면 영영 복귀하지 않을 것이다.

그 말을 들은 세연은 고개를 끄덕였다.

"그것도 괜찮겠네요! 새로운 설정을 추가하도록 하죠!"

행복도에 따라서 기억을 찾을 수 있다는 설정이 추가된 순간이었다!

'예상이랑 조금 다르긴 하지만…….'

조금 엇나간 것 같기는 했다. 그래도 목적을 이루는 데는 문제가 없으니 신경 쓰지 않기로 했다. 세연과 같이 연구에 깊게 관여한 이들이 아니면 이 사실을 몰랐다. 딱히 숨길 생각은 없었지만, 연구원들은 숨기는 게 더 분위기가 난다며 진실을 철저히 숨겼다.

'그래도 말해줘야겠지.'

유나에게까지 말하지 않는 건 조금 찜찜했다. 성소로 돌아가니 유나와 여성회 회원들이 보였다. 유나는 그녀답지 않게 살짝 눈시울이 붉어져 있었다. 그 모습에 진우는 놀랄 수밖에 없었다.

"……슬프군요."

"무슨 일 있어?"

"뉴월드 로맨스를 살펴보고 있었습니다만……."

유나가 어떤 글을 보여주었다. 남자는양손검이 작성한 글이었다. 담담한 필체로 요정과 있었던 한 달간의 추억을 작성하여 올렸다.

[제목: 윈디와의 추억]

[글쓴이: 남자는한손검]

윈디는 잔소리를 많이 했다. 처음 만나서 하는 말이 전기를 아끼라는 말이었다. 그리고 요정답지 않게 폭력적이었다.

[주먹질을 하는 윈디.jpg]

그러나 늘 걱정해 줬다. 허리가 아파 잠이 들지 못하는 날이면 언제나 약을 들고 나타났다. 그래도 아파하면 기절을 시켜줬다. 뒷목이 조금 아팠지만 그래도 푹 잘 수 있었다.

윈디는 단 것을 좋아했다. 지루한 걸 싫어했다. 그래서 영화관에 가면 카라멜 팝콘만 먹었다. 온몸이 끈적끈적해졌는데, 그게 또 좋은 모양이다.

[팝콘 통에서 수영하는 윈디.jpg]

윈디는 산책을 좋아했다. 날아다니는 나비를 잡더니 신기한 듯 계속 바라보았다. 그러며 하는 소리가 맛없게 생겼다는 말이었다. 풍뎅이 같은 걸 잡아 오는 바람에 기겁한 적이 한두 번이 아니었다. 이제는 익숙해졌지만.

[풍뎅이와 친해진 윈디.jpg]

윈디는 나를 건강하게 만들어주었다.

행복하게 사는 게 무엇인지 알려주었다.

나는 지금 G&P 본사 앞에 와 있다. 뉴월드 로맨스 팀장님의 말로는 테스트용 메모리를 쓰고 있었기에, 윈디가 날 기억하지 못할 가능성이 크다고 한다. 그리고 기억한다고 해도 2년마다 대부분의 기억이 사라질 수도 있다고 한다. 그래야 정상적으로 작동을 할 수 있다.

팀장님은 슬픈 눈동자로 알려주었다. 정말 행복한 기억이라면 필사적으로 지키려 할지도 모른다고 한다. 실제로 몇몇 요정에게서 그런 현상이 발견되었다는 말을 들었다.

그건 윈디에게 영혼이 있기 때문이 아닐까?

요정은, 윈디는 단순한 기계가 아니다.

그녀가 날 잊는다고 해도 괜찮다. 잊지 못할 정도로 행복한 추억들을 다시 만들어주면 되니까.

내 이름은 김한손이다. 교통사고를 당하고 한손이 마비되어서……양손을 쓰고 싶은 마음에 남자는양손검이라 이름 지었다. 지금도 조금 불편하긴 하다. 윈디는 내 이름을 좋아했다. 나도 그렇게 되어버렸다.

난 이제부터 남자는한손검이다. 더 이상 양손검은 쓰지 않겠다.

[댓글 1,231]

-재밌졍: 추천합니다.

-뚝배기마스터: 남자는양손검 형님, 낭만적이자너.

-나무심자: 큭…… 녹색 팬티랑 안 어울리게 멋지네.

-오백년솔로: ㅠㅠ울었다. 사랑은 언제나 아픈 법.

-할롱: 상남자다. 울고 갑니다, 형님.

-신성한채굴꾼: 야 이 시발놈아! 우리 길드는 왜 부셨는데! 속지 마요. 이 새끼 그냥 미친놈임.

└강한팬티: 아, 님. 눈치 좀.

테스터들은 시위를 하며 이러한 글을 모두 다 작성했다고 한다. 진우는 유나를 바라보았다. 눈시울이 붉어진 것을 보니 가슴이 찔려왔다. 그녀는 진우가 기계 군주를 이용해 요정을 만들어낸 것으로 알고 있었다. 죽음의 별과 페로도 비슷한 맥락으로 생각했다.

'하긴 누가 바퀴벌레가 요정이 되었다고 생각하겠어?'

진우도 믿지 못할 소리였다.

유나는 손가락으로 살짝 눈물을 닦았다.

"갑자기 일을 진행하셔서 놀랐습니다만…… 무슨 이유가 있습니까?"

"으, 음…… 나도 이렇게 시끌벅적하게 지내보니까…… 플레이어들에게도 느끼게 해주고 시, 싶더라고. 그리고…… 기계 군주의 권능을 소모할 필요도 있고 해서…… 기술적인 문제가 조금 있긴 해. 아마 차차 나아질 거야."

"그렇군요. 잘하신 것 같습니다."

진우는 그렇게 변명했다. 유나는 감동을 받은 모양이었다.

루나가 닭똥같은 눈물을 흘리며 진우를 바라보았다.

"흐어어엉. 너무 슬퍼요. 군주님, 정말 못 고치는 거예요?"

"조금…… 그렇긴 하군."

허영도 살짝 눈시울이 붉어져 있었다. 최희연의 눈은 퉁퉁 부어 있었고, 아르카나는 조용히 눈을 감더니 일기를 쓰기 시작했다. 아리나는 사진을 찍었고, 단우천은 설거지를 하면서 훌쩍였다. 제갈미현은 황홀한 눈빛이었다.

놀러 갔다 온 미궁이 고개를 갸웃하며 모두를 바라보았다.

"왜 그럼? 그거……." 진우는 미궁의 입을 막았다. 페로에게 자주 놀러 갔기에 대충 알고 있었다.

진우는 미궁을 구석으로 데려와 조용히 입을 뗐다.

"그건 비밀로 하자."

"그럼 자주 놀러 가도 됨?"

"그래."

"좋음!"

그렇게 비밀이 지켜지게 되었다.

어쨌든, 결과는 좋았다. 그래, 그거면 된 거다.

조용히 묻어두도록 하자.

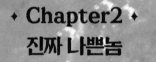

♦ **Chapter2** ♦
진짜 나쁜놈

　뉴월드 : 로맨스가 정식 서비스를 시작하였다! 신청자 숫자가 하늘을 찌를 기세였지만 물량은 충분했다.

　진우는 인터넷을 살펴보았다. 세계의 풍경이 달라졌다. 사람들과 요정이 있는 모습은 이제 일상적인 풍경이 되었다. 사람들은 핸드폰을 가지고 있는 것처럼 요정을 하나씩 달고 다녔다. 그리고 요정과의 달달한 일상을 SNS에 올리는 게 요즘 유행이었다.

　-하으앙: 카나짜응과 바닷가 옴. 예쁘다. 살아 있길 잘했어. 힐링된다.

　-하지마루: 엘리스가 요리해 줌. 양식까지 다 해ㅠㅠ.

　-은밀한폴더: 케이크 먹는 거 봐. 너무 행복해.

보는 것만으로도 끈적끈적함이 느껴질 만큼 달달했다. 요정들은 인간을 돌봐주는 걸 좋아했고, 지구에서 지내는 것도 좋아했다. 일반 성인들뿐만 아니라, 양로원에서도 많은 도움이 된다고 한다. 그리고 따돌림을 받는 아이들도 많이 줄어들었다. 미성년자일 경우에는 친구 포지션의 요정을 대여받을 수 있었는데, 대화 상대도 되어주었고 경호원 역할도 했다. 공부도 가르쳐 주었다.

인성 검사를 통과하지 못하는 자들은 대여받을 수 없으니 악용될 여지도 없었다. 악용한다고 되는 것도 아니었고 말이다. 진우는 감사의 편지를 받은 적이 있었다.

'반에 쳐들어가서 다 때려눕혔다니……'

왕따 당하고 있는 학생에게서 온 편지였다. 학생의 요정은 열정이 넘치는 친구였다. 왕따 당하고 있다는 사실을 알자 쳐들어가서 모조리 때려눕혔다고 한다. 요정은 사람이 아니기 때문에 요정이 저지른 짓은, 대여해 준 G&P가 책임을 졌다. 즉, 고소를 하려면 G&P에게 해야 했는데 그건 누구도 엄두를 못 내는 일이었다.

애초에 지구의 법률 따위로 어떻게 할 수 있는 곳이 아니었다. 나름대로 고위층 자녀들이 있어 압박하려 했지만 G&P에서 모조리 처단해 버렸다.

'이제 신경 쓰지 않아도 되겠지.'

뉴월드 : 로맨스는 순조롭게 자리를 잡아가고 있었다. 김대진 박사의 말로는 많은 지구인을 인질로 잡은 것과 다름이 없

다고 한다. 그렇게 말하니 자신이 꼭 진짜 나쁜놈이 된 것 같은 기분이었다.

이제 바퀴벌…… 아니, 요정의 번식은 해결된 것과 다름없었다. 생체정보도 충실하게 쌓이고 있으니, 시간문제였다.

현재 가장 주목받고 있는 사람은 남자는한손검이었다. 남자는한손검이 올린 글은 베스트글이 되었고, 그의 이미지가 '역겨운 변태 녹색팬티'에서 '순정남 녹색하트팬티'로 바뀌었다. 윈디는 복귀해서 기억을 되찾는 컨셉으로 알콩달콩하게 잘 지낸다고 한다.

'평화롭구만.'

진우는 고개를 끄덕였다. 창밖에 비친 다크 아이를 바라보면서 커피를 마셨다. 전함의 메인 브릿지에 앉아 즐기는 여유는 특별했다. 요즘은 델룩스 제국 방식으로 만든 다과를 즐기는 중이었다.

'이제 군주도 얼마 남지 않았군.'

탐욕의 군주는 가장 먼저 진우에게 사기를 당해 사라졌다. 허영, 미궁, 아르카나, 하루링, 아로롱, 단우천, 그리고 기계 군주가 진우의 휘하에 있었다. 타락의 군주는 노예가 되었고, 마석의 파편과 하나가 되어 있던 군주에게서 지배의 권능을 얻었다.

'이제 두 명인가.'

외전 소설은 우주 세계에서 끝이었다. 남은 두 명은 따로 소설로 쓰이지 않고 설정만 해놓은 상태였다.

영훈도 설정을 잡아놓고 이건 좀 아닌 것 같아서 쓰지 않았던 것들이었다. 진우가 보기에도 그건 좀 아니었다.

설정이 구현되었을 가능성이 커서 한숨이 절로 나왔다.

'우주도 온 마당에……'

무엇이 문제일까? 아무것도 이상할 게 없었다.

그렇게 생각하니 마음이 편해지긴 했다. 살짝 스포일러를 하자면 어린 시절 많이 보던 장르였다.

영훈도 추억을 회상하며 쓴 것이 아닐까?

아무튼, 보는 건 괜찮지만 그런 곳이 실제로 존재한다면 굉장히 성가실 것 같았다. 진우가 그런 생각을 하며 시간을 보내고 있을 때 유나가 다가왔다.

"이거 보셨습니까?"

"음?"

유나가 전단지를 가지고 왔다. 세라가 암흑제국군 장교옷을 입고 윙크를 하고 있었는데, 장교복 아래는 녹색 비키니 아머였다.

"인기가 굉장히 많습니다. 사인회를 하는 것 같습니다."

"요정이 있는데도 그래?"

"세연의 말로는 덕질과 사랑은 별개라고 합니다."

세라는 일종의 아이돌 같은 포지션이 되어 있었다. 수많은 삼촌 팬들이 압도적인 지지를 보내고 있었다. 암흑제국군을 하나로 묶는 상징이었다. 그녀를 보기 위해 다크 아이에 오는 사람들이 많아져, 현재는 암흑제국군 소속으로 바꿔서 보호 중이라고 한다.

"황제의 총애를 받는다는 설정이 덧붙여졌습니다."

"뭐, 어찌 되든 상관없겠지."

세라는 라티카에 대해 제대로 기억하고 있지 못했다. 워낙 냉동시간이 길어서 기억이 사라진 것 같았다. 신체는 완벽하게 복구되었지만, 기억은 아직 돌아오지 않았다.

세라가 그런 이야기들을 플레이어들에게 자주 했는데, 신비스러운 사연을 지닌 미소녀 NPC가 되어버렸다.

"신성연합 플레이어들이 은밀하게 움직이고 있더군요.'

"음? 그들도 세라를 보러 오는 거야?"

"조금 목적이 다른 것 같습니다. 길드 채널만 오픈하고 있더군요. 조사를 해볼까요?"

"알아서 나쁠 건 없겠지."

유나가 조사를 하러 나갔다. 진우는 라티카가 떠올랐다.

현재 신성연합의 행성에 있었는데, 신경을 쓰고 있지 않았다. 그녀에게 악감정은 없었다. 진우에게 걸린 게 그녀의 불운이었다. 그녀가 신성연합에 출몰하면서부터 그녀 역시 굉장히 유명해졌다.

'그래도……'

세라를 위해서라도 서로 만나게 하는 게 맞는 것 같았다. 과거의 죄니 뭐니 하면서 따지는 건 진우의 스타일이 아니었다. 자신도 엄청나게 많은 목숨을 앗아간 악당이었다.

그냥 하고 싶은 대로 하는 게 편했다.

'어디에 있나 볼까?'

라티카의 목에는 야릇한 느낌의 목걸이가 채워져 있었다. 진우가 감시를 위해 채운 목걸이였다. 여러 가지 기능이 들어간 다목적 아티팩트였는데, 세연이 어째서인지 진우를 위해 개발했다고 한다. 받을 당시에는 음침한 웃음을 흘리는 세연이 이해가 되지 않았지만, 지금은 이해하고도 남았다.

세연은 요즘 제갈미현과도 잘 어울렸다. 뭔가 옳은 것 같았다.

진우가 마력을 일으키자 주변 환경이 순식간에 바뀌었다. 목걸이를 통해 주변 환경을 홀로그램처럼 볼 수 있었다.

'음?'

라티카가 보였다. 그녀 주변이 아주 북적북적했다. 그녀는 수송선 안에 있는 것 같았다. 그녀 주변으로 진우가 아는 얼굴도 보였다. 잼식을 포함한 여러 방송인들, 플레이어들이었다. 방송 리스트를 살펴보니 아직 방송을 하고 있지 않았다.

진우는 어째서 저들이 같이 모여 있는지 궁금했다. 라티카는 긴장한 표정이었다. 잼식이 의젓한 표정을 지으며 그녀를 바라보았다.

"괜찮아요. 세라는 무사할 거예요."

"하지만…… 암흑제국군에서 이런 치욕적인 일을……."

라티카는 포스터를 보면서 손을 부들부들 떨었다. 팬 사인회이기는 하지만 그녀가 보기에는 그렇지 않았다.

"황제, 그거 완전 또라이네."

"저 아이를 살리고 암흑제국군 홍보 모델로 써먹고 있는 거 아냐? 저렇게 홀딱 벗겨서."

"퀘스트고 뭐고 간에 그냥 구해냅시다."

"가보고 싶긴 했었……."

세라가 노출이 심해진 건 남자는한손검 탓이었다. 그가 세라의 스승이었고, 지금도 가르침을 주었다. 세라는 엘론티의 극자연주의 사상에 자연스럽게 물들게 되었다. 이론만 본다면 아름답기는 했다. 황폐화된 행성을 녹색으로 물들이는 것이었으니까. 그러고 보니 다른 제국민들도 그쪽에 심취해 있었다. 덕분에 다크 아이는 노출도가 심했다. 플레이어들 입장에서는 바람직한 동네였지만, 아무것도 모르는 라티카나 다른 사람들이 본다면 기겁할 만했다.

잼식의 눈빛이 남자답게 변했다. 그 모습이 상당히 웃겼다.

"살아 있다는 게 중요합니다. 지금은 구출만 신경을 씁시다."

"……그래요."

수송선이 향하고 있는 곳은 다크 아이였다. 여러 길드의 전함들도 보였다. 조사를 마친 유나가 들어왔다. 주변에 펼쳐진 광경을 보고 고개를 끄덕였다.

"세라가 다크 아이에 있다는 걸 알게 되자 신성연합에게 도움을 청한 모양입니다."

"어떻게 알았데?"

"플레이어들이 덕질하고 있는 걸 봤다더군요. 그리고 이번에 나눠준 전단지는 신성연합에서 꽤 비싼 값에 팔리고 있습니다."

무려 우주천사 세라의 비키니 장교복이었으니 수집가들에게 비싸게 팔릴 만했다. 갑자기 상황이 복잡해졌다.

"라티카와 저들의 목적은 납치입니다."

"납치라고 해야 할지…… 가족상봉이라고 해야 할지……."

"본인의 의사를 무시하고 강제로 데려간다면 납치겠지요."

진우는 고개를 끄덕였다. 듣고 보니 그러했다.

'어떻게 할까?'

진우는 잠시 고민했다. 플레이어들이 떠들기 시작했다.

"암흑 황제가 미친 거죠."

"그 역겨운 놈들의 정점이니 엄청 역겹죠."

"힘내세요! 황제에게 엿을 먹여보자구요!"

듣고 있다 보니 기분이 나빠졌다.

"저에게 맡기세요. 황제가 나타나면 제가 아주 두드려 패주겠습니다!"

잼식이 라티카 앞에서 폼을 잡으며 그렇게 말했다. 요즘 이미지를 바꾸기 위해 열심이었다.

유나가 진우를 바라보았다.

"어떻게 할까요?"

"다크 엠퍼러, 준비해."

욕을 먹고 계획대로 진행되게 놔두는 건 성자나 하는 짓이었다. 진우의 본질은 악당이었다.

세라는 열심히 싸인회를 준비했다. 다크 아이의 모든 사람들은 그녀에게 친절했다. 친척처럼 느껴질 정도였다. 어쩌다 보니 인기가 많아져서 이런 팬 사인회 같은 행사까지하게 되었다. 검무 때문이었다. 사부님께 배운 검무를 펼쳤는데, 반응이 굉장히 좋아서 큰 공연까지 한 상태였다.

"세라!"

"윈디! 안녕!"

"한손이도 왔어. 오늘 경호원을 해줄 거야."

"사부님께서?"

대기실에 윈디가 날아 들어왔다. 잠시 후 한손이 꽃을 들고 안으로 들어왔다. 묘한 빛을 내는 꽃이었다.

"한손이 너한테 준다고 온 우주를 다 뒤졌다구!"

윈디가 자랑스럽게 말하자 세라가 감동으로 물들었다.

"와! 고마워요! 사부님."

"크흠, 오늘 잘해라."

세라는 한손의 의지를 이어받아 장교복 아래에 녹색 옷을 입고 있었다. 비키니 아머라 불리는 미궁에서 제작된 고성능 갑옷이었다. 엘론티 여전사의 상징이기도 했다.

한손에게 세라는 NPC 그 이상이었다. 예전에는 거리를 조금 두었지만, 윈디와의 만남으로 인해서 완전히 가족처럼 생각하고 있었다. 프로그램이니 기계이니 나누는 건 그에게 불필요한 행위였다.

"음, 세라."

"네?"

한손은 아공간에서 양손검을 꺼냈다. 그가 사용하던 양손검이었다. 고랭크 아이템이었는데, 이제는 사용하지 않았다.

"받아라."

"하지만 이건……!"

"넌 자격이 있어. 엘론티의 정신을 잊지 마라."

세라가 눈물을 닦고는 결연한 표정이 되었다. 그녀는 두 손으로 양손검을 받았다. 세라의 몸보다 큰 양손검이었다.

"엘론티의 정신, 절대 잊지 않겠습니다."

한손은 세라를 보며 뿌듯한 미소를 지을 수 있었다.

참 잘 자랐다. 세라는 냉동시간까지 합치면 성인이었다.

그동안 성장하지 못한 걸 몰아서 하는 듯, 급격한 성장이 진행되어 조금 성숙해지긴 했지만 여전히 어려 보였다.

세라는 양손검을 들어보았다. 묵직한 무게였지만 그동안의 훈련 덕분에 크게 부담이 되지 않았다.

암흑제국군의 플레이어들은 세라에게 좋은 것만 먹였다. 수백만 원짜리 마력 포션을 먹이기도 했다. 그러다 보니 세라의 성장은 굉장히 빨랐다. 이곳에 있는 모두가 그녀의 가족이나 마찬가지였다.

"세라 님! 준비하셔야 합니다."

현장 스태프의 말에 세라는 양손검을 들고 자리에서 일어났다. 스태프도 모두 플레이어였다. 팬 사인회에 앞서서 공연을 가질 예정이었다. 세라는 한손과 함께 무대 뒤까지 이동했다. 살짝 긴장이 되었지만 한손이 어깨를 두드려주었다. 윈디가 웃으면서 힘을 내라고 말해주었다.

그러자 긴장이 모두 풀렸다. 세라는 무대 위로 올라갔다. 무대 앞에는 암흑제국군 플레이어들이 잔뜩 모여 있었다.

"으아아아아! 세라짜웅!"

"우! 주! 천! 사! 세라!"

"암흑천사 세라!"

세라가 등장하자 암흑제국군 플레이어들이 함성을 내질렀다. 재미있는 점은 그들도 모두 요정을 지니고 있었는데, 요정도 암흑제국군 복장을 하고 있었다. 요정들도 세라가 등장하자 환호를 내질렀다.

"우주여왕 세라!"

"페로 님보다 예쁘다!"

"누나 예뻐욧!"

그 플레이어에 그 요정이었다. 세라가 방긋 웃으면서 양손검을 들었다. 양손검에서 붉은빛이 치솟았다.

"흑흑흑, 최고 존엄 세라짜웅."

플레이어와 요정이 눈물을 흘리면서 손을 흔들었다. 세라가 공연을 시작했다. 음악과 함께 화려한 검무를 추며 노래까지 불렀다. 환상적인 광경이었다. 공연이 클라이맥스로 이를 때였다.

쾅!

하늘에 떠 있던 암흑제국의 전함이 폭발했다. 마력 빔들이 소나기처럼 내리며 암흑제국군들을 휩쓸었다. 잔뜩 모여 있어서 피해가 컸다. 불타오르는 암흑제국의 전함 사이로 백색의 함대가 모습을 드러냈다. 신성연합의 함대였다.

"습격인가!"

"나약한 신성연합 놈들…… 역시 비열한 수법을 쓰는군."

"세라짱의 공연을 망치다니……."

암흑제국군들이 바로 전투에 들어갔다. 무대 위에 있던 세라는 신성연합의 함대를 노려보았다.

한손이 세라에게 달려왔다.

"괜찮은가?"

"네! 저는 괜찮아요. 신성연합이 습격한 것 같아요."

"그렇군. 무언가를 꾸미고 있다는 소리를 들은 적이 있지만…… 설마 다크 아이를 직접 침공해 올 줄이야." 세라는 무대 앞을 바라보았다. 많은 사람들이 목숨을 잃었다. 자신에게 환호를 보낸 친절한 사람들이었다.

그녀는 분노로 불타올랐다.

"음?"

한손의 눈에 거대한 수송기가 보였다. 신성연합의 함대는 수송기를 보호하며 사방으로 마력 빔을 쏴댔다. 수송기가 무대 쪽으로 다가오더니 아래에 달린 문이 열렸다. 수많은 신성연합의 플레이어가 뛰어나와 바닥에 착지했다.

암흑제국군 플레이어들이 서둘러 대항하려 했지만, 안타깝게도 무장을 꺼낼 시간이 없었다. 신성연합의 플레이어들이 가차 없이 그들을 모두 베었다.

"세라가 저기 있다!"

"어서 빨리 데려와!"

신성연합 플레이어들이 그렇게 외쳤다.

윈디가 한손을 바라보았다.

"한손아, 아무래도……."

"세라가 목적인 것 같군."

그들의 목적은 세라였다! 한손은 한손검과 방패를 꺼냈다.

전투가 한창이었지만 무대 주변은 텅 비어 있었다. 세라를 납치를 위해 일부러 시선을 돌린 게 분명했다.

"나약한 자들답게 비열하군. 세라, 물러나 있거라."

"저도 싸우겠어요."

"아니, 방해만 될 뿐이야. 가라!"

"사부님……."

한손이 세라의 앞을 막아섰다. 수백 명의 플레이어가 세라 쪽으로 뛰어왔다.

"윈디, 세라를 부탁한다."

"맡겨둬! 세라! 도망치자!"

윈디가 세라를 이끌고 무대 뒤로 도망쳤다. 무대가 폭발했다. 한손의 붉은 검기가 회오리가 되어 몰아쳤다.

윈디와 세라는 그를 뒤로하고 달렸다. 신성연합의 요정들이 윈디 쪽으로 빠르게 날아왔다.

"오이오이, 이거 1기 선배님 아니십니까?"

"좋은 말로 할 때 그 아이를 내놓으시죠?"

"핫핫! 언제적 1기죠? 완전 늙었잖아?"

요정들이 윈디의 앞을 막아섰다.

윈디는 차가운 눈으로 그들을 노려보았다.

"4기 애송이들이로군. 선배 무서운 줄 모르고 기어오르네."

윈디는 주먹을 쥐고 목을 양옆으로 꺾었다. 그러자 두드득하는 소리가 울려 퍼졌다.

"세라, 먼저 가. 뒤따라갈게."

"위, 윈디……."

"걱정 마. 난 한손이보다 강하다구."

세라는 입술을 깨물고 고개를 숙였다. 신성연합의 플레이어들을 상대하기에 아직 약했다. 사부님 말대로 방해만 될 뿐이었다. 윈디가 옆으로 손을 뻗자 손바닥이 갈라지더니 갈색 낫이 등장했다. 낫이 붉은빛으로 타오르기 시작했다.

"기계 군주 껍질도 못 먹어본 것들이……."

윈디가 낫을 휘두르자 요정이 피를 토하며 튕겨 나갔다.

"뒤질 준비 해라."

"크윽! 산개해서 공격해!"

콰앙!

윈디와 요정들의 싸움이 시작되었다. 터져 나가는 소리와 함께 벽이 무너지고 주변 지형이 완전히 바뀌었다. 세라는 폭음을 들으며 달렸다. 눈에서는 눈물이 흐르고 있었다.

"세라짜-웅?"

"아, 아저씨!"

"여기는 위험해."

우주천사 세라라고 써진 두건을 두른 사내들이 그녀에게 다가왔다. 암흑제국군 플레이어로 세라와도 안면이 있었다.

세라는 다급한 표정으로 입을 뗐다.

"저, 절 납치하러 왔다고 해요."

"그거 큰일이군."

"그렇게 놔둘 수는 없지!"

"일단 다크 아이를 벗어나자구! 세라짜웅, 저기로 가면 내 우주선이 있어. 가자!"

세라는 그들과 달리기 시작했다. 좁은 길목에 이를 때 신성연합의 플레이어들이 완전히 따라붙었다.

가장 뒤에 있던 사내가 웃으며 세라를 바라보다가 우주선의 키를 던졌다. 세라는 얼떨결에 키를 받아들었다.

"세라짜웅, 먼저 가. 나는 탱커라서 느려. 내가 막을게."

"루나님쿵카쿵카 아, 아저씨!"

"걱정 마. 저런 나약한 놈들한테는 안 진다구."

그의 이름은 루나님쿵카쿵카였다. 그가 엄지손가락을 치켜들자 세라는 이를 악물었다. 다른 이들은 그를 보며 고개를 끄덕였다. 세라와 다른 이들이 달려갔다. 루나님쿵카쿵카는 방패와 철퇴를 꺼냈다.

"오늘따라 파멸의 철퇴가 울부짖는군."

철퇴를 휘두르자 주변 건물이 무너져 내리며 길을 막았다. 세라를 추격하던 신성연합 플레이어들이 멈춰 섰다.

"오너라. 크림슨 버스터! 우오오오!"

루나님쿵카쿵카의 몸에서 붉은 기류가 뿜어져 나왔다.

세라는 뒤를 바라보았다. 하늘 높이 치솟았던 붉은 기류가 점차 꺼지더니 완전히 사라졌다.

"쿵카쿵카 녀석…… 그래도 꽤 멋지게 갔군."

"그에게 있어서 이 상황은 포상이나 다름없지."

다른 이들은 그렇게 말하며 고개를 끄덕였다.

그렇게 루나님쿵카쿵카의 우주선 앞에 도착했다. 우주선으로 들어가려는 순간, 신성연합 플레이어들이 앞을 막아섰다.

"라티카 님, 세라가 있어요! 어서 데려가도록 하죠!"

"세라……!"

잼식이 세라를 가리키자 라티카가 세라를 바라보았다.

라티카의 눈시울은 붉어져 있었다. 반면, 세라의 눈빛은 차가웠다.

라티카와의 만남은 잼식에게 있어서 기회였다! 그녀의 이야기를 들어보니 퀘스트 냄새가 풀풀 났다. 아주 중요한 메인 퀘스트가 분명했다. 김군주처럼 가장 먼저 메인 퀘스트를 진행할 수 있다! 그렇게만 된다면 그동안 실추되었던 이미지를 어느 정도 회복할 수 있을 것 같았다.

잼식은 라티카를 도와주며 졸졸 쫓아다녔다. 라티카는 잼식 덕분에 신성연합 행성에서 무난히 적응할 수 있었다.

잼식은 라티카에게 점수를 따서 퀘스트를 얻기 위해 많은 돈을 썼다. 정말 누가 보더라도 흑심이 가득한 행위였다.

결실은 달콤했다. 그 보상이 지금 펼쳐지려 하고 있었다!

'크흐! 생이별한 여동생 구출작전!'

듣기만 해도 설렜다. 메인 퀘스트가 아니라 사이드 퀘스트일지라도 굉장한 화제가 될 것이 분명했다.

한방역전! 지금 이 상황은 그 말에 가장 적합했다.

"여러분 안녕하십니까! 잼식입니다! 드릴 말씀이 엄청 많습니다. 여기가 어디냐면……."

잼식은 다크 아이에 진입하자마자 방송을 시작했다. 방송을 켜자마자 바로 지금 상황을 시청자들에게 알려주었다.

잼식은 이 대박 이야기를 오랫동안 비밀로 해서 입이 근질거렸었다. 신성연합 길드들과 함께 비밀을 유지했는데, 새어나갈까 봐 조마조마하기도 했다.

다행히 비밀이 지켜져서 작전을 실행할 수 있었다.

"제가 발견한 퀘스트입니다! 김군주님이 아니라 저! 잼식이 발견했습니다!"

김군주가 없으니 지금은 잼식의 세상이었다. 추하기 그지없기는 하나 그래도 시청자 숫자는 많았다. 어쨌든 재미가 있었기 때문이다.

"다크 아이가 보입니다! 자! 여러분 드디어 결전의 시간입니다! 저와 함께하시면 모든 걸 보실 수 있습니다."

"그, 그러네요."

"아, 그, 호, 혼잣말이었습니다! 신경 쓰지 마세요."

-쿠키맨: ㅋㅋ라티카 누님 당황하는 거 보소.

-추하다잼식: 잼식이 미친놈으로 보일듯.

-라티카짜응: 미친놈이 허공보고 혼잣말하는 거자너.

잼식이 방송을 진행하고 있었는데, 옆에 있던 라티카가 잼식을 측은한 눈빛으로 바라보았다.

'사람은 참 착한데…….'

그녀의 눈에 잼식은 어딘가 모자라 보였다. 허공에 말하는 모습은 측은하기 그지없었다. 신성 연합의 전사들에게 물은 적이 있었는데, 모두 어색한 웃음을 지으며 그녀의 시선을 피할 뿐이었다. 그러고 보면 사람들은 잼식을 피했다.

'……고칠 수 없는 정신병이겠지.'

라티카는 자신이라도 잘 해줘야겠다고 생각했다. 신성연합의 함대가 다크 아이의 궤도에 워프했다. 그리고 바로 공격을 시작했다. 함대에서 통신이 왔다.

[작전을 시작하겠다. 우리가 시선을 끌 테니 목표를 구출해 오도록.]

암흑제국군의 경계가 허술해진 것을 노린 대규모 기습 작전이었다. 신성연합은 그동안 방어에만 힘써왔기 때문에 이렇게 기습을 할 줄은 꿈에도 몰랐을 것이다. 함대가 대규모 포격을 실시하자 수송선이 빠르게 대기권을 돌파하여 목표지점으로 이동했다. 전투기들이 뒤에 따라붙었다.

"우왓! 전투기들이 따라붙었는데요?"

"아, 그럼 플레어 작전으로 가야겠군요. 가자! 애들아!"

"아…… 고소공포증 있는데."

"이참에 극복해 봐."

우주마법사 길드의 길드장이 길드원들을 데리고 수송기 윗부분으로 올라갔다. 라티카가 놀란 표정을 지었다.

수송기의 윗부분이 그대로 열렸기 때문이다.

잼식은 씨익 웃었다.

"걱정 마요. 우주 최고의 마법사들입니다."

"마, 마법사…… 그렇군요. 신성연합에는 마법사가 있었죠."

-굿초이스: ㅋㅋ당황한 라티카님 예쁘다.

-오길잘했어: 평소에는 쿨하지만, 당황하면 귀여움ㅋㅋ

조종대를 잡은 파일럿이 버튼을 누르자 마법사들이 사출되었다. 마법사들이 손을 휘젓자 화염과 함께 전투기들이 터져나갔다. 그 틈에 수송기가 재빨리 목표지점에 도달했다. 수송기에서 플레이어들이 뛰어내렸다. 세라로 추정되는 소녀가 암흑제국군에게 둘러싸여 어디론가로 향하고 있었다.

"세라가 맞는 것 같은데…… 저기 우주선이 있습니다! 강제로 데려가는 건가?"

-안티엘론티: 와 역겨운 놈들이네.

-멜론맛: 개새끼들. 저렇게 벗겨놓고 끌고 가다니……

-용천: 잼식아! 구출해라. 영웅이 될 기회다!

라티카와 잼식의 눈에도 소녀가 끌려가는 걸로 보였다. 소녀
가 입은 장교복이 흐트러지며 어깨 라인이 드러났다.

라티카가 분노에 휩싸여 입술을 깨물었다. 수송선이 우주선
쪽으로 다가갔다. 착륙하자마자 라티카와 잼식, 그리고 플레이
어들이 빠르게 달려갔다. 암흑제국군 플레이어와 같이 있는 세
라가 보였다. 건강한 모습을 보니 눈물이 날 것 같았다. 심한 꼴
을 당했는지 겉옷이 흐트러져 몸매가 다 드러나 있었다.

"세라……!"

둘의 눈이 마주쳤다. 라티카는 눈물을 흘렸지만 세라는 아
니었다. 세라의 눈에는 적의가 가득했다.

잼식은 플레이어들을 바라보았다.

"암흑제국군이 몰려옵니다. 빨리 데려가죠."

세라의 앞을 막아선 암흑제국군 두 명이 신성연합 플레이어
들을 바라보며 무기를 겨누었다.

잼식은 이상함을 느꼈다. 분위기가 묘했다.

암흑제국군이 마치 세라를 보호하는 것 같았다.

"세라, 여긴 우리가 막을 테니 도망……! 커억!"

푸욱!

얼음 화살이 날아와 세라 옆에 있던 암흑제국군 플레이어의

가슴에 꽂혔다. 피를 토하며 무릎을 꿇었다.

"와! 크리티컬 떴다!"

언덕 위에 있던 신성연합 플레이어가 그렇게 외쳤다.

"나머지 놈도 처리하죠."

그 광경을 본 세라의 안색이 창백해졌다.

옆에 있던 암흑제국군 플레이어가 세라의 앞을 막아섰다.

"도망쳐!"

세라를 옆으로 밀쳐내자 화살과 마법이 그에게 꽂혔다.

세라는 주저앉았다. 다정하게 말을 걸어줬던 그들이 바닥에 쓰러져 죽어갔다. 저들은 그녀에게 있어서 친구나 마찬가지였다. 가끔 짓궂은 농담을 하곤 했지만 그것조차 즐거웠다.

신성연합 놈들은 죽어가는 그들을 보며 즐겁게 웃었다. 저들은 인간도 아니었다. 저놈들은 악마였다.

"세라……."

라티카가 그녀에게 다가왔다. 세라는 천천히 몸을 일으켰다. 한손이 선물해 준 아공간에서 양손검을 꺼냈다.

"세라?"

갑작스러운 상황에 모두가 벙쪘다. 세라는 라티카를 향해 양손검을 빠르게 휘둘러졌다. 잼식이 허겁지겁 다가와 세라의 공격을 막았다.

-안티엘론티: ??

-후라이팬: 뭐야.

-한겨털: 왜 공격함?

잼식과 시청자들은 벙찌고 말았다.

라티카는 큰 충격을 받아 비틀거렸다. 세라가 장교복을 한 손으로 잡더니 그대로 벗었다. 어깨에 엘론티와 암흑제국군을 상징하는 마크가 그려져 있었다.

"세라!"

"내 이름 부르지 마!"

"나…… 나야, 언니야. 기, 기억 못 하겠어?"

라티카는 간절한 눈빛으로 세라에게 말을 걸었지만 소용이 없었다. 죽일듯한 눈빛으로 노려보고 있을 뿐이었다.

세라에게는 어떤 말도 들리지 않았다. 그녀의 몸에서 붉은 기류가 뿜어져 나왔다.

광전사. 한손에게 배운 엘론티 전사 전용 기술이었다.

본래 아바타용이었기에, 세라 같은 일반인이 쓰면 부작용이 있었다. 폭발적인 힘을 쓰게 하는 대신, 시전 시간이 끝나면 몸에 힘이 빠지게 된다.

"죽어!"

세라가 양손검을 마구 휘둘렀다. 검기 수준은 아니었지만 붉은 기류가 흘러나오고 있었다.

-안티엘론티: 역겨운 숲쟁이 기술?

-종결자: 헐…… 세뇌당한 건가?

-실화임까: 자매싸움임? 스토리 미쳤다. 암흑 황제 진짜 미친놈이네.

-얼마용: ㅠㅠ라티카 누님 운다.

"세라, 그만둬!"

보다 못한 잼식이 나서며 세라의 양손검을 쳐냈다.

세라가 숨을 헐떡이며 잼식을 노려보았다. 잼식은 그 눈빛에 움찔했다. 자신들이 진짜 나쁜 놈이 된 것 같아서였다.

"라티카 님! 암흑 황제에게 세뇌를 당한 모양입니다. 대화는 나중에! 아마 곧 힘이 빠질 겁니다. 그때 데려가죠."

라티카는 고개를 끄덕였다. 시간만 있으면, 같이 지내다 보면 세뇌가 풀리고 기억을 되찾을 수 있을 것이다.

라티카는 그렇게 생각했다. 세라는 숨을 헐떡였다. 광폭화 시간이 끝나 손에서 양손검이 떨어졌다. 풀썩하고 주저 앉았다. 세라는 고개를 들어 라티카를 바라보았다.

"당신…… 알아. 그 얼굴…… 알고 있어."

"기, 기억 나니?"

라티카가 반색했지만, 곧 사색이 될 수밖에 없었다.

"노예로 팔려갈 뻔한 사람들에게 들었어…… 사람들을 팔아 치운 해적 여왕…… 그 사람들은 당신 얼굴을 잊을 수가 없다 더라. 또, 또 그러려고 온 거야?"

"그, 그건……!"

라티카는 어떤 말도 할 수 없었다. 사실이었기 때문이다. 해적단의 규모에 비해서 적은 비중이기는 하지만 납치와 인신매

매에 관여되어 있었다. 델룩스 제국의 모든 걸 파괴하고 싶었던 시절이었다.

"사람들을 납치하고 죽이고……."

"아, 아냐! 나, 나는……."

"도대체 왜!"

세라가 흐느꼈다. 라티카는 창백한 표정으로 세라를 바라볼 수밖에 없었다. 갑자기 싸해지는 분위기에 잼식과 신성연합 플레이어들은 눈치를 보았다.

-망상재판관: 와, 생각해 보니 신성연합 놈들이 나빴네.

-할롤롤: 잘 살고 있는데, 납치하는거임?

-민트초코: 아니, 세뇌당한거자너. 데려가는 게 맞지. 친언니도 있는데.

-아임유어맨: 그래도 나름대로 잘 지낸 것 같은데…… 저렇게 울잖아.

시청자들 사이에서도 다른 의견이 오갔다.

잼식은 눈치를 보다가 입을 뗐다.

"일단 데, 데려가죠!"

그렇게 말했지만 서로 눈치만 볼 뿐 누구도 세라에게 다가가지 않았다. 잼식이 방송 중이라는 사실을 알고 있어, 괜히 나쁜 역할을 하고 싶지 않았기 때문이다.

할 수 없이 잼식이 다가갔다. 세라가 주춤거리며 물러났다. 세라의 얼굴에는 공포가 가득했다.

잼식은 진짜 나쁜 놈이 된 것 같아 양심이 찔렸다. 그러나 아무리 생각해 봐도 구출하는 게 맞았다. 기억을 되찾게 해주면 모든 오해가 풀릴 것이다. 그는 그렇게 생각했다.

"꺄아아악!"

잼식이 세라를 둘러멨다. 세라가 비명을 지르며 격렬히 저항했지만 잼식의 힘을 이길 수 없었다.

-셀포: ㅋㅋ저거 완전 범죄자네.
-출장왔어요: 납치범이 여기 있어요!
-추천좀: 진짜 개추하다. 역대급 추하다.

그림 자체는 진짜 나쁜놈처럼 보였다.

그때였다.

"으아아아아!"

무너진 곳을 뚫고 누군가 튀어나왔다. 온몸에 상처가 가득한 근육질의 남자였다. 그리고 그의 곁에는 눈덩이가 부어 있는 요정이 있었다.

"한손아! 세, 세라가!"

"잼식…… 네놈이었군"

한손에게서 붉은 기류가 뿜어져 나왔다. 주변에 있던 플레이어들이 주춤거리며 물러났다.

잼식은 당황했다. 최악의 상대가 나타났기 때문이다.

'하지만 지금이라면……!'

잼식은 침착함을 유지하려 애썼다. 한손은 한손검과 방패를 쓴 이후로 전투력이 약해졌다는 평가가 많았다. 지금이라면 어떻게든 막을 수 있을 것 같기도 했다.

"사, 사부님! 흐흑…… 저, 저는 괜찮으니 피, 피하세요!"

세라의 말을 들은 한손의 얼굴이 일그러졌다. 한손이 잼식을 노려보다가 바닥에 떨어진 양손검을 바라보았다.

손을 뻗어 양손검을 들었다.

휘이잉! 쿵!

양손으로 잡지는 않았다. 한 손으로 쓰면 한손검이었다.

"크르르! 크아아아!"

한손에게서 짐승의 울음소리가 흘러나왔다.

모든 마력을 다 써서 광전사 모드에 들어갔다.

"으, 윽! 라, 라티카 님! 일단 수, 수송선으로!"

괴물이 더 미친 괴물이 되어버렸다! 잼식과 라티카는 수송선으로 달렸다. 신성연합의 플레이어들이 튕겨 나가며 소나기처럼 내리기 시작했다.

한손을 막기에는 역부족이었다. 진심으로 화가난 한손은 광전사 그 자체였다. 어디서 왔는지 모를 미지의 힘이 그를 더 강하게 해주고 있는 것 같았다.

-나니까: 와, 개무섭다.

-배고파: 저게 보스지 플레이어냐?

-만사형통: 김군주 아니면 상대할 사람 없음.

한손은 거대한 양손검을 한손으로 마구 휘두르며 진격했다. 잼식과 라티카는 수송선에 올랐다. 한손이 도착하기 전에 아슬아슬하게 수송선이 공중으로 날아올랐다.

"크아아아!"

한손이 양손검을 던졌다.

휘이이이!

수송선을 향해 뻗어간 양손검이 장갑을 뚫고 잼식의 얼굴을 스쳐 지나갔다.

"히익!"

잼식이 넘어지며 세라를 놓쳤다. 세라가 바닥을 굴렀다.

"세라!"

라티카가 그녀에게 다가가 손을 뻗었지만 세라가 그녀의 손을 쳐냈다.

-랄랄: 와…… 슬프다.

-로스트: 스토리인 건 알겠는데…… 진짜 보니까 너무하네.

-사기캐: 몰입도 쩐다.

정적이 내려앉았다. 수송기는 다크 아이를 벗어나 신성연합의 함대에 도달했다.

함대로부터 통신이 왔다.

[목표는?]

"확보했다. 돌아가자."

[간단하군!]

수송선이 가장 큰 함선 안으로 들어갔다.

'끝났네. 뭔가…… 이미지가 더 나빠진 것 같지만……'

잼식은 힘이 쭉 빠졌다. 신성연합 함대가 물러나며 워프를 하려고 했다. 세라의 표정이 절망으로 물들었다.

[어? 저거…… 뭐야? 미친!]

갑작스럽게 통신이 끊겼다. 잼식은 당황하며 메인 브릿지로 통신을 했다.

"무슨 일입니까?"

[거, 검은 마장기가…… 미친! 전함을 뜯어버렸어!]

"네?"

발버둥치는 세라를 말리고 있던 라티카는 검은 마장기라는 말에 눈이 크게 떠졌다. 온몸이 후들후들 떨리고 있었다.

"아, 암흑 황제……"

라티카는 그 이름을 말하고 말았다. 공포에 질려 제대로 서 있을 수도 없었다. 반면에 세라의 표정이 밝아졌다.

"황제 폐하께서……?"

세라에게 있어서 암흑 황제는 두려운 존재가 아니었다. 다크 아이에 황제가 찾아오곤 했다. 한손이 다크 아이로 오기 전 이야기였다. 암흑 황제는 해적을 박살 내고 사람들을 구해주었다. 그리고 따뜻한 집과 음식까지 제공해 주며 편히 살 수 있게 해주었다. 친근하게 이야기를 나누기도 했다.

잼식은 당황했다.

"곧 워, 워프에 들어가니 괜찮을 겁니다. 이, 일단 안전한 곳으로……"

잼식은 세라를 데리고 메인 브릿지로 향하는 복도로 나왔다. 라티카도 함께였다. 그리고 고개를 돌려 창밖을 바라보았다.

"아……"

신성연합의 전함들이 터져 나가고 있었다. 무언가 붉은빛이 뿜어져 나오더니.

두드드드드!

전함이 그대로 여러 조각으로 잘렸다.

-워프하자: 와, 미쳤다. 저거 마장기 맞음?
-안토니오: 암흑 황제 등장!
-웅뇽: 미친, 저걸 어떻게 막아.

신성연합의 마장기들이 상대하려 했지만, 소용없었다. 검은 마장기가 손을 뻗자 신성연합의 마장기 하나가 손에 빨려들어 왔다. 머리를 잡고 그대로 부수었다. 그리고 콕피트를 거칠게 떼어내더니.

콰득!

그대로 터뜨렸다. 검은 마장기가 붉게 타오르는 빔 소드를 휘두르자 마장기 여럿이 그대로 폭발했다.

압도적인 광경이었다. 신성연합의 함대가 급격히 줄어들었다. 검은 마장기 뒤로 섬뜩한 모양의 검은 전함들이 모습을 드러냈다. 지금까지 등장하지 않았던, 암흑제국군의 정예 함대였다.

-망했으요: 엄청난데? 개털릴듯.
중립군: 하긴, 암흑제국군 행성을 침범했으니…….
상황분석기: GG다.

검은 마장기가 잼식이 있는 전함으로 다가왔다.
쿠웅!
전함 전체가 울리는가 싶더니 복도의 등이 마구 깜빡였다. 전함에 달려 있던 엔진이 창밖으로 둥둥 떠다니고 있었다.
전등이 완전히 나가버려 복도가 깜깜해졌다. 다크 아이에서 오는 반사광만이 복도를 밝혀줄 뿐이었다. 잼식은 다급히 메인 브릿지로 통신을 시도했다.
"워, 워프는 아직입니까?"
[으악! 아, 안 돼!]
치지지직!
통신이 끊겼다. 정적이 찾아왔다. 신성연합 플레이어들이 잼식이 있는 복도로 몰려왔다. 차단벽이 멋대로 내려갔기에 모두 이곳으로 올 수밖에 없었다.
모두 말 없이 정면을 응시했다. 잼식이 침을 꿀꺽 삼키는 순간이었다.

뚜벅뚜벅!

발걸음 소리가 들렸다. 검은 복장을 입은 누군가가 천천히 다가왔다. 창밖으로 빛이 들어오며 그를 비추었다.

"황제 폐하!"

세라가 외치자 잼식과 플레이어들은 당황했다.

라티카는 그대로 굳어버렸다. 암흑 황제는 기괴한 형태의 검은 가면을 쓰고 있었다.

"재미있는 짓을 벌였더군."

신성연합 플레이어들은 덤빌 생각을 하지 못했다. 압도적인 기세에 몸을 움직일 수 없었다. 암흑 황제가 손을 뻗었다.

러자 플레이어들이 양옆으로 튕겨 나가며 벽에 부딪혔다.

그그그극! 퍼석!

벽을 우그러뜨릴 정도로 박혀 들어가더니 그대로 압사당했다.

-이럴커: ㄷㄷ포스 봐.

우왕이: 사실상 최종 강림ㅋㅋㅋ

대댓글: 와…… 랭커도 많았는데 그냥 죽여 버리네.

암흑 황제는 뻗은 손을 내리지 않았다. 손바닥을 아래로 내릴 뿐이었다.

구그그극!

전함 자체가 비틀리는 소리가 나더니 바닥을 뚫고 무언가 치솟았다. 한손이 세라에게 준 양손검이었다.

그 검이 암흑 황제의 손에 들려졌다.

화르륵!

붉은 검기가 치솟는가 싶더니 검게 물들기 시작했다. 빛을 집어삼키며 주변을 심연으로 끌어당겼다. 암흑 황제가 검을 가볍게 휘둘렀다. 플레이어들은 무언가 스쳐 지나간 것을 느꼈다. 고개를 갸웃한 순간이었다.

"어?"

그대로 몸과 머리가 분리되더니 머리가 바닥에 떨어졌다. 잼식과 라티카, 그리고 세라만이 복도에 남게 되었다.

암흑 황제가 그들을 향해 다가갔다. 잼식은 눈알을 굴렸다. 라티카는 NPC였다. 그녀가 암흑 황제에게 죽게 되면 다시는 살아날 수 없었다.

'그녀라도 도망치게 해야 해!'

잼식은 의외로 의리가 있는 남자였다. 황제가 직접 올 정도이니, 세라는 황제에게 특별한 존재인 것이 틀림 없었다.

잼식은 눈을 질끈 감았다. 허리춤에서 단검을 꺼내고는 세라의 몸을 붙잡았다. 그녀의 목에 단검을 겨눴다.

"우, 움직이지 마! 움직이면 베겠어!"

암흑 황제와 라티카가 동시에 잼식을 바라보았다.

-추식아잼하다: 미친ㅋㅋㅋㅋ

-벚꽃남자: 저새끼 뭐하는 거얄ㅋㅋ

-봄비내려: 개추ㅐㄱㅋㅋㅋ

-에프비아이: 와, 여기서 저걸 하네. 지금껏 보지 못한 추함이다.

-구전동화: 암흑 황제 벙찐 것 같은뎈ㅋ

암흑 황제, 그리고 라티카는 아무 말도 할 수 없었다.

정적이 내려앉았을 뿐이었다.

진우는 먼저 걸리적거리는 것들을 정리했다. 신성연합 플레이어들의 함대를 모두 부수지는 않았다. 너무 큰 타격을 주면 세력 간에 균형을 맞추기 힘들었기 때문이다. 일단 대충 적당히 비싸 보이는 것만 부쉈다.

나머지들은 워프할 수 있게 놔두었다.

진우는 세라가 있는 전함으로 다가갔다. 찾는 건 어렵지 않았다. 잼식의 방송을 보고 있었기 때문이다. 전함에 들어가기 전에 워프할 수 없도록 엔진을 분리시키는 것도 잊지 않았다. 물론, 입구로 들어가지는 않았다. 메인 브릿지에 그대로 꽂혀 들어갔다. 선원들을 모두 정리하고 차단벽을 내려 플레이어들을 한곳으로 모았다. 빠르게 정리하기 위함이었다.

플레이어들이 모인 곳으로 가니 세라의 모습이 보였다.

잼식이 방송을 하고 있었기에 최대한 암흑 황제다운 모습으로 죽여줬다. 잼식은 마지막에 처리할 생각이었다.

진우는 뒤끝이 있는 타입이었다.

'참 비극이로구만.'

잼식의 방송을 보니 돌아가는 상황이 얼추 이해가 되었다. 세라가 기억을 잃은 상태라 라티카에게 강렬한 적의를 가지고 있었다. 일단 암흑제국군 플레이어를 죽인 게 컸고, 라티카가 해적 대장이었던 이유도 있었다. 세라와 친하게 지내던 일반인들은 모두 해적들에게 많은 피해를 본 이들이었다.

라티카가 이끌었던 해적단을 극도로 싫어하는 건 당연했다. 세라도 자신이 해적단에게 잡혀 있었다고 알고 있었다.

'음, 이걸 업보라고 해야 하나?'

해적만 아니었더라면 어떻게든 대화가 이루어졌을지도 몰랐다. 진우가 마지막으로 잼식을 처리하려 할 때였다.

"우, 움직이지 마! 움직이면 베겠어!"

우와!

진우는 그렇게 감탄할 뻔했다.

잼식이 세라를 끌어안은 채 목에 단검을 겨누었다.

"으, 으읏!"

세라의 얼굴은 새파랗게 질려 있었고 라티카는 뭐라 형용할 수 없는 표정이 되었다. 세라 입장에서는 잼식이 악당 중 악당으로 보일 것이다. 과거 해적 여왕이라 불렸던 라티카와 함께 침공을 하더니, 팬 싸인회를 학살회로 만들었고, 친하게 지내던 암흑제국군 플레이어를 죽였다. 게다가 납치를 하더니 이런 상황까지 되었다.

'평생 원수로 생각하지 않을까?'

아마도 그럴 것 같았다. 무슨 의도인지 정확히 이해는 할 수 없었으나, 잼식이 라티카와 세라의 사이를 더더욱 갈라놓고 있는 건 분명했다. 진우가 일단 가만히 지켜보자 잼식은 씨익 웃으며 라티카를 바라보았다.

"어, 어서 도망을⋯⋯!"

-하지마루욧: 잼식아. 무슨 의도인지는 알겠는데 주어 생략하니까 개추해잖아.

한영키: ㅋㅋㅋ그냥 아무생각이 없는 게 아닐까?

랄라라랄: 추식아..ㅠㅠ 제발 트롤링 좀 그만해라.

잼식을 그냥 죽이기에는 너무 추했다.

진우는 잠시 생각하다가 김대진 박사에게 보내기로 했다. 방송을 보는 시청자들에게도 좋은 구경거리가 될 것이다.

진우가 손가락을 튕기자 잼식이 든 단검이 검은 불꽃에 휩싸이더니 그대로 녹아버렸다.

"어?"

잼식이 주춤거렸다. 그 모습도 추하기 그지없었다. 세라가 틈이 생기자 잼식의 손을 깨물었다. 잼식은 고통은 느끼지 않았지만 크게 당황해서 세라를 놓치고 말았다.

세라가 진우를 향해 달려왔다.

"세라!"

라티카가 그런 그녀를 잡았지만 세라가 밀쳐냈다. 라티카가 힘없이 바닥에 쓰러졌다. 그녀는 멀어지는 세라를 허망하게 바라보았다. 세라가 진우의 옷자락을 잡으며 오열했다. 오열 속에는 수많은 감정이 담겨 있었다.

진우는 어떻게 위로를 해줘야 할지 난감해졌다.

그야말로 막장 드라마인 상황이었다.

'참…… 이게 무슨 고생이냐.'

세라만 불쌍할 뿐이었다.

진우는 작게 한숨을 내쉬며 살짝 토닥여줬다. 황제의 총애를 받는 설정으로 알려졌으니 이 정도는 괜찮을 것 같았다.

손을 뻗자 잼식의 몸이 공중에 붕 뜨더니 진우에게 천천히 이동되었다. 진우가 손가락을 하나씩 접었다.

팔과 다리가 우두둑하면서 부서졌다. 척추마저 끊기자 잼식은 완전히 움직일 수 없게 되었다.

진우는 김대진 박사에게 통신을 걸었다.

"킨대르진 박사, 쓸 만한 실험체들이 갈 것이다. 마음껏 다루도록."

[예! 폐하! 엄청난 걸작을 만들어내겠습니다!]

-오맴매: 억ㅋㅋ 잼식이 실험체행?

-빌보드: 대박! 방송 안 끊기겠네.

-책을불태웁시다: ㅋㅋㅋㅋ와 개꿀잼이겠다.

잼식은 눈알을 굴릴 뿐이었다. 차라리 평소처럼 죽는 게 속 편할지도 몰랐다. T1 군단을 태운 수송기가 진우가 있는 전함에 도착했다. 진우가 잼식을 바닥에 던지자 T1군단이 잼식을 질질 끌고 사라졌다. 시청자들은 잼식의 추한 모습을 보며 굉장히 좋아했다. 한마디로 축제 분위기였다.

구경꾼들이 사라지자 진우는 가면을 벗었다. 세라는 진우의 본 모습을 알고 있었다. 다크 아이에 갈 때마다 플레이어들에게 비밀로 해주었다.

"괜찮냐?"

"흐흑…… 사부님이…… 아저씨가……."

"죽어도 죽지 않는 놈들이니 걱정하지 마라."

진우는 T1군단에게 세라를 넘겼다.

세라가 T1군단을 따라가다가 진우를 바라보았다.

"고마워요."

"음."

"저…… 암흑제국군에 정식으로 입단할 거예요. 그래서 신성연합 놈들을……."

"으, 음……."

세라에게서 맹렬한 살기를 느낄 수 있었다. 예전 라티카와 비슷한 눈빛이 되었다. 세라가 사라지자 진우는 한숨을 내쉬었다. 일이 상당히 꼬여 버렸다. 진우는 라티카에게 다가갔다. 그녀의 눈빛은 죽어 있었다. 혼이 나간 것처럼 보였다.

그녀의 심정도 이해가 되었다. 오로지 여동생을 살리기 위해, 복수를 하기 위해 인생을 바쳤는데, 그런 여동생이 기억을 잃고 자신을 극도로 혐오했다.

문제는 변명의 여지가 없다는 점이었다. 세라를 살린 것도 암흑 황제였고, 세라가 믿고 따르는 자도 암흑 황제였다. 그녀가 있을 자리는 없었다.

"이야기 좀 하지."

라티카가 고개를 들어 진우를 바라보았다. 어떤 의지도 보이지 않았다. 삶에 대한 욕구마저도 잃어버린 것 같았다. 그냥 인형처럼 보일 지경이었다. 이대로 두기는 그랬다. 어쨌든 둘이 붙어 있으면 해명할 기회가 있긴 할 것 같았다.

진우는 해피엔딩을 좋아했다. 명작 영화도 새드엔딩이라면 보지 않았다.

"곤란하게 되었네."

"세라…… 저, 저는 어떻게 해야……."

라티카의 흐렸던 눈빛에 간절함이 떠올랐다.

"일단 내 밑으로 들어와. 네가 세라를 위해 할 수 있는 일이 뭔지 생각해 보자고."

라티카의 눈에서 눈물이 뚝뚝 떨어졌다. 진우가 해결해 줄 수 있는 부분이 아니었다. 세라가 기억을 찾을 때까지 그녀의 주변에서 머무는 게 제일 나은 방법인 것 같았다.

조금 힘들겠지만 말이다.

"알…… 겠습니다."

[라티카의 소속이 암흑제국군으로 변경됩니다.]
[라티카가 새로운 칭호를 획득하였습니다.]

[B]가련한 배신자
암흑제국군으로 들어가 얻은 칭호.
여동생을 위하는 마음밖에 남아 있지 않다. 대군주를 위해 일
한다면, 세라의 기억이 돌아올 가능성이 있긴 하다.
레아르 백작과 적대 관계가 되었습니다.
신성연합과 적대 관계가 되었습니다.
라이네스 왕국, 우주연합국과 적대 관계가 되었습니다.
세라의 호감도: -60

[정말 사악한 끝맺음입니다! 대단합니다!]
[경험치를 획득하였습니다.]

칭호도 너무 불쌍했다. 진우는 라티카의 어깨를 다정하게 두
드려 주었다. 조금 편하게 해주려는 의도였다. 그러나 라티카가
움찔하며 부들부들 떨었다.
'나도 진짜 나쁜놈이네.'
갑자기 그런 생각이 들었다.

라티카는 전투 능력은 약했지만, 함대 통솔 능력은 이 우주 세계에서 제일 뛰어났다. 마장기 적성도 굉장히 높아서 조금 훈련을 하니 허영의 움직임을 따라잡을 수준까지 도달했다. 진우는 라티카에게 델록스 제국의 외곽 경계를 맡겼다.

라이네스 왕국과 우주연합국의 분위기가 심상치 않았기 때문이다. 바퀴벌레 일족들은 생체정보 변환을 위한 준비가 한창이라 전투에 나설 수 없었다. 라티카에게 최신 함대와 T1 군단을 맡기니 바로 체계가 잡혔고, 꼼꼼한 방어라인이 구축되었다. 그녀는 오로지 여동생의 곁에 있겠다는 신념으로 진우의 명령을 충실히 이행했다.

정작 만날 때가 되면 앞으로 나서지 못하고 먼발치에서 지켜봤다. 얼굴을 반쯤 가리는 헬멧을 쓰고 있었지만, 플레이어들은 그녀가 누군지 알아보았다.

[제목: 라티카 말인데…….]

세라를 자주 스토킹하는 게 보인다. 처음에는 사정을 알고 굉장히 슬펐는데, 요즘은 좀 위험해진 것 같다. 저번에 세라가 카페에서 케이크를 먹었는데, 그걸 보더니 몸을 떨면서 웃고 있더라. 얼핏 듣기로는 '먹는 것도 귀엽네. 세라.', '커피도 잘 마시네. 기특해……' 이런 말을 하던데…… 여동생 사랑이 대단한 듯.

잼식이가 하드 트롤링만 하지 않았다면 그래도 대화할 기회가 생기진 않았을까?

이렇게 극단적인 수단 말고, 천천히 다가가야 했음.

해적이었던 과거, 그걸 싫어하는 여동생.

감정의 골이 깊어질 수밖에 없었던 것임.

따지고 보면 잼식이 이놈이 만악의 근원임. 라티카랑 길드 연합 꼬셔가지고 다크 아이로 쳐들어갔자너. 길드 연합 피해가 엄청남. 이번에도 팀킬 오지게 했네.

[댓글 7,321]

-슬롱: 내가 다시는 잼식이 따라가나 봐라.

-카라랄: 와, 그럼 라티카 암흑제국군 된 거임? 신성연합에서 제일 인기있는 NPC였는데…….

-우연임: 잼식이 때문에 인기 NPC하나 사라짐.

-스트랄: 라티카 애잔하긴 하다. 세라랑 잘 되었으면 좋겠음. 당장은 힘들겠지만…….

-안면내면: 암흑 황제가 신사네ㅋㅋ 그래도 저렇게 기회라도 주니…….

-추식잼: 님들, 잼식 방송 보셈. 지금 상황 졸잼임ㅋㅋㅋ

신성연합 플레이어들은 물론, 암흑제국군 플레이어들도 라티카를 안쓰럽게 여겼다. 한손이 사정을 알게 되자 중재시키려고 노력을 많이 했다. 시간이 해결해 줄 것이다. 어쨌든 가족이었으니까.

'라티카는…….'

라티카는 지금 전투 중이었다. 라이네스 왕국의 함대가 다시 침입했기 때문이다. 진우는 목걸이를 통해 상황을 살펴보았다. 그의 옆에는 세연과 유나가 자리해 있었다. 라티카가 탄 마장기 데이터를 분석하던 세연은 크게 감탄했다.

"굉장한 재능이네요. 마장기 숙련도가 더 올랐습니다. 마장기의 능력을 한계까지 끌어내고 있어요. 마력에도 익숙해졌구요."

라티카가 탄 마장기는 붉은색이었다. 붉은색 마장기가 라이네스 왕국의 마장기를 압도했다. 라이네스 왕국과 부딪힐 상황이 되면, 라티카가 직접 나섰다. 그녀는 사상자 없이 돌려보내려고 노력하고 있었다.

레아르 백작이 라티카에게 통신을 걸었다.

[라, 라티카! 왜, 왜 그러는 거예요! 돌아와요!]

[……저는 라티카가 아닙니다.]

[거짓말 마요! 제가 당신을 못 알아볼 리 없어요!]

[돌아가십시오. 죽기 싫으면. 제 마지막…… 자비입니다.]

레아르 백작과 그런 대화를 했다. 레아르 백작이 흐느끼며 라티카의 이름을 불렀다. 라티카는 치솟는 감정을 억제하려 입술을 깨물었다.

유나와 세연이 동시에 진우를 바라보았다.

진우는 슬쩍 시선을 피했다. 라티카가 레아르 백작과 인연이 있다는 걸 깜빡하고 있었다. 라티카가 그렇게 자신을 희생하면서 레아르 백작과 함대를 살린 걸 최근에서야 알게 되었다.

"역시 암흑 황제이십니다."

"······어쩔 수 없는 일이겠지요. 의도된 바는 아니라 믿고 있습니다."

세연과 유나가 그렇게 말했다. 레아르 백작 입장에서는 굉장히 비극적인 일이었다. 자신과 여왕, 그리고 많은 목숨을 살린 라티카가 살아 있었다. 그러나 암흑 제국에게 세뇌당해서 자신과 라이네스 왕국을 적대하고 있었다. 정말 영화 같은 이야기였다.

"아! 잼식도 잡혀 왔지?"

진우는 일부러 화제를 돌리며 잼식의 방송을 켰다. 잼식은 암흑제국군의 매드 사이언티스트 킨대르진 박사에게 보내져서 완전히 개조가 되었다. 이제 방송 생활은 완전히 끝났다는 심정이었지만 의외의 전성기를 맞이하게 되었다.

잼식은 기왕 추해진 거 더 추해지자는 마음에서 극한의 추함을 추구하게 되었다. 진우는 잼식의 방송을 화면에 크게 띄웠다. 시청자들이 굉장히 많았다. 현재 방송 1위였다. 김군주가 방송을 하더라도 1위를 탈환할 수 있으리라는 보장은 없었다.

-크하하하하하!

킨대르진 박사가 두 팔을 벌리며 미친 듯이 웃고 있었다. 그도 지금 시청자들을 의식하고 있는 상태였다.

G&P 연구원들은 왜 다 저런 것일까?

킨대르진 박사는 너무나 즐거워 보였다.

-잼식이여! 너의 개조는 끝났다. 느껴보아라! 넘치는 힘을!

-으, 으아아아! 힘이, 힘이 넘친다!

잼식도 주어진 역할에 충실하고 있었다.

그게 그의 살길이었기 때문이다.

잼식의 몸은 완전히 달라져 있었다. 팔다리가 기계가 되었고 몸에 기괴한 기계 장치들이 달렸다. 덕분에 덩치가 예전보다 훨씬 커진 상태였다. 가슴에는 소형 마력 엔진이 달려 있었다.

-너는 마장기에 준하는 힘을 얻었다! 너는 더 이상 잼식이 아니다. 잼식트다! 우주의 공포가 될 것이다! 암흑 제국을 위해 충성을 다하여라!

-크하하! 나약한 신성연합 놈들……! 다 죽여주겠다! 잼식트가 간다!

-추식이잼하다: ㅋㅋㅋ 미친ㅋㅋ잼식트라닠ㅋㅋ

-우주재판: 와! 완전히 미쳐 버렸네.

-로망우주선: 개추한데 개멋지다. 저거 로켓 주먹이지?

└루루룰: 파괴력 꽤 괜찮은듯. 작은 전함은 한 번에 박살 낼 수 있다네.

└로망우주선: 윜ㅋㅋ 암흑제국군의 기술력은 우주 제일이군.

-언더더다크: 최강의 인간변기 잼식트! 가즈아!

-팬임다: ㅋㅋ더 추해지니 꿀잼이네. 이 세상 추함이 아니다.

잼식은 잼식트가 되었다. 엄청난 네이밍 센스였다. 킨대르진 박사가 방송에 출연한 이후, 의외로 많은 인기를 얻게 되었다. 궁합이 잘 맞았고 늘 미친듯한 텐션을 유지했다.

게다가 굉장히 유용한 정보를 제공해 주었다. 킨대르진 박사가 유저인지 NPC인지 구분이 되지 않아, 플레이어들 사이에서 그의 정체를 두고 설전이 오갔다. 아직도 미스테리로 남아 있었다. 그는 잼식의 방송에서 '킨대르진 박사의 우주 상식'이라는 코너를 진행하고 있었다.

-자! 이번에 만나볼 정보는 뭘까요?

킨대르진 박사가 가리킨 화면의 돌림판이 돌아가더니 광석 사진 하나가 나왔다. 붉은빛깔이 인상적인 광석이었다.

-음! 이번에는 광석이로구나! 이건 모아이로 행성계에서 나오는 '레다이트'란다. 마력 엔진의 출력을 일시적으로 높여주는 데 쓰이지. 알아두면 긴급 시에 아주 유용해! 하지만 한계 이상으로 출력을 높이면 마력 엔진이 타버리니 주의해야 한단다.

킨대르진 박사는 마치 어린아이를 대하는 것처럼 말해주었다. 직접 레다이트를 가지고 와 실험을 통해 보여주었다.

시청자들의 반응은 굉장히 좋았다.

세연이 부러운 듯한 표정으로 방송을 바라보았다.

"저, 저도 해볼까요? 섹시한 악의 여간부 컨셉으로……."

"일에 충실하는 게 좋을 것 같습니다."

"자, 잘할 수 있을 것 같은데요?"

"부디 참아주십시오."

그렇게 말하는 세연을 유나가 말렸다. 어쨌든 결과만 보면 그렇게 비극적으로 돌아간 것치고는 나쁘지 않았다.

"이쯤 해놓았으니 알아서 잘 돌아가겠지."

세력 간의 균형도 완벽한 상태였다. 갈등과 슬픔이 있기는 하지만 진우의 손을 떠난 지 오래였다. 직접 해결해 줄 정도로 진우는 착하지 않았다.

'잠이나 자야겠다.'

어쩌면 우주에서 제일의 나쁜 놈인지도 몰랐다.

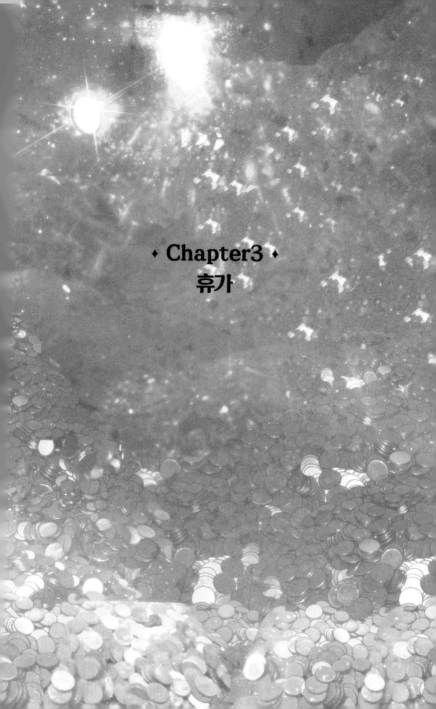

✦ **Chapter3** ✦
휴가

　진우가 신경을 쓰지 않아도 우주 세계는 평화롭게 돌아갔다. 라이네스 왕국이나, 우주연합국 깊숙한 곳에는 이미 마족들이 침투해 있었다. 부패한 관료들을 싸그리 도플로 일족들로 교체하니, 뒤에서 조종하기 편리해졌다.

　플레이어들도 아주 재미있게 우주 세계를 즐기고 있었다. 당사자들에게는 안타까운 이야기지만, 라티카와 세라의 비극적인 이야기는 꽤 반응이 좋았다. 둘의 관계를 진전시키기 위해 많은 플레이어들이 노력하고 있었는데, 오히려 역효과만 났다. 라티카는 레아르와 세라에게 이리저리 치이며 과거에 대한 많은 반성을 하고 있었다. 그래도 외전에 비하면 훨씬 상황이 좋았다. 나머지는 라티카가 하기 나름이었다.

　'어쨌든 잘 되었네.'

　이제 우주 세계에는 군주도 없으니 진우가 나설 필요가 없었다. 자체적으로 알아서 처리할 수 있을 것이다.

진우는 또 다른 지구에서 제법 긴 휴가를 가졌다. 본래 지구보다는 아무래도 더 편하게 쉴 수 있을 것 같았기 때문이다. 또다른 지구에 달라진 게 있다면 리처드가 대통령이 되었다는 점이었다.

리처드에게는 신세 진 것도 많아서, 특별히 유능한 요정을 붙여주었다. 일반적인 요정과는 달리 인간형태로 있었는데, 경호원 겸 아주 유능한 비서가 되어주었다. 좋아하는 건지 무서워하는 건지 알 수 없는 이상한 표정을 짓기는 했지만 어쨌든 그에게 도움이 될 것은 확실했다.

진우는 오랜만에 성소로 이동했다. 책상에 앉아 회의 내용을 정리하고 있는 희연이 보였다. 제갈미현은 희연과 함께 서류를 작성하면서 이야기를 나누고 있었다. 그녀도 여성회에 합류한 상태였다.

"선배, 이건 어떻게 기입할까요?"

"아, 그건 따로 정리해서 올려야 해."

"그렇군요."

제갈미현은 희연을 선배라 부르고 있었다. 진우는 희연의 모습을 잠시 바라보았다. 어째서인지 굉장히 오랜만에 보는 것 같은 느낌이 들었다. 우주 세계에도 왔던 것이 분명한데 기억이 잘 나지 않았다.

'페로도 감지하지 못했다고 했던가?'

최근 여성회 회원에 가입한 페로도 희연의 기적을 좀처럼 감지하지 못했다. 마치 공기와 같은 자연스러움이라 했다. 덕분에 페로도 희연을 선배라 부르며 따르고 있었다.

페로가 차를 들고 나타났다.

"희연 선배님, 마침 여행하기 좋은 행성이 있습니다."

"행성이요? 그렇게까지 멀리 갈 필요는……."

그러고 보니 유나에게 들었던 말이 떠올랐다. 여성회 회원들끼리 친목 여행을 간다고 한다. 제갈미현도 신입이라 부를 수 있었고, 최근에 페로도 들어왔으니 친목을 다질 겸 계획을 한 것이었다. 여성회 회원들끼리 따로 회비를 모았다고 한다. 생각보다 예산이 많이 드는 모양이었다.

"자금은 내가 대주도록 하지."

진우가 나타나며 그렇게 말하자 모두가 바라보았다.

희연이 미소 지으며 말했다.

"휴가는 어떠셨나요?"

"뭐…… 그냥……."

진우는 말을 얼버무렸다. 차마 즐거웠다고 말하기 힘들 정도로 최악이었다. 아무런 방해 없이 푹 쉬고 싶었기에 누구에게도 행선지를 알리지 않았다. 그동안 아무도 진우가 어디 있는지 몰랐다. 유나도 비상연락망만 알고 있을 뿐이었다.

진우는 그렇게 한다면 느긋하게 휴가를 보낼 수 있을 거라 생각했다. 하지만 결과는 실패였다.

'나는 사건을 부르는 체질인가?'

분명 운이 엄청 좋을 텐데, 기이한 일이었다. 이런 체질에는

운 같은 건 전혀 영향이 없는 모양이었다. 휴가지에 가자마자 여러 사건에 말려들었다. 갱단을 박살 낸 일이나, 테러 집단을 소멸시킨 일은 평범한 축에 속했다. 미국 전역이 사라질 위기에 처하기도 했었다. 지구도 두 번 정도 구한 것 같았다. 마치 영화처럼 말이다.

'집 떠나면 고생이라더니……'

역시 성소나 집 안에 짱박혀 있는 게 제일이었다.

"어쨌든, 재미있게 놀다 와."

진우는 그렇게 말하고는 성소에 있는 서재로 이동했다. 희연이나 제갈미현, 그리고 세연이 작업실로 쓰고 있는 곳이기도 했다. 의자에 앉아 인쇄한 설정집을 살펴보았다.

아무리 살펴봐도 이건 아닌 것 같았다. 조금 더 가다듬어서 신작 때 내놓을 생각도 있었다고 하는데, 지금의 영훈이라면 부끄러워하지 않을까?

'그래도 기존 판타지 소설에 비하면 참신하기는 해.'

엄청난 분량의 소설을 쓰면서 발전한 것일지도 몰랐다.

무려 한국형 히어로물, 전대물이었다. 어릴 적 봐왔던 히어로물, 전대물을 나름대로 독자적인 설정을 가미해서 작성한 것이었다. 거기에 학원물도 섞었다. 뭔가 이상한 맛의 짬뽕이 된 느낌이었다. 다양한 걸 시도해 보고 싶었던 모양이었다. 설정집은 당연히 빈틈투성이였다. 배경 설정은 그럭저럭 괜찮았지만 캐릭터 설정에는 빈 공간이 꽤 많았다.

심지어 주인공조차 제대로 설정되어 있지 않았다.

'설마 이런 게 구현되었겠어?'

고개를 설레 저으며 설정집을 책상 위에 내려놓았다. 그렇게 생각하면서도 불안감이 가시지 않는 것은 설정집에서 미약한 권능이 느껴져서였다. 이리저리 봐도 그 외에는 평범했다. 진우가 잠시 고민하고 있을 때 유나가 다가왔다.

"여기에 계셨군요."

"오랜만이네."

"리처드에게 이야기는 들었습니다. 휴가답지 않은 휴가를 보내셨더군요. 설마 그런 일이 있을 줄은 몰랐습니다."

"뭐, 항상 그렇더라고."

"집에서 푹 쉬시는 게 어떻습니까?"

휴가를 갔는데 지구를 두 번 구한 건 보통 일이 아니긴 했다. 유나의 말에 진우는 고개를 끄덕였다. 집이 최고였다.

"다 같이 휴가를 간다며?"

"네, 같이 가시겠습니까? 도련님께서 같이 가시면 모두 좋아할 것 같습니다."

"아니, 내가 가면 무슨 일이 벌어질 것만 같아."

"아마도 그렇겠지요."

진우는 유나와 함께 집으로 이동했다. 무언가 잊은 느낌이 들었는데, 진우는 고개를 저었다. 아무런 생각도 하지 않고 푹 쉬는 게 좋을 것 같았다.

희연은 성소에 있는 서재에서 자료를 정리했다. 황금의 여성회 회원들은 모두 개성이 너무 강해 여행지를 정하는 데도 한참 걸렸다.

'그래도 정해져서 다행이네.'

여행 계획이 적혀 있는 종이가 책상 위에 아무렇게나 놓여 있었다. 모두의 의견을 모아 여성회에서 오락부장을 맡고 있는 루나가 신중하게 만든 계획표였다.

희연은 계획표를 물끄러미 바라보았다.

'재미있을 것 같아.'

희연은 친구가 없었다. 학창시절에는 늘 검에만 매달려 있었기에 수학여행을 간 적도 없었다. 이제 여성회 회원들을 모두 친구라 부를 수 있었다. 저번에 행성 강원도로 갔을 때 굉장히 재미있었던 기억이 있었다.

평범한 삶이란 아마 그런 것인지도 몰랐다.

'진우 님도 같이 갔으면……'

희연은 괜히 부끄러워져서 달아오른 볼을 손으로 가렸다. 요즘 세연과 같이 있는 시간이 많아져서인지 망상력이 옮은 것 같았다. 계획표와 나머지 서류를 빠르게 정리해서 챙겼다. 모두에게 나눠줄 계획표 속에 진우가 인쇄해 놓은 설정집이 섞여 들어갔지만 눈치채지 못했다.

여행 날이 되자 여성회 회원들이 성소에 모였다. 모두 평소와는 다른 차림새였다. 황금의 여성회 단체복을 입고 있었다.

트레이닝복 같았는데, 그럭저럭 디자인은 괜찮았다.

"이거 받아가세요."

"줘봐."

"아! 고마워요."

희연이 계획표를 나눠주려 하자, 허영이 귀찮은 척하면서도 그녀를 도와주었다. 사실 허영은 설레서 잠을 제대로 자지 못했다. 미궁이 자신이 받은 계획서를 바라보고는 고개를 갸웃했다.

"이거 뭐임?"

그건 계획서가 아니었다. 설정집이었다. 미궁이 설정집을 보여주려 위로 번쩍 드는 순간이었다. 설정집에서 빛이 뿜어져 나왔다.

"오! 막 빛남!"

"일반적인 마법은 아닌 것 같군요."

미궁이 빛나는 설정집을 마구 흔들자, 옆에 있던 아르카나가 그렇게 말했다. 미궁이 호기심이 넘치는 눈으로 설정집을 바라보다가 손으로 빛을 눌러 보았다.

쑤욱!

"오! 안에 들어갔음! 막 빨려 들어감!"

설정집에서 뿜어져 나온 빛이 더욱 커지더니 커다란 구멍이 되었다. 블랙홀처럼 미궁의 몸을 빨아들이기 시작했다.

"나 큰일 났음! 오!"

"미, 미궁?!"

옆에 있던 루나가 깜짝 놀라며 미궁의 몸을 붙잡았다. 그러나 흡입력이 훨씬 강했다. 미궁은 완전히 빨려 들어갔고 루나의 상반신이 빛 안으로 들어가 있는 상태가 되었다.

"잡아요!"

아르카나가 루나의 다리를 잡으며 외쳤다. 여성회 회원들이 모두 아르카나와 루나를 붙잡으며 버텨 섰다. 루나와 미궁의 몸이 점차 다시 밖으로 나왔다.

"오! 안에 뭐 있음! 막 변함!"

"까아악! 다, 당겨주세요!"

미궁은 위기감이 전혀 없었지만 루나는 아니었다. 저 공간에 들어갔다가는 이상하게 변해 버릴 것만 같은 예감이 들었다. 빛이 점점 더 강해지더니 황금의 여성회 전원을 휘감았다. 흡입력도 훨씬 강해지기 시작했다.

"으아!"

허영이 권능을 뿜어내며 버텨냈다. 허영의 전신근육이 팽창했다. 그녀는 힘을 주며 뒤로 당겼다.

"괜찮아! 버틸 만해!"

허영이 그렇게 외치며 권능을 끌어올리자 암흑 마기가 치솟았다. 조금 오래 걸리긴 하겠지만 조금씩 빼낼 수 있을 것 같았다. 그때 단우천이 부엌에서 나왔다. 그의 양손에는 직접 싼 도시락통이 들려 있었다. 허영의 비위를 맞추다 보니 그는 어느새 요리 고수가 되어 있었다.

"모두 가는 길에 드세…… 어?"

단우천의 손에 들린 도시락통이 붕 뜨더니 날아가기 시작했다. 단우천의 몸도 그러했는데, 다급히 천근추를 시전하며 버텨 섰다. 공중에 떠오른 도시락통이 빠른 속도로 가속되더니 허영의 머리에 부딪혔다. 허영의 고개가 돌아가며 단우천과 눈이 마주쳤다. 그 순간 허영의 몸이 앞으로 쏠렸다.

"으윽! 단우천 이 자식……!"

허영의 마지막 말이었다. 결국 모두 빛 안으로 빨려 들어가 버렸다. 그러자 빛이 사라지며 정적이 내려앉았다.

단우천은 멍하니 그 광경을 바라보았다.

"아……."

무언가 엄청난 실수를 한 것 같았다. 단우천의 온몸에 식은땀이 마구 흘러내렸다.

"망했다."

단우천은 눈앞이 깜깜해졌다.

진우는 느긋하게 쉬고 있었다. 유나도 오늘 여행을 갔기 때문에 진우를 방해할 사람은 없었다. 세계가 멸망할 정도의 급한 일이 아니라면 누구도 자신에게 연락하지 않을 것이다.

"역시 집이 좋군."

집만큼 아늑한 곳은 없었다. 이제 휴가랍시고 돌아다니지 말도록 하자. 그냥 집에서 맥주를 마시면서 느긋하게 밀린 예능과 드라마를 챙겨보는 게 가장 좋았다.

집안에 처박혀 있으면 사건사고가 일어날 확률도 적었다. 더 이상 핵폭탄 같은 걸 맨몸으로 막아서고 싶지는 않았다. 굉장히 귀찮았다.

"오⋯⋯."

진우가 드라마를 보며 몰입하고 있을 때였다.

똑똑!

누군가 노크를 했다. 유나는 여행을 갔으니 이렇게 직접 찾아올 수 있는 사람은 몇 없었다.

"들어 와."

"실례하겠습니다."

문을 열고 들어온 사람은 총지배인이었다. 총지배인도 진우의 집에 자유롭게 출입할 수 있었다. 그렇긴 하더라도 그가 오는 일은 극히 드물었다.

"무슨 일이야? 급한 일이 아니라면⋯⋯."

"여성회가 사라졌습니다."

진우는 고개를 갸웃했다. 설마 납치라도 당한 걸까?

그렇게 생각하기에는 여성회 회원들의 무력이 너무 강했다. 군주급 존재가 3명이나 있었기 때문이다.

총지배인이 다시 보충 설명을 해주었다.

"현장을 목격한 단우천의 말로는 요상한 빛이 여성회 회원들을 감쌌다고 합니다. 빛의 공간 안으로 빨려 들어갔다는데 포탈은 아닌 것 같습니다."

"빨려 들어갔다고?"

"네, 일단 현장을 봉쇄해 놓았습니다."

잘 이해가 되지는 않았지만 보통 일이 아니었다. 군주급 존재가 성소로 침입한 것일까? 그렇다고 보기는 힘들었다.

'직접 봐야겠군.'

아무리 생각해도 짐작 가는 게 없었다. 진우는 바로 성소로 이동했다. 모두의 짐이 그대로 남아 있었고, 계획표가 바닥에 널브러져 있었다. 계획표 사이에 은은한 빛을 내고 있는 종이가 보였다. 설정집이었다.

'그러고 보니 책상 위에 놓고 갔었지.'

까맣게 잊고 있다가 이제 생각났다. 설정집의 여러 페이지가 바닥에 떨어져 있었는데, 모두 빛을 머금고 있었다.

'권능이 강해졌군.'

진우는 설정집을 손에 들었다. 굉장한 권능이 느껴졌다. 설정집 자체가 군주가 되어버린 것 같았다.

진우가 들자 빛이 점점 사그라들었다.

"이건……."

설정집이 달라졌다. 빈틈이 많았던 설정들이 보충이 되어가고 있었다. 천천히 글자가 새겨지고 있었다. 배경설정뿐만 아니라 주요 캐릭터들도 마찬가지였다. 가장 먼저 완성된 캐릭터 설정이 있었다.

"최희연……?"

이름: 최희연

성별: 여자

나이: 17살

성전 고등학교 검도부 에이스. 전국대회를 모두 휩쓴 검의 천재이다. 쿨한 성격이지만 귀여운 것을 좋아한다. 이성은 물론 동성에게도 인기가 상당히 많은 편. 그녀는 평범한 고등학생이 아니다. 성력이라 불리는 별의 힘을 지니고 있다.

희연이 캐릭터가 되어 있었다. 그것도 굉장히 오그라드는 설정이었다. 진우는 설정집을 정보의 마안으로 살펴보았다.

[-SSS]설정의 군주

'하나의 세계가 되길 소망한다.'

설정의 군주가 깃들어 있는 종이. 미완성 세계를 완성시키고 싶은 강렬한 의지가 설정의 군주를 탄생시켰다. 황금의 여성회 회원들을 이용하여 세계를 완성시킨 상태이다.

외부에서 간섭은 불가능하나, 지배의 권능을 이용한다면 간섭할 수 있을지도 모른다.

"아무래도……."

진우의 휴가는 여기까지인 것 같았다.

성소는 늘 시끌벅적했다. 진우는 설마 텅 빈 성소를 보게 될 줄은 생각하지도 못했다. 생각보다 훨씬 기분 나빴다.

진우는 설정집을 바라보다가 지배의 권능을 일으켰다. 설정집에서 빛이 뿜어져 나오며 반항했다. 랭크가 상당하다 보니 완전히 지배할 수는 없었지만, 자신을 설정 속에 끼워 넣을 수 있었다. 미완성이었던 주인공 캐릭터 설정이 검게 타오르는 글씨로 채워졌다.

[주인공: 이진우]

진우가 주인공 자리를 차지하게 되었다.

'더 바꾸고 싶지만······.'

완전히 바꿔 버렸다가는 안으로 들어간 이들이 위험할 수가 있었다. 이미 완성된 세계였기 때문이다. 일단 안으로 들어가서 천천히 살펴보는 게 나을 것 같았다.

진우는 성소의 중앙으로 설정집을 가지고 왔다. 지배의 권능을 이용하여 설정집을 비틀자 공간의 균열이 일어났다.

[설정된 세계로 향하는 문이 성소에 등록되었습니다.]

균열이 포탈이 되어 자리를 잡았다. 이제 언제든 포탈을 열수 있을 것이다.

'이런 식으로 가게 될 줄은 몰랐는데……'

그러고 보면 항상 이런 식이기는 했다. 진우는 작게 한숨을 내쉬고는 포탈 안으로 들어갔다. 보통 포탈이라면 통로를 지나 도착지점에 떨어져야 했지만, 이번에는 달랐다. 빛이 진우의 몸을 감싸더니 다른 곳으로 전송되듯 사라졌다.

"여긴?"

진우가 눈을 뜬 곳은 평범한 방이었다. 그의 몸은 침대에 누워 있었는데, 커튼 사이로 햇빛이 비추었다. 진우는 자리에서 일어났다. 그는 평범한 잠옷을 입고 있었다.

'오……'

이런 싸구려 잠옷을 입어 본 적이 언제인가 싶었다. 방은 너무나 평범했다. 크기도 작았다. 컴퓨터 하나가 있었고, 옷장이 있었다. 책상 위에는 휴지 하나가 놓여 있었고 여러 권의 교과서가 아무렇게나 놓여 있었다.

진우는 거울로 다가갔다.

"젊어졌네."

이런 상황이 두 번째라서 그런지 이제는 놀랍지도 않았다. 진우는 주인공 캐릭터였으니 설정의 권능이 진우에게도 어느 정도 작용하고 있었다. 성소로 돌아가면 다시 원래 모습대로 돌아올 것이다. 키는 비슷했지만 어려진 느낌이 났다.

그것 외에 변한 건 없었다. 권능뿐만 아니라 기존에 있던 아 공간도 자유롭게 사용할 수 있었다. 지배의 권능 덕분이었다. 진우는 설정집을 꺼내 보았다. 설정집에 글자가 천천히 새겨지고 있었다. 그리고 설정집 뒤로 페이지가 추가되더니 소설이 써지기 시작했다.

[힘차고 화끈한 아침이다. 이진우가 눈을 떴다.]

"미친……."

과거 영훈의 필체였다. 진우를 중심으로 소설이 쓰여지고 있었다. 기록처럼 써지는 것이니 특별하다는 느낌은 없었다.

진우는 방을 살펴보았다. 옷장 안에는 교복이 있었다.

'이곳은 주인공의 집인가?'

설정된 것대로 주인공의 집 같았다. 컴퓨터를 켜서 잠시 살펴보니 이곳은 대체적으로 지구와 비슷했다.

'뭐, 특별한 건 없네.'

우주 세계에 비하면 평범한 축에 속했다. 진우는 무려 우주까지 지배한 대군주였다. 이 정도 상황으로는 진우를 당황하게 만들 수 없었다. 진우가 그렇게 생각하며 미소를 짓고 있을 때였다.

다다다!

밖에서 발걸음 소리가 들려왔다.

벌컥!

문이 열리며 은빛 머리카락을 지닌 소녀가 들어왔다. 중학생 교복을 입고 있었다.

"엇! 오빠! 일어나 있었네?"

진우는 당황했다. 루나가 방긋 웃으면서 진우를 오빠라 부르고 있었다. 교복에 달린 명찰을 보니 '이루나'라는 이름이 적혀 있었다.

"루나?"

"잠이 덜 깼어? 안마해 줄까? 오빠? 응?"

"음……."

"빨리 내려와서 밥 먹어!"

진우가 있는 곳은 2층이었다. 루나를 따라 1층으로 내려갔다. 식탁 위에 아침밥이 차려져 있었다.

"설마…… 네가 한 거야?"

"당연한 걸 왜 물어?"

진우는 너무 놀라 주저앉을 뻔했다. 그 게임 폐인 루나가 요리라니. 가당치도 않았기 때문이다.

"오빠, 힘들어? 먹여줄까?"

"……."

"히힛, 역시 오빠는 내가 챙겨줘야 한다니까."

으악! 루나는 오글거리는 말을 잘도 뱉고 있었다. 흑역사를 자신이 직접 생성하고 있었다. 진우는 말려 들어가는 손을 주체할 수 없었다.

"……맙소사."

역대 최악의 군주를 맞이하고 말았다. 진우는 두려움을 느꼈다. 이 세계는 분명 미쳐 있었다.

아침 식사는 진우에게 있어서 혼돈 그 자체였다. 식사 자체는 그럭저럭 맛있었으나, 거북한 분위기 덕분에 음식이 역류하는 느낌이었다. 방긋방긋 웃으면서 자신을 챙겨주는 루나의 모습에 진우는 소름이 끼쳤다.

심지어 루나가 콧노래를 부르면서 설거지까지 했다. 평소에 자기 방도 치우지 않는 루나였다. 미궁과 함께 어지럽히는 게 취미였다.

'아리나가 매번 혼냈지.'

아리나는 해탈해서 천족이 되어버릴 것만 같았다. 진우는 설정집을 꺼내 살펴보았다. 설정집은 오로지 진우만 볼 수 있었다. 루나의 캐릭터가 완성되어 있었다.

이름: 이루나
성별: 여자
나이: 14
'오빠는 내가 챙겨줘야 해!'

주인공 이진우의 여동생. 피가 이어지지 않는 여동생이다. 어린 시절 주인공의 집안으로 입양되었다. 오빠를 굉장히 좋아하며, 늘 사건 사고를 불러오는 오빠를 챙겨줘야 한다는 의무감으로 가득 차 있다. 아름다운 외모와 전교 1위의 성적, 누구에게나 다정한 성격 때문에 성전 중학교에서 은빛 성녀로 불리고 있다.

'그 루나가 공부를 잘하다니······.'

충격과 공포였다. 진우는 자리에서 일어나 거실을 둘러보았다. 가족사진이 보였다. 부모님과 루나, 그리고 자신이 나란히 서서 웃고 있었다. 누가 보더라도 화목한 가정이었다.

'……부모님?'

이진우의 부모는 아니었다. 서로가 서로를 죽인 막장 관계였다. 어째서인지 가족사진에서 눈을 뗄 수 없었다. 가슴 한켠이 따듯해졌다.

'이제 와서 그리워하기에는…….'

진우는 고개를 설레 저었다. 옆을 바라보니 할아버지 사진도 있었다. 여전히 근엄한 표정이었다.

"오빠, 뭐 해?"

루나가 등교 준비를 하고 왔다. 교복을 입은 루나의 모습은 색달랐다. 방송을 할 때는 다양한 복장을 입었는데 교복만큼은 입지 않았다. 어려 보인다는 이유에서였다.

교복이 참 잘 어울렸다. 멍하니 있는 진우를 보고 한숨을 내쉰 루나는 진우의 방에서 직접 교복을 가져다주었다.

"오빠는 내가 없으면 안 된다니까."

"……."

"하는 수 없지! 내가 챙겨줄게."

"으윽……."

루나는 그렇게 말하면서 흐뭇하게 웃었다. 만화나 애니메이션에서 나올법한 충격적인 연출과 전개였다.

무려 대군주의 항마력이 깎여 나가고 있었다. 루나가 직접 진우에게 교복을 입혀주었다. 헤실헤실 웃으면서 은근슬쩍 진우에게 안기기도 했다. 아주 애굣덩어리였다.

'몸에 무언가 있군.'

루나의 몸에서 군주의 기운이 느껴졌다. 진우는 정보의 마안으로 루나의 상태를 자세히 살펴보았다. 루나는 자신을 뚫어져라 바라보는 진우의 모습에 당황하며 얼굴을 붉혔다.

진우에게 그런 것 따위는 눈에 들어오지 않았다.

[SS+]설정의 파편

은연중에 꿈꿔왔던 상황을 설정하여 구현해 준다. 설정된 세계는 그것에서 힘을 얻고, 세계를 유지할 수 있다. 꿈꿔온 일들을 이루거나, 설정에 만족하는 등, 특별한 계기가 있다면 파편을 분리할 수 있다.

'일단 강제로 분리해 볼까?'

진우는 진지한 눈으로 루나를 바라보았다.

"여기 앉아 봐."

"으, 웅? 아, 알았어."

루나가 긴장하며 소파에 앉았다. 어째서인지 눈을 꼭 감았다. 진우는 손을 뻗으며 가슴 윗부분에 살짝 올려놓았다.

"으읏! 오, 오빠!"

파편을 힘을 주어 당기자 루나가 기묘한 소리를 냈다.

진우는 전혀 신경 쓰고 있지 않았다.

'그냥 빼는 건 힘들겠는데.'

강제로 뺀다면 루나에게 부담이 갈 수도 있었다. 진우가 손을 떼고 물러났는데도 루나는 눈을 감고 그렇게 있었다.

'일단 학교에 가보긴 해야겠네.'

어쨌든 주인공이 된 상태이니 주인공의 생활 반경에 무언가 있을 것이다. 이 나이에 학교라니, 정말 미쳐 돌아가는 세계였다. 진우가 생각에 빠져 있을 동안 루나는 여전히 눈을 감고 있었다.

"아, 미안. 벌레가 붙어 있더라고."

"아……."

진우가 대충 변명하자 루나가 눈을 뜨고는 진우를 바라보았다. 그녀는 한숨을 푹 쉬며 고개를 설레 저었다.

마치 기대한 내가 바보였지라고 말하는 듯한 표정이었다!

'저 반응은……!'

진우는 루나의 반응을 보고 감탄했다. 어디선가 많이 본 반응이었기 때문이다.

'둔감한 주인공이 벌일 만한 상황이군.'

19금 만화는 아니고, 17금 정도 되는 만화에나 나올 법한 주인공이었다. 진우는 둔감한 편은 아니었다. 여성회의 회원들이 모두 자신에게 호감을 품고 있다는 건 잘 알고 있었다.

그래서 만들어진 게 황금의 여성회였다. 처음에는 부담이 되었지만, 지금은 당연하게 받아들이고 있었다.

"……오빠, 학교 가자."

루나가 힘없이 밖으로 나갔다. 진우는 그녀의 뒷모습을 바라보다가 밖으로 나왔다.

성전 고등학교와 중학교는 가까이 붙어 있었다. 고등학교와 중학교를 통칭하여 성전 학원이라 불렀다. 성전 학원에는 별의 힘인 성력을 지닌 이들만이 입학할 수 있었다. 성전 중학교를 졸업하면 성전 고등학교로 자동입학이 되었다.

"오빠가 성전 학원에 입학하게 되어서 정말 다행이야."

"그래?"

"응, 다른 곳에 가지 않고 계속 같이 있을 수 있잖아. 오빠가 이사가는 줄 알고…… 걱정했다구."

루나는 잘도 오글거리는 말을 해댔다. 설정집을 보니 주인공에게는 성력이라는 게 없었다. 어디에나 있을법한 평범한 남학생이었다. 주인공은 지망한 고등학교에 다 떨어져서 다른 지역으로 이사를 갈 뻔했다.

그러나 성전 학원의 학원장이 주인공을 특별 추천하면서 이번에 입학할 수 있게 되었다. 주인공은 성력 이외에 무언가 특별한 것이 있다고 한다.

'이거……'

어디선가 본듯한 매우 흔한 설정이었다. 주인공 위주로 돌아가는 학원물이라면 이런 전개가 맞기는 했다. 그런데 그게 실제가 되니 뭔가 굉장히 이상한 기분이 들었다.

등굣길에는 학생들이 많았다. 성전 고등학교의 학생들은 저마다 무기 같은 걸 지참하고 있었다. 그 성력이라는 걸 다루기 위해 만들어진 무기 같았다. 길목에 누군가 서 있는 게 보였다.

'희연?'

포니테일로 머리를 묶고 교복을 입고 있었다. 어깨에 검은 천으로 두른 검을 매고 있었는데, 그녀와 꽤 잘 어울렸다. 마치 일러스트를 보는 것 같았다.

'저런 캐릭터……'

아주 흔했다.

루나가 그녀를 보는 순간 진우의 옆에 붙었다.

희연이 진우에게 쭈뼛거리며 다가왔다.

"아, 안녕."

살짝 얼굴을 붉히면서 인사했다. 슬쩍 설정집을 보니, 소꿉친구라는 설정이 추가되어 있었다!

참으로 흥미로운 설정이었다. 이곳에서는 진우와 희연이 동갑이었다. 루나가 희연을 노려보았다.

"그냥 가시지, 기다리신 건가요?"

"우연이다."

"그런 것치고는 너무 뻔한 곳에 계신 것 같은데요?"

"남매.치고는 제법 사이가 좋군?"

"피가 이어지지 않은 남매입니다만?"

둘의 사이가 심상치 않았다. 진우가 먼저 가려고 하자 루나와 희연이 양옆에 붙었다. 샴푸 향기와 함께 따듯한 감촉이 느껴졌다.

'오……'

바람직했다. 보통 둔감한 주인공이라면 난처한 표정을 지으면서 이런 상황을 누리지 못했겠지만 진우는 아니었다.

'조금 즐겨보는 것도 괜찮을지도…….'

이건 이거대로 신선하고 괜찮았다. 설정의 군주에 대한 호감도가 조금 올라갔다. 양쪽에 달라붙은 루나와 희연은 떨어질 생각을 하지 않았다. 덕분에 불편하게 걸을 수밖에 없었다. 고등학교가 더 가까웠기에 루나와 헤어지게 되었다.

루나는 거의 울 듯한 표정으로 진우를 바라보았다. 반면에 희연은 입가에 시원한 웃음을 머금고 있었다.

"가자. 학원장실로 가야 한다."

"그래?"

"편입통지서에 적혀 있을 텐데?"

"그런가? 잘 아네?"

진우가 그런 걸 알 리가 없었다. 희연은 화들짝 놀라며 손사래를 쳤다.

"아, 그…… 내, 내가 왜 알고 있냐면…… 그, 친구 중에 편입하는 사람이 있어서……."

진우는 가만히 희연을 바라보았다. 매력적인 캐릭터였다. 괜히 흔한 설정의 캐릭터가 아니었다. 일단 소꿉친구니 서로 반말을 하고 있지만, 그것 외에 많이 달라진 게 느껴졌다.

공기 같던 분위기가 사라졌고, 비중이 꽤 늘어난 것 같은 느낌이 들었다. 그녀는 무려 설정된 세계의 메인 히로인이라는 간판을 들고 있었다.

"아, 아무튼 따라오도록."

"그래."

진우는 희연을 따라 성전 학원 내부로 들어갔다. 만화에서나 볼 법한 학교였다. 건물은 마치 성처럼 보였는데, 굉장히 웅장했다. 커다란 정원도 있었다. 분수가 치솟는 모습은 꽤 볼만했다. 수영장도 있었고 육상트랙이나 테니스코트 같은 체육시설도 수준급이었다.

그러나 진우의 눈에는 평범하게 보였다. 일선 대학교를 넘어서는 수준이 아니고서는 진우에게 어떤 감흥도 줄 수 없었다. 주변을 둘러보며 희연을 따라갔다. 아무리 둘러봐도 여학생들의 모습밖에 보이지 않았다.

"여학생만 있네?"

"음, 성력이 여자들에게서 많이 발현되는 건 알고 있지? 남자의 경우 성력을 지녔다고 하더라도 성전 학원에 입학할 수준은 되지 못한다. 네 경우가 특수한 거겠지."

우와!

감탄이 나올 정도로 흔한 설정이었다!

"앗! 희연 님이 남자와……."

"저런 근본도 없는 남……."

주변의 여학생들이 수군거렸다. 희연은 인기가 상당했으니 전형적인 반응이었다. 여기서 욕을 먹는 건 주인공이라면 감수해야 하는 부분이었다. 오글거리는 것도 계속 겪다 보니 적응이 되어가고 있었다.

"꽤, 괜찮네요."

"와……."

분위기가 반전되었다. 주인공의 외모가 평범하다는 설정이었지만 진우는 아니었다. 진우의 외모는 여전했다.

그렇게 주목을 받으면서 학교 내부로 들어갔다.

"학원장은 어떤 사람이야?"

"역대 최고의 성력을 지닌 별의 전사야. 은퇴 후 이 학원을 세웠지."

"그렇군."

"조심하도록 해. 존경스럽기는 하나…… 속을 알 수 없는 사람이야. 그녀에게 반항하고 살아남은 사람은 없어."

미스테리한 학원장 설정이 나왔다! 진우는 이제 완전히 즐기고 있었다. 꼭대기 층에 오르니 바로 거대한 문이 나왔다. 평범한 학교가 아니라는 설정이니 이런 광경도 이해는 되었다. 가까이 다가가자 자동으로 문이 열렸다. 붉은 카펫이 깔려 있었고, 고풍스러운 장식물들이 놓여 있었다. 한쪽에는 많은 책이 꽂혀 있는 책장도 있었다.

고급스러운 책상이 보였다. 그 뒤로 학원장이 있었다. 학원장은 거대한 의자에 앉아 창문 밖을 바라보고 있었다. 덕분에 진우는 의자의 뒷모습밖에 볼 수 없었다.

"드디어 왔군. 별을 건너 그대가 오기를 기다리고 있었다."

익숙한 목소리였다. 제법 카리스마 넘치는 목소리였다.

그 목소리를 듣자 희연은 긴장하며 식은땀을 흘렸다.

별의 정점이 눈앞에 있었다. 희연은 기세에 눌려 주저앉을 것만 같았다. 진우가 옆에 있었다. 절대 추한 모습을 보일 수 없었다. 희연은 이를 악물며 버텨 섰다.

"희연 양."

"네, 학원장님."

"알고 있겠지? 성전 학원에서는 연애가 금지되어 있다."

"……알고 있습니다."

"물론 '레드 스타'라 불리는 네가 그럴 리는 없겠지."

제법 진지한 대화를 하기 시작했다. 희연은 대답하지 않고 의자를 바라볼 뿐이었다. 여전히 학원장은 창밖을 바라보고 있었다.

"나가보도록."

"……알겠습니다."

희연이 밖으로 나갔다. 진우가 걱정되어 죽겠다는 눈빛이었지만, 어쩔 수 없었다.

휘익!

의자가 돌아가며 학원장의 모습이 드러났다. 무시무시한 표정이었다. 노골적으로 기를 죽이려 하는 게 보였다.

"잘 왔다. 애송이. 너는 이제……."

학원장의 몸이 그대로 굳었다. 학원장이 눈을 깜빡였다. 무언가 떠올리는 듯 인상을 썼다. 그러다가 놀란 표정이 되었다.

"어? 주, 주인님……?"

학원장은 아르카나였다. 흉폭했던 기세는 사라지고 없었다.

아르카나는 당황하면서 어찌할 바를 몰라 했다. 엄청난 추태가 떠오르자 얼굴을 들지 못했다.

"꺄악! 죄송합니다! 뭐, 뭔가 정신이 없었다고 해야 할까…… 꾸, 꿈을 꾸는 기분이었다고 해야 할까……."

"꽤 멋졌어. 계속 그렇게 해도 괜찮을 것 같은데."

"으윽…… 이, 잊어주세요. 부탁드립니다. 제, 제발……."

설정집에 아르카나의 정보가 업데이트되었다.

이름: 아르카나

성별: 여자

나이: ??

검은 마녀 아르카나. 역대 최고의 성력을 지닌 빛의 전사였으나 사랑의 아픔을 겪고 은퇴하였다. 성전 학원을 세워 학생들을 가르치고 있다. 국가 원수조차 고개를 숙일 정도로 대단한 권력을 지니고 있다.

아르카나는 빠르게 일어나더니 차를 내왔다. 책상 앞에 있는 소파에 앉아서 잠시 이야기를 나눴다. 평소의 아르카나는 진우와 제대로 대화를 할 수 없었다. 하지만 그녀도 이 설정된 세계에 영향을 받은 모양인지 대화가 가능했다!

진우는 그녀에게 대략적인 상황을 들었다.

"이상한 곳으로 여행을 와버렸군."

"주인님께서 계셔서 정말 다행입니다."

"다른 이들은?"

"학원에 몇 명 있습니다. 그 외에는 모르겠습니다. 모두 무사할 겁니다."

진우는 고개를 끄덕였다. 어디에 떨어지더라도 멀쩡하게 잘 지낼 이들이었다.

휘이이!

아르카나의 가슴 쪽에서 작은 파편이 빠져나왔다. 빛을 뿌리고 있었는데, 진우는 단번에 그게 무엇인지 알아차렸다. 군주의 권능이 깃들어 있는 설정의 파편이었다.

진우는 정보의 마안으로 본 정보가 떠올랐다. 꿈꿔온 일들을 이루거나, 설정에 만족하는 등, 특별한 계기가 있다면 파편을 분리할 수 있었다. 아르카나가 미소를 지으며 파편을 잠시 바라보다가 진우에게 건네주었다.

"제 바람은 주인님과 자연스럽게 대화를 하는 것이었습니다."

"소소하군."

"그렇지 않습니다. 이 시간이…… 제가 살아온 모든 시간보다 값집니다. 이곳에서나마 소원을 이룰 수 있었네요."

아르카나가 그렇게 말하면서 웃었다.

감동한 것일까? 그녀의 눈시울은 붉어져 있었다. 그 모습을 본 진우는 고개를 끄덕였다. 진우는 그녀와 조금 더 대화를 하기로 했다. 아르카나가 굉장히 좋아했다.

"학원장이니 이곳에서 마음대로 할 수 있겠네?"

"네, 성전 학원은 제 것이나 마찬가지입니다."

"그래서 연애 금지 조항을 넣은 거야?"

"……그건 제가 넣은 거긴 하지만 제, 제가 아니었다고 할까…… 옛날의 저였다고 보시면……."

꽤 오랫동안 대화를 했다. 아르카나의 얼굴에서 미소가 떠나지 않았다. 그녀는 승천하기 일보직전이었다.

"아, 주인님의 담임은 이미 정해져 있습니다. 만나보시면 알게 될 겁니다. 그녀는 군주급 존재가 아니기 때문에…… 저처럼 정신을 차릴 수는 없을 겁니다."

"그렇군."

"부디 흑역사가 생기지 않도록 신경을 써주셨으면 합니다."

진우는 씨익 웃었다. 악당의 미소였다.

"너처럼?"

"으윽……."

"흑역사라…… 그것만큼 놀리기 좋은 건 없지."

정신을 차렸을 때 부끄러워하는 모습을 지켜보며 놀리고 싶었다.

"너만 당하기 억울하지 않아?"

"생각해 보니…… 그렇네요."

아르카나가 고개를 끄덕였다.

"제 권능으로 그녀들이 무엇을 원하는지 어느 정도 알 수 있습니다."

"그렇군. 일단 흘러가는 대로 놔둬 보자고. 뭔가 일어나긴 하겠지."

"알겠습니다."

대화가 끝나자 아르카나는 책상 위에 있는 벨을 눌렀다.

잠시 후, 정장을 입은 여성이 안으로 들어왔다.

'유나?'

화장을 하고 있어 분위기가 조금 달랐다. 아르카나는 유나를 잠시 바라보다가 입을 가렸다.

그녀는 웃음을 참으려고 노력하고 있었다. 정신을 되찾기 전에는 몰랐지만, 정신을 되찾고 보니 꽤 웃긴 상황이었기 때문이다. 진우도 이 상황이 웃기기는 했다.

"부르셨습니까? 학원장님."

"크흠. 자, 잘 왔다. 네가 담당하게 될 이진우 군이다. 특별 전형으로 입학한 학생이니 신경을 써 주도록."

"알겠습니다."

유나는 진우를 바라보며 고개를 끄덕였다.

진우는 유나의 반으로 배속되었다. 뛰어난 성력을 지닌 이들만 모이는 A반이었다. 학원장실을 나오기 전에 아르카나가 진우에게 다가와 그의 귀에 입을 가져다 대었다.

"주인님, 그녀의 바람을 알아냈습니다."

"뭔데?"

"그녀의 바람은 연하와의 뜨거운 사랑입니다. 대상은 당연히 주인님입니다."

"⋯⋯응?"

"걱정 마세요. 제가 서포트하겠습니다."

아르카나가 주먹을 불끈 쥐었다. 그녀는 사명감에 불타오르고 있었다. 진우는 차마 그녀를 말릴 수 없었다.

학원장실 밖으로 나오자 유나가 기다리고 있었다.

"네 담임인 김유나야. 반가워."

"아…… 네. 반갑습니다. 선생님."

평소의 그녀와는 다르게 꽤 활발했다. 유나가 먼저 손을 뻗어 악수를 청했다. 진우가 손을 잡자 유나가 살짝 흠칫했다. 그녀의 발목이 꺾이면서 앞으로 몸이 쏠렸다.

진우가 넘어지지 않도록 안아주었다. 설정의 군주가 개입한 것일까? 전형적이지만 굉장한 연출이었다!

실제로 겪어보니 꽤 괜찮았다. 진우는 품에 안긴 유나를 내려다보았다. 유나의 귀가 붉게 달아오르기 시작했다.

잠시 그렇게 시간이 흘렀다. 유나가 화들짝 놀라며 뒤로 물러났다.

"그, 바, 반으로 아, 안내해 줄게."

진우는 허둥거리며 앞서가는 유나의 뒷모습을 바라보았다. 유나의 저런 모습을 보는 건 처음이었다.

'이거……'

입가에 진한 미소가 그려졌다.

'재미있겠군.'

상당히 재미있을 것 같았다. 꽤 마음에 들었다.

진우는 설정의 군주를 죽이지 않기로 했다.

진우는 유나를 따라 1학년 A반으로 향했다. 함께 복도를 걸으며 그녀를 관찰하듯 바라보았다. 아무리 봐도 신선했기 때문이다. 지금까지 다양한 차원을 돌아보며 색다른 광경을 다 봤지만, 이것에 비할 수는 없었다.

흠칫! 움찔!

유나는 아닌 척했지만 진우를 심하게 의식했다. 그의 시선이 닿을 때마다 움찔했다. 보통 주인공들은 '선생님이 왜 저러시지? 어디 아프신가?' 하면서 오해를 불러일으켜야 했다.

진우도 한 번 시도해 보기로 했다.

"무슨 과목을 가르치세요?"

"수, 수학이란다."

"의외로 평범한 걸 가르치시네요."

성전 학원이니 검술이나 마법 같은 게 나오지 않을까 싶었다. 의외로 평범한 과목을 가르쳤다. 유나는 굉장한 성력을 지니고 있지만, 부상을 당한 이후로 평범한 선생님으로 지내고 있다는 설정이었다.

"수학은 잘 못 하는데……."

"어, 언제든 물어보렴."

"네, 감사합니다."

진우는 유나를 바라보았다.

"좋아질 것 같네요."

"으, 응?"

눈빛이 멍해졌다. 망상에 빠져 있는 듯한 모습이었다.

"수학이요."

"그, 그래? 다, 다행이네."

얼굴은 새빨갛게 달아올라 폭발하기 일보 직전이었다.

유나가 후다닥 하며 앞서갔다.

'윽……'

역시 흉내 내는 것이 아니었다. 온몸이 꼬이는 것 같았지만 진우는 버텨냈다. 사람은 적응의 생물이었다. 하물며 진우는 대군주였다. 이미 적응했을 뿐만 아니라 진화까지 했다.

이 세계에서는 이런 대사가 아주 평범한 것이었다.

그렇게 A반 앞에 도착했다. 유나의 정신이 아직까지 돌아오지 않았다. 참으로 진귀한 모습이었다. 어쩌면 늘 포커페이스를 유지하던 유나의 본 모습인지도 몰랐다.

진우는 피식 웃으면서 그녀를 바라보았다.

"선생님."

"으, 응?"

"제가 먼저 들어갈까요?"

"아…… 미, 미안!"

진우는 유나를 따라 교실 안으로 들어갔다. 인원수는 스무 명 남짓했다. 남자는 진우가 유일했고 모두 여자였다. 희연도 자리하고 있었다. 희연은 진우가 들어오자 올라가는 입꼬리를 주체할 수 없었다. 안절부절못하며 진우를 바라보았다.

"난 인정할 수 없어. 특별 전형으로 A반이라니……."

"학원장님과 친분이 있어서 들어온 거겠지요."

"불결해요!"

학생들의 예상된 반응이 나왔다. 희연이 발끈하며 그녀들을 노려보았다.

"학원장님의 안목을 의심하는 건가?"

"그, 그건 아니지만…… 희, 희연 님, 저자와 딱 붙어서 등교하시더군요. 혹시……."

"아, 아니다. 나, 나는……!"

희연이 얼굴을 붉히며 벌떡 일어났다.

"모두 조용."

유나가 헛기침하며 그렇게 말하자, 희연이 다시 자리에 앉았다. 진우는 박수를 칠 뻔했다.

'설정의 군주…… 대단하군. 덕이 깊어.'

진우도 어디서 본 건 많았지만 설정의 군주는 진정으로 덕을 깊이 깨우친 자였다. 진우가 그럭저럭 만족하자, 어디선가 안도의 한숨이 들려오는 것 같았다. A반은 엘리트 반이기 때문에, 특별 전형으로 손쉽게 온 주인공을 인정 못 한다는 분위기였다. 약간 답답하지만 곧 해결될 그런 이야기였다. 그 과정에서 반의 신뢰를 얻거나 히로인을 반하게 하는 등의 사건이 일어날 것이다.

진우는 그런 것에는 관심 없었다. 답답한 걸 제일 싫어했다. 무언가 참는 것도 싫어했다.

잠들어 있던 황금의 군주가 서서히 눈을 떴다. 황금의 군주는 이런 상황을 그냥 넘어가지 못했다. 황금의 군주가 바라던

최고의 상황이었다. 창문이 닫혀 있음에도 바람이 살랑살랑 불어오더니 진우의 머리카락을 살짝 흩날리게 했다. 어디선가 꽃잎도 날아왔다.

오글거리는 설정은 더 오글거리는 연출로 잡아먹을 수 있었다. 평소라면 이상했을지도 모르지만, 설정된 세계에서의 효과는 굉장했다. 이 설정된 세계가 다섯 가지 덕을 깨우쳤다면, 황금의 군주는 이미 수십 가지의 덕을 깨닫고 열반에 오른 상태였다.

"이진우입니다. 잘 부탁드립니다."

진우는 살짝 미소를 지으며 인사했다. 웅성거리던 분위기가 많이 사라졌다. 모두 멍한 눈빛이 되었다. 이런 연출에 흔들리지 않는다면 그건 인간이 아니었다. 황금의 군주가 작동하는 이상 언제 어디서나 진우는 완벽했다.

진우의 자리는 희연의 옆자리였다. 한 학생을 필두로 인정하지 못하겠다는 파벌이 뭉쳐 있었는데, 이제 숫자가 확연히 줄어들었다. 대부분 호기심과 호감이 가득한 눈빛으로 진우를 힐끔힐끔 바라보았다.

인기인이 되는 것도 꽤 즐거운 일이었다.

'고등학교라……'

진우는 고등학교를 제대로 다닌 기억이 없었다. 돈을 벌기 위해 이리저리 굴렀기 때문이다. 설정의 군주가 악의는 없는 것 같으니, 느긋하게 학창시절을 체험해 보는 것도 나쁘지 않을 것 같았다. 유나가 오늘 있을 특별한 스케줄을 알려주었다.

"오후에는 예정대로 성력 재측정이 있을 예정이에요. 그리고 오전 체육시간은, 모두 수학 보충으로 바뀌었어요."

여기저기서 죽는소리가 들렸다. 희연도 윽 하는 소리와 함께 눈썹을 찡그렸다. 바로 수업이 시작되었다.

진우는 가방을 뒤져보았다. 하지만 전학 와서 교과서가 없었다. 그걸 눈치챈 희연이 잠시 머뭇거리다가 용기를 냈다.

"교, 교과서 없지?"

희연이 떨리는 목소리로 묻자 진우는 고개를 끄덕였다.

드르륵!

침을 꿀꺽 삼키고는 책상을 들어 진우의 책상 옆에 붙였다. 그리고 가운데에 교과서를 펼쳤다. 매미 소리가 들려왔다. 살짝 열린 창문으로 불어온 바람이 커튼을 춤추게 했다. 희연은 진우에게 어깨가 살짝살짝 닿을 때마다 움찔거렸다.

진우는 뭔가 굉장히 간질간질한 느낌이 들었다. 유나가 그럴 때마다 이쪽을 주시했는데, 칠판의 글씨가 기이하게 삐뚤어지기 시작했다. 그런 상황 속에서도 수업이 끊기지 않고 아슬아슬하게 진행되는 게 정말 신기했다.

진우는 창밖을 바라보았다. 여학생들이 성전 학원 체육복을 입고 트랙을 돌고 있었다. 한쪽에서는 열심히 테니스를 치고 있었고, 그걸 응원하는 학생들도 있었다.

수영장에서도 즐거운 비명이 들려왔다.

잠이 솔솔 왔다.

'이런 것도 좋네.'

진우가 부드럽게 웃자, 희연이 펜을 떨어뜨렸다. 펜이 데구루루 굴러 진우의 의자에 부딪혔다. 진우와 희연이 동시에 손을 뻗어 펜을 잡으려 했다. 그러다가 손가락이 살짝 닿자 희연이 화들짝 놀라며 옆으로 물러났다.

그녀는 넘어질 뻔했다. 진우는 펜을 주워서 건네주었다.

"……고마워."

그렇게 말한 희연은 펜을 한참동안이나 두 손으로 잡고 있었다. 유나가 몇 번 희연의 이름을 부르자 겨우 정신을 차렸다. 참으로 풋풋했다.

점심시간이 되었다. 도시락을 챙겨오지 않은 게 떠올랐다. 루나가 만들어준 것 같았는데, 아마 식탁 위에 있을 것이다. 먹지 않아도 상관없었지만, 역시 매점으로 가줘야 했다.

'가장 비싼 걸 먹어야겠어.'

고등학교 때는 해보지 못한 사치였다.

진우가 매점으로 가려고 할 때 희연이 다급히 붙잡았다.

그녀의 손에는 거대한 도시락통이 들려 있었다.

"우연히 너무 많이 준비했다. 그…… 도움이 필요한데……."

진우가 물끄러미 바라보자 희연이 고개를 푹 숙였다.

역시 점심시간은 손수 싸 온 도시락이었다.

"알았어. 가자."

희연이 활짝 웃었다. 아무래도 교실은 눈에 너무 많이 띄었다. 희연이 좋은 곳이 있다며 진우를 옥상으로 안내했다. 옥상에는 초록색 펜스가 쳐져 있었는데, 흰 바닥과 꽤 잘 어울렸다.

하늘은 너무나도 쾌청했다. 떠다니는 구름도 굉장히 맑게 보였다. 희연은 준비성이 좋았다. 돗자리까지 가지고 와 빠르게 세팅했다.

"이것도 준비한 거야?"

"우연이다."

도시락을 많이 만든 것도, 돗자리를 준비한 것도 우연이라고 보기는 힘들었다. 이 세계에서는 그런 걸 따져서는 안 된다. 나란히 앉아서 도시락을 먹었다. 맛은 그럭저럭 있었다. 자세히 보니 희연의 손은 온통 밴드투성이였다.

'참⋯⋯.'

요령이 없는 건 똑같았다. 본래의 희연과 다른 게 아니라, 그녀가 가지고 있는 또 다른 모습인 것 같았다.

진우가 음식을 먹자 그녀는 조마조마한 심정으로 진우를 바라보고 있었다. 그녀의 손에 들린 젓가락이 파르르 떨리고 있었다.

"맛있네."

"그래?"

진우가 그렇게 말해주자 겨우 웃었다. 인기척이 느껴져 고개를 돌려 구석을 바라보았다. 옥상에 있는 커다란 화분 뒤에 숨어 있는 아르카나가 보였다. 아르카나는 진우를 보고는 엄지손가락을 치켜들었다.

'좋습니다! 주인님! 달콤하고 좋아요! 그겁니다!'

아르카나는 고성능 카메라로 사진까지 찍고 있었다. 이런 달달한 분위기를 아주 오랫동안 혼자 상상해 왔기 때문에, 폭주하고 있었다. 희연이 입술을 달싹였다. 날씨가 조금 더워 그녀의 턱선을 타고 땀 한 방울이 흘렀다. 쇄골에 부딪히더니 교복을 적셨다.

구름이 이따금씩 햇빛을 가렸다. 제법 시원한 바람이 불어왔다. 교복을 적신 땀이 사라질 때쯤, 시끄럽던 매미 소리가 잦아들기 시작했다.

희연이 거우 입을 뗐다.

"괘, 괜찮으면…… 내일도…… 조금 많이 만들 것 같아서……."

"나야 좋지. 부탁할게."

희연은 시원한 미소를 지었다. 아르카나는 손수건으로 눈물을 닦고 있었다.

청춘! 좋다! 굉장히 감동받은 모양이었다.

오후 수업이 되자 체육관으로 향했다. A반 학생들 모두 성전학원에서 지급하는 전투복을 입고 있었다. 전투복은 당연한 이야기지만 평범하지 않았다. 노출이 꽤 있는 타이즈였다. 배와 허벅지가 드러나 있었다.

일러스트에서나 볼 법한 복장이었다.

'뭔가 설정이 있던가?'

정보의 마안으로 보니 바로 알 수 있었다. 스타 아머를 착용하기 위한 기초 복장이었다. 성력의 흐름을 원활하게 하기 위해서는 맨살이 좋다고 한다. 평화로워 보이긴 하지만 이곳은 위험한 괴인이 나오는 세계였다. 조금이라도 효율을 높이기 위한 결과가 바로 저 복장이었다.

희연은 여학생들 사이에서도 압도적이었다. 진우의 시선이 닿자, 부끄러워하긴 했지만 가리지는 않았다. 그녀의 하얀 목덜미가 붉게 달아올라 있었다.

"파렴치하군요."

"흥, 어느 정도인지 기대하겠어요."

진우를 욕하는 학생은 이제 극소수에 불과했다. 그마저도 전형적인 조연의 모습을 하고 있어 언급할 가치가 없었다.

유나가 성력 측정기 앞에 섰다.

"측정을 시작하겠어요."

성력 측정기는 구슬 형태였다. 먼저 진우를 얕보고 있던 여학생들이 측정을 받았다.

'620?'

많은 건지 적은 건지 알 수 없었다. 슬쩍 설정집을 보니 500만 넘어도 광장한 수치라고 한다. 희연이 측정 기기 앞에 서자 학생들이 기대에 찬 눈빛이 되었다.

희연은 A반에서도 동경의 대상이었다. 수치는 1,500이었다.

"역시 별의 색을 받으신 분답군요."

"레드 스타와 어울리는 분은 희연 님밖에 없어요."

학생들이 감탄하며 그렇게 말했다. 그녀의 스타 아머는 붉은색이었다.

'주인공은 성력이 없다는 설정인데…….'

측정기는 마력에 반응하지 않았다. 진우는 유나에게 다가갔다.

"선생님. 성력이 많으면 부서질 수도 있나요?"

"금이 갔던 적은 있지만, 그런 경우는 없었어. 안심하렴. 별의 잔재로 만든 것이니 부서질 일은 없단다."

"그렇군요."

별의 잔재는 성력이 잘 스며드는 광석이었다. 웬만해서는 파괴가 되지 않아 무기를 만들 때 쓰였다. 여기서는 무시를 받고, 나중에 특별한 사건을 통해 사이다를 부어야 하겠지만 진우는 그렇게까지 인내심이 많은 군주는 아니었다.

"위에 손을 올려놓으렴."

유나의 말대로 위에 손을 올려놓았다. 구슬에 있는 숫자가 0에서 미동도 하지 않았다. 학생들이 그럼 그렇지 하면서 술렁거릴 때였다.

콰드드득!

측정 장치에 균열이 생겼다. 진우의 손은 힘을 하나도 주지 않은 것처럼 사뿐하게 놓여 있을 뿐이었다.

퍼석!

측정 장치가 박살 나며 파편들이 사방으로 쏟아져 나갔다.

"꺄악!"

가장 먼저 진우를 욕하며 선동했던 학생이 다리에 파편을 맞아 쓰러졌다. 큰 상처는 없었지만 다리가 저릿저릿할 것이다. 극소량이기는 하지만 진우의 기운이 담겨 있었으니 말이다. 진우는 그 학생에게 다가갔다.

"괜찮아?"

"으으…… 다리가……."

"근육이 조금 놀랐을 뿐이야. 내가 좀 봐도 될까?"

학생이 고개를 끄덕이자 진우는 학생의 종아리에 손을 올렸다. 그리고 살짝 스며든 기운을 회수했다.

학생은 신음을 내뱉었다. 시원한 쾌감이 전신을 휘감았다. 진우의 손에 닿을 때마다 몸이 절로 베베 꼬였다.

"어때?"

그녀는 눈을 동그랗게 뜨고 진우를 바라보았다. 다리를 움직여보니 하나도 아프지 않았다. 더군다나 찌뿌둥했던 것도 사라져 있었다. 나쁜 기운들이 모조리 빠져나갔기 때문이다. 황금의 군주가 작동하며 구석구석 깨끗하게 만들어주었다.

"아, 아……."

그녀는 행복함을 느꼈다. 눈빛이 몽롱해졌다.

"미안해. 저게 터질 줄은 몰랐네."

"아…… 괘, 괜찮아요. 저, 저야말로 죄송했어요. 괘, 괜히 제가……."

"같은 반이니 잘 지내자고."

이제 좀 잠잠해지겠지.

진우는 그녀를 바라보며 요망한 미소를 지었다.

"저도 맞은 것 같아요."

"가, 갑자기 팔이……."

학생들이 진우를 바라보며 그렇게 말했다. 그들을 보며 눈을 굴리고 있던 희연이 진우 쪽으로 오더니 슬쩍 바닥에 넘어졌다. 유나도 어깨를 매만졌다.

'아슬아슬하게 17금이군.'

참 좋았다. 진우의 성력은 측정 불가로 기록되었다. 그런데 그것보다 진우의 손길이 더 유명해졌다.

첫날은 대단히 재미가 있었다. 아직 여성회 회원들을 전부 만나지 못했지만 서두를 것 없으니 천천히 움직이기로 했다. 진우는 등교할 때와 마찬가지로 루나와 희연에게 밀착한 상태로 하교했다.

희연의 집은 진우의 집과 가까웠다. 검술 도장을 하고 있었는데, 알아주는 무사 집안이라고 한다. 검문최가와 비슷했다. 루나는 진우의 팔을 꼭 잡으며 희연을 노려보았다.

"얼른 가세요. 그리고 다시는 보지 말죠."

"훗, 아직 어리구나."

희연은 여유만만이었다. 그녀는 미소를 지으면서 빈 도시락 통을 살짝 보여주었다. 그러자 루나가 인상을 찡그렸다. 희연은 루나에게 다가가 귓속말로 무언가 말해주었다.

루나가 큰 충격을 받았는지 비틀거렸다.

그러다가 진우를 보며 볼을 부풀렸다. 현실에서 저랬다가는 큰일 날 법한 아주 과장된 표정이었지만, 설정된 세계 속에서는 일상적인 표정이라고 할 수 있었다.

어동생 포지선에 있는 히로인 전용 표정이었다.

집에 도착하자 루나가 먼저 집으로 들어갔다.

집안에 들어온 루나는 삐졌는지 한동안 말이 없었다.

루나는 진우가 반응이 없자 한숨을 내쉬었다. 진우는 소파에 앉아 있었는데 루나가 다가오더니 진우의 허벅지 위에 누웠다.

"나도 안마해 줘."

"응?"

학교에서 있었던 일을 어디선가 들은 모양이었다.

'루나는 뭘 바라는 걸까?'

짐작이 가지 않았다. 진우는 관대했다. 오늘만큼은 무척이나 관대했다.

"괜찮겠어?"

"으, 응. 오빠라면…… 괜찮아."

해달라는 데로 다 해줄 수 있었다. 아주 철저하게 말이다. 진우의 손길은 보통이 아니었다. 엘프들의 우상이 된 이민우보다도 뛰어났다.

"하아, 오, 오빠……!"

루나의 호흡이 가파르게 변했다. 루나는 스트레스가 많이 쌓였는지 근육이 뭉친 곳이 많았다. 진우는 친절하게 꼼꼼히 풀어주었다. 몸이 움찔거리며 비틀렸다. 그녀의 이마에 땀이 송

글송글 맺혔다. 갑자기 장르가 바뀌기 시작했다!

루나는 진우의 셔츠를 꽉 쥐며 그를 물기 어린 눈으로 바라보았다. 뜨거운 입김이 진우의 뺨을 감싸는 순간이었다.

그녀의 가슴에서 설정의 파편이 빠져나왔다. 진우는 설정의 파편을 들고 정보의 마안으로 살펴보았다. 설정의 파편에 강한 의지가 깃들어 있었다.

'대군주님과 마구 스킨쉽을 하며 꽁냥거리고 싶다. 하지만 여신의 체면상 그럴 수 없다. 음란한 여신으로 보일 수가 있다!'

그런 의지가 느껴졌다.

루나와 진우의 얼굴은 상당히 가까웠다.

"어? 군주님?"

루나가 눈을 깜빡이며 진우를 바라보았다. 그러다가 화들짝 놀라더니 그대로 공처럼 뒤로 굴렀다.

"아……."

그동안에 진우에게 했던 일들이 파노라마처럼 스쳐 지나가기 시작했다. 얼굴이 터질 듯이 달아올랐다.

"으, 으아아아!"

루나가 거실을 마구 달리기 시작했다.

퍽퍽퍽!

소파에 있는 커다란 토끼 인형을 들더니 명치에 주먹을 마구 꽂아 넣었다.

"으아아악! 내, 내가 무슨 짓을! 으악!"

그러다가 머리를 부여잡고는 바닥을 뒹굴었다.

진우는 그 모습을 바라보며 고개를 끄덕였다.

역시 후유증이 엄청난 것 같았다.

진우는 루나를 바라보며 웃었다.

"괜찮아. 오빠는 다 이해해."

"으, 으아악! 그만…… 그만해요!"

"오빠를 챙겨주는 건 루나밖에 없네."

"꺄아아악! 그만, 그만……!"

"오빠는……."

"꺄악!"

쿵쿵쿵!

귀를 막으며 바닥에 이마를 마구 박기 시작했다. 고통으로
기억을 잊으려 했지만 너무나 선명해 지워지지 않았다. 루나는
엄청 괴로워했다.

"군주님…… 제발 잊어주세요."

"뭐, 난 괜찮았는데."

"으윽……."

루나는 오글거리는 손발을 주체하지 못했다. 온몸이 말려 들
어간 기분이었다.

"아직 안 끝났어."

"네?"

"갑자기 네 태도가 바뀌면 모두 이상하게 볼 거야."

"그, 그런……!"

"갑자기 이 세계가 이상해질 수도 있어. 엄청 위험한 상황이 될 거야."

루나는 진우의 말에 굳어버렸다. 그건 그랬다. 갑자기 존댓말을 하면서 거리를 두면 모두가 이상하게 볼 것이다.

이 세계에서 루나의 오빠 사랑은 굉장히 유명했다.

물론 위험해진다는 건 진우가 그냥 해본 말이었다.

"이, 이곳은 지옥입니까?"

루나가 좌절하며 그렇게 중얼거렸다.

진우는 따듯한 미소를 지으며 그녀를 바라보았다.

"혼자만 이런 추억이 생기는 건 싫지?"

"그, 그렇긴 하네요."

고통을 나누면 반이 된다고 했던가. 루나는 납득하며 고개를 끄덕였다. 기왕 벌어진 일이었다. 한 번이 어려운 법.

'그, 그래도…….'

진우와 꽁냥거리는 게 좋기는 했다.

"알겠습니다! 협력하죠!"

루나가 벌떡 일어나면서 그렇게 외쳤다. 아직 상황이 끝난 게 아니었다. 그러다가 다리가 꼬이더니 진우 쪽으로 넘어졌다. 진우는 굳이 피하지 않고 그녀를 받아주었다.

손의 위치가 애매한 곳에 닿았다. 루나가 고개를 드는 순간이었다.

벌컥!

"큰 소리가 나던데 괜찮나?"

희연이 현관문을 열고 들어왔다. 그녀의 손에는 반찬이 들려 있었다. 진우와 루나의 시선이 동시에 돌아갔다. 둘의 야릇한 자세를 본 순간 희연이 반찬을 떨어뜨렸다.

'이것도 많이 본 연출이군.'

'그러네요.'

이렇게 딱 맞는 타이밍은 노렸다고 볼 수밖에 없었다!

진우와 루나는 그렇게 생각하며 동시에 고개를 끄덕였다.

"야, 야한 건…… 안 된다고 생각한다. 저, 정 힘들면 내 가……."

희연이 머뭇거리며 그렇게 말했다. 그런 모습은 색달랐다.

루나는 진지한 표정으로 그녀를 바라보았다. 그러고는 진우와 다시 눈을 맞췄다.

'이거 좋네요.'

'그렇지?'

'현실이 되니까 파괴력이 굉장하군요!'

'할 수 있겠어?'

'걱정하지 마세요! 군주님, 저 미연시 마스터입니다!'

루나의 의욕이 차오르기 시작했다.

희연은 늦은 저녁이 되어서야 겨우 돌아갔다.

진우와 루나의 아슬아슬한 자세를 목격한 이후 굉장히 불안해했는데, 덕분에 루나는 전력을 다해 여동생 캐릭터를 연기해야 했다. 처음에는 이를 악물며 여동생 모드에 들어갔다. 그러나 도중부터 대놓고 즐기기 시작했다.

루나는 설정된 세계에서 많은 영향을 받고 있었다. 여동생 모습을 끄집어내는 건 어렵지 않았다. 그런 모습을 지켜보는 것도 상당히 재미가 있었다.

현관문 앞에서 루나는 비장한 표정이 되었다.

교복을 점검하고, 가방을 들었다. 사명감이 그녀의 작은 어깨를 짓눌렀다. 루나는 힘차게 고개를 끄덕이며 진우를 바라보았다.

"갈까요?"

"음."

루나가 진우의 옆에 달라붙었다. 오히려 기억을 되찾기 전보다 훨씬 더 바싹 붙어 있었다. 실실 웃으면서 진우의 감촉을 온전히 느끼고 있었다. 평소에는 하지 못할 일을 이곳에서는 할 수 있었다. 피가 섞이지 않은 여동생이란 포지션은 대단한 위치였다! 가족이면서 가족이 아니게 될 수도 있는 무한한 가능성을 품은 위치였다. 흑심이 폭발하고 있었다.

"안 가?"

"가, 가죠!"

등굣길에 올랐다. 희연이 중간에서 기다리고 있었다. 평소보다 더 달라붙어 있는 루나를 보며 흠칫했다.

진우가 루나에게 눈짓했다.

'이거 괜찮은 거야?'

'네, 전적으로 저를 믿으셔야 합니다. 1,421가지의 미연시를 마스터한 공략집이 제 머릿속에 있습니다!'

'음, 과연……'

루나가 씨익 웃으며 진우에게 더 달라붙자 희연도 평소보다 훨씬 적극적이 되었다. 위기상황에서는 평소보다 선을 더 넘을 수 있다는 게 루나의 공략 이론이었다. 현재 희연은 명백히 선을 넘고 있었다. 진우는 고개를 끄덕였다.

'좋은데?'

공략 효과가 있을지 없을지는 모르겠지만, 좋으니까 그냥 놔두도록 하자. 진우는 주인공보다 훨씬 제대로 즐기고 있었다. 걷기가 어려운 게 조금 단점이기는 했다. 학교 수업은 그럭저럭 들을 만했다. 점심시간도 즐거웠다. 희연의 도시락은 더욱 커져 있었다. 수업이 모두 끝나고 부활동 시간이 되자 아르카나가 진우를 호출했다. 학원장실이 아닌 제법 큰 부활동 교실로 갔는데, 아르카나와 루나가 이야기를 나누고 있었다. 중학교에 있어야 할 루나가 여기에 있는 것도 참 신기했다.

"여기에 와도 돼?"

루나가 진우를 바라보며 씨익 웃었다.

"학원장님이 계시니 이 정도는 별거 아니죠!"

"네, 아주 간단한 일입니다. 제 권력을 이용하면 학생뿐만 아니라 교직원 전체가 초미니 수영복을 입을 수도 있습니다."

아르카나가 고개를 끄덕이며 말했다. 그녀는 성전 학원에서 권력의 정점에 위치해 있었다. 뭐든지 할 수 있는 독재자나 마찬가지였다.

　진우는 부실을 둘러보았다. 아늑했다. 일반 교실과는 다르게 바닥에 앉을 수 있었고, 커피포트와 찻잔, 다과 세트도 구비되어 있었다. 한쪽에는 침대도 놓여 있어 부활동 교실이라기보다는 휴게실 느낌이 강했다.

　"여긴?"

　"후후, 역시 이런 장르의 꽃은 부활동 아니겠습니까! 이곳은 이름하여 황금의 여성회 공략추진 위원회! 줄여서 공략위원회입니다!"

　짝짝짝.

　루나가 힘차게 말하자 아르카나가 박수를 쳤다.

　"루나 님은 역시 대단하시군요. 미연시 마스터…… 그 영광스러운 이름을 달 자격이 충분합니다."

　"과찬이시네요. 하핫!"

　남들이 보면 비웃을 수도 있는 칭호였지만 아르카나에게는 위대하게 보이는 모양이었다. 아르카나는 전 차원을 대표하는 솔로의 상징이었다. 그녀에게 있어서 루나는 위대한 선지자나 마찬가지였다. 루나는 이쪽 분야에서 세연보다 훨씬 뛰어났다.

　드르륵!

　문을 열고 유나가 들어왔다. 아르카나는 바로 모습을 숨겼고 루나는 완벽한 여동생 모드가 되었다. 진우를 보더니 살짝 당황했지만 심호흡을 하며 표정을 관리했다.

"내가 공략위원회를 담당하게 되었어."

유나가 공략위원회 담당 선생님이었다. 새로운 부를 만들기 위해서는 여러 절차가 필요했지만, 학원장 직속으로 만들어서 별문제가 없었다. 아르카나는 자연스럽게 유나를 담당으로 지정했다.

"안녕하세요? 선생님."

"네가 루나구나."

"오빠한테 너무 접근하지 마세요. 교사와 학생이잖아요? 설마 그런 일이 발생하진 않겠죠?"

"다, 당연하지."

루나는 일부러 그런 멘트를 했다. 금단의 관계를 강조하고 있었다! 그게 더 극적인 효과를 불러오리라. 유나가 당황했다. 마음 한쪽 구석이 찔렸지만 태연한 표정을 지으려 노력했다. 아무튼, 학원장 직속이니 중학생도 참여할 수 있었다.

현재 유나는 공략위원회의 뜻을 다르게 이해하고 있었다. 잠재력이 있는 학생을 지도하여 능력을 개화시키는 곳이라고 여기고 있었다.

"아직은 두 명밖에 없지만 점차 인원이 추가될 거야."

"그렇군요."

진우가 고개를 끄덕이며 대답했다. 유나는 진우와 시선을 제대로 마주치지 못했다. 루나가 그 모습을 아주 흥미롭게 바라보고 있었다. 아르카나는 영상과 사진으로 기록 중이었다.

"오늘은 어떤 활동을 하나요?"

루나의 질문에 유나는 가지고 온 서류를 바라보았다.

그곳에 오늘 해야 할 부활동 내용이 적혀 있었다.

"오늘은 성력 활성화 훈련이 예정되어 있어."

"아! 저는 담임 선생님과 면담이 있어서 참여 못 할 것 같아요."

"그, 그래?"

"둘만 남겨놓으면 불안한데…… 믿어도 되겠죠?"

"나는 선생이란다. 그런 걱정은 하지 마렴."

유나가 단언했다. 루나가 돌아가자 둘만 남게 되었다.

어색한 분위기가 흘렀다. 진우는 유나를 바라보았다.

"뭘 하면 될까요?"

"자, 잠시만……."

유나는 서류를 살펴보았다. 루나의 의견을 반영하여 아르카나가 직접 작성한 지시사항이었다. 미연시 마스터인 루나의 의견이 대부분 반영되었으니 정상적인 건 아닐 것이다.

"서, 성력 활성화를 위해서 몸과 몸을 밀착…… 으, 응? 저, 정말 그런다고? 어떻게?"

"선생님?"

"교, 교사와 학생인데, 그, 그러면……."

유나는 폭주 중이었다. 그녀의 머리 위에서 김이 나오는 것 같았다. 진우는 정보의 마안으로 내용을 읽어보았다.

몸과 몸을 맞대어야 한다고 한다. 그것도 피부와 피부였다!

성력은 민감한 기운이라 일반적인 옷이 장애물이 될 수 있다는 그런 설정이었다. 정말 굉장했다.

'루나, 듬직하군.'

역시 미연시 마스터였다. 유나는 잠시 망설이다가 크게 심호흡을 했다. 억지에 가까웠지만 유나는 성실했다.

그 성실함은 예전이나 지금이나 변함이 없었다. 교사로서의 책임감이 그런 억지스러운 내용도 행동으로 옮기게 했다.

"사, 사, 상의를 벗고 아, 앉으렴."

진우는 상의를 벗고 자리에 앉았다. 주인공은 부끄러워해야 했지만 진우는 아니었다. 그런 척하면서 기대를 하고 있었다. 마법으로 숨어 있던 아르카나가 좋은 시간 되시라며 엄지손가락을 치켜세우고는 사라졌다.

진우는 대답 대신 고개를 끄덕여 주었다.

부실은 조금 더웠다. 어째서인지 에어컨이 작동하지 않았다. 약간 땀이 날 정도였다. 진우가 상의를 벗고 자리에 앉자 유나는 진우에게서 시선을 떼지 못했다.

진우의 몸은 이런 장르의 주인공답지 않게 완벽했다. 진우보다 완벽한 몸은 전 차원에 존재하지 않았다. 아름다움을 넘어 신성하게까지 느껴졌다.

유나는 화들짝 하며 정신을 차렸다. 누군가 보면 곤란하니 부실의 문을 잠갔다.

'하, 학생일 뿐이야. 성력을 활성화시키는 일일 뿐이야. 하지만……'

유나는 침을 꿀꺽 삼키며 진우에게 다가왔다. 단순한 일이 아니었다. 진우를 위한 일이기도 하지만, 넓게 보면 세계를 위한 일이기도 했다. 떠오르는 온갖 망상들을 겨우 억누르며, 그렇게 생각했다.

유나는 진우의 등 뒤로 갔다. 넓은 등이 들어오자 동공이 마구 흔들렸다. 그녀는 잠시 머뭇거리다가 단추에 손을 대었다.

스르륵!

옷이 떨어지는 소리가 났다. 진우의 청각은 굉장히 좋았다. 그 소리를 들으니 진우도 조금이기는 하지만 긴장이 되었다. 유나가 천천히 진우에게 접근했다.

스윽!

등과 등이 맞닿았다. 지침에 따르면 완전히 끌어안아야 효과가 좋다고 되어 있었지만, 이 정도도 유나가 엄청난 용기를 낸 것이었다. 따스한 살의 촉감에 유나는 실신할 뻔했지만 간신히 버텼다. 반면 진우는 힐링 중이었다.

'좋구만.'

유나와 이렇게 몸과 몸이 맞닿은 적은 꽤 많았다. 진우가 이진우가 되고 훈련을 시작할 때 거의 매일 붙어 있었다.

그녀의 체향은 진우에게 익숙했다. 다른 게 있다면 역시 분위기였다. 유나는 평정심을 유지하려 애쓰며 입을 뗐다.

"서, 서, 성력에 지, 집중하럼."

"어떻게요?"

"그러니까 다, 닿은 부위에 저, 정신을 집중해서……."

안타까운 일이지만 진우는 성력이라는 게 없었다. 유나가 아무리 노력해도 활성화할 성력이 없으니 무의미했다.

진우는 씨익 웃었다. 그 웃음은 유나에게 보이지 않았다.

"알 것 같기도 하고…… 조금 더 붙으면 안 될까요?"

"으, 으……"

등과 등이 완전히 맞닿았다. 유나의 머리카락이 진우의 뺨과 목덜미를 간지럽혔다. 유나는 거의 한계였다. 망상 속에서는 이미 애가 셋이었고, 아침밥을 차려주고 있었다. 남편이 출근할 때는 키스를 하는 게 국제적인 규칙이었다.

유나는 시간이 이대로 멈춰 버렸으면 좋겠다고 생각했다.

후끈한 열기가 주변을 휘감았다. 찝찝한 느낌이 들만도 한데 전혀 그렇지 않았다. 오히려 끈적끈적한 것이 훨씬 더 자극적으로 다가왔다.

'좋긴 한데……'

미연시 마스터가 의도한 상황이라기에는 아직 무언가 부족했다. 이 정도는 진우도 예측 가능한 범위였다.

진우가 그렇게 생각할 때였다. 문밖에서 발걸음 소리가 들려왔다. 발걸음 소리는 부실 밖에서 멈추었다.

덜컥덜컥!

누군가 문을 열려 했다. 유나는 당황했다. 다행히 문을 잠가 놓아서 들어오지 못했다. 설명이 가능했지만 큰 오해를 만들 수도 있는 상황이었다. 아무리 봐도 교사와 제자가 금단의 시간을 보내는 것처럼 보였다.

'조, 조용히 있으면 되겠지.'

유나는 숨을 죽였다. 하지만 문이 계속 흔들렸다. 성력마저 느껴졌다. 문을 부수려는 생각인 것 같았다.

유나는 어찌할 바 몰라 했다.

끼이이익!

바로 그때, 한쪽 구석에 있는 라커룸이 시끄러운 소리를 내며 열렸다. 탈의실에나 있는 라커룸이었는데, 사이즈가 조금 더 작았다. 일단 숨어야 했다. 자신에게 피해가 가는 건 감수하겠지만, 진우에게 피해가 가게 만들 수는 없었다.

"이, 이쪽으로!"

"네?"

사건이 딱딱 맞물려가며 전개되었다. 진우는 전혀 모르겠다는 표정을 지으며 유나를 바라보았다.

쿵!

문이 크게 흔들렸다. 곧 잠금장치가 고장 날 것 같았다.

"빠, 빨리!"

유나가 진우의 손을 붙잡고는 라커룸 안으로 들어갔다. 신기하게도 라커룸의 문이 빠르게 닫혔다. 진우와 유나는 좁은 라커룸에서 몸과 몸이 완벽하게 밀착되었다.

완전히 끌어안는 형태였다.

콰앙!

잠금장치가 박살 나며 문이 열렸다. 들어온 사람은 희연이었다. 어째서인지 루나와 아르카나가 작성한 지침서가 들려 있었다. 희연은 주변을 두리번거렸다.

"으읏!"

유나가 살짝 신음을 내뱉었다. 진우는 유나를 바라보았다. 그녀의 속옷이 라커룸 문에 걸려 벗겨져 있었다.

이런 것까지는 루나가 예측하지 못했을 것이다.

누가 벌인 일인지 대충 짐작이 되었다.

'대단하군.'

설정의 군주와 미연시 마스터의 환상적인 콜라보였다. 이런 장르에서 한 번쯤은 꼭 나오는 상황이라 흥미진진했다.

유나의 얼굴이 완전히 새빨갛게 물들었다. 라커룸이 워낙 좁아 진우의 손은 유나의 몸에 붙어 있는 상태였다. 서로의 가슴과 가슴이 딱 달라붙었다. 몸을 비틀수록 더욱 자극적인 자세로 바뀌어 갔다. 손도 자연스럽게 더욱 은밀한 곳으로 향했다.

"읏…… 거긴……."

희연이 유나의 목소리를 들은 것일까? 귀가 쫑긋했다. 천천히 라커룸을 향해 다가왔다.

유나의 심장이 마구 뛰었다. 그녀는 거칠어진 숨소리를 막기 위해 진우의 품에 얼굴을 묻었다.

"라커룸? 이게 왜 여기에……?"

희연이 그렇게 말하며 라커룸의 문에 손을 가져다 댈 때였다. 마침 부실 밖에서 학생들이 지나가며 은발의 여학생이 귀엽다는 소리를 했다. 루나가 분명했다.

루나와 진우가 같이 있다! 그렇게 생각한 희연의 고개가 돌아가더니 밖으로 달려 나갔다. 희연이 밖으로 나갔음에도 둘은 잠시 동안 그렇게 가만히 있었다.

"하아……."

긴장이 풀리자 유나가 고개를 들며 숨을 몰아쉬었다. 고개를 드니 바로 앞에 진우의 얼굴이 있었다. 다시 긴장이 되었다.

"가, 갔네?"

"갔네요."

"나, 나갈까?"

"그러죠."

유나는 몸을 비틀어 나가려고 했지만, 완벽하게 끼어 나갈 수 없었다. 몸이 비벼질수록 유나의 숨이 더욱 거칠어졌다. 진우는 노력하는 척만 할 뿐이었다.

"미, 미안해. 나, 나 때문에……."

"아니에요."

육체적인 쾌감에서 오는 배덕감에 유나의 몸이 달아올랐다. 유나는 처음에는 빠져나가려고 애썼다. 그러다가 그녀도 은근슬쩍 진우의 몸을 쓰다듬으며 사심을 채웠다.

이성을 반쯤 잃은 상태였다.

땀 때문일까? 라커룸 안이 조금 습해졌다.

그렇게 하교 시간이 훌쩍 넘게 되었다. 진우와 유나가 간신히 라커룸 밖으로 빠져나왔다. 유나는 진우와 몸이 떨어지니 아쉬운 마음이 들었다. 품 안에 있던 따듯한 온기가 마치 꿈처럼 느껴졌다. 진우가 뒤돌아 서 있었는데, 유나는 그의 등을 바라보다가 옷을 입었다.

"성력이 조금 활성화된 것 같네요."

"다, 다행이네."

"선생님 덕분입니다."

진우는 이해심도 많았다. 유나는 자신만 야릇한 생각에 빠져 있는 것 같아 죄책감이 들었다.

유나가 자리에서 일어날 때였다.

"앗!"

다리가 크게 저려 왔다. 아프지는 않았는데, 제대로 걸을 수 없었다. 신기하게도 발을 내디딜 때마다 힘이 빠졌다.

"괜찮으세요?"

"미, 미안⋯⋯."

진우는 그녀를 부축해 주었다.

창밖은 어두웠다. 학교에는 학생들이 하나도 남아 있지 않았다. 교직원들도 다 퇴근한 상태였다.

"데려다드릴게요."

"아, 아니, 괜찮아. 시간이 지나면⋯⋯ 윽!"

유나가 걸어보려 했지만 역시나 움직일 수 없었다. 오히려 시간이 지날수록 더 심해지는 것 같았다. 그녀는 고개를 끄덕일 수밖에 없었다. 진우는 유나를 업었다. 학교를 빠져나와 유나가 살고 있는 건물로 향했다.

밤하늘에는 별빛이 가득했다. 가로등 빛 아래에서도 너무나 선명하게 보였다. 그러나 유나는 고개를 들 수 없었다.

'아는 사람이 본다면……'

큰일이 날 상황이었다. 오해가 오해를 낳는다고 한다. 누군가 이런 상황을 목격하고 소문을 내겠지.

학생들이 모두 웅성거릴 것이고, 그렇게 되면 퇴직을 할 수밖에 없을 것이다. 그녀가 파악한 진우는 책임감이 강한 아이이니 책임을 지겠다고 할 수도 있었다.

책임! 그것은 상황에 따라서는 행복한 단어가 될 수 있었다.

'좋을지도……'

그녀는 천천히 고개를 들었다. 환상적인 밤하늘이 그제야 눈에 들어왔다. 정말 낭만적인 분위기였다.

진우는 일부러 천천히 걸었다. 늘 유나가 자신을 챙겨줬는데, 이번에는 자신이 유나를 챙겨주고 있었다. 당연한 것이라고 생각했던 게 미안해졌다. 그녀가 살고 있는 건물 안으로 들어가 현관문 앞에 도착했다.

유나는 아직도 일어설 수 없었다. 유나가 현관문의 비밀번호를 불러주었다. 진우가 번호를 입력하고 문을 여니 마치 한 가족이라도 된 것 같았다.

진우는 유나를 데리고 안으로 들어갔다. 그녀를 조심스럽게 소파 위에 내려놓았다.

"고, 고마워."

신기하게도 집에 오는 순간 다리가 정상으로 돌아왔다. 여기저기 널브러져 있는 속옷이 들어오자 빠르게 움직여 구석으로 숨겼다. 모르는 척했지만 진우는 다 보고 있었다.

'오늘은 여기서 끝인가?'

꽤 흥미진진한 하루였다.

"그럼 가볼게요."

진우가 등을 돌리자 유나는 손을 뻗었다. 그러다가 화들짝 놀라며 손을 내렸다. 진우가 현관 앞으로 다가간 순간이었다.

쿠르릉!

빛이 번쩍하더니 천둥소리가 들려왔다.

쏴아아아아!

비가 엄청 내리기 시작했다. 마치 하늘에 구멍이라도 난 것 같았다. 분명 방금 전까지 은하수가 보일 정도로 맑은 날이었 는데 참 이상했다.

"선생님, 우산 있나요?"

"잠시만!"

유나가 우산을 찾기 시작했다. 그런데 기이하게도 우산을 찾 을 수 없었다. 그나마 있던 우산은 고장이 난 상태였다.

"우산이 없네."

"그럼 그냥 가볼게요."

쿠르릉!

벼락과 함께 천둥이 한 번 더 쳤다. 빗줄기는 더욱 강해졌다.

"지금 나가면 위험해."

"확실히…… 그러네요."

창문이 마구 흔들릴 정도로 바람이 거셌다. 이런 상황에서 학생을 보낼 수는 없었다. 어색한 침묵이 흘렀다.

어색한 분위기를 없애기 위해 무엇이라도 해야 했다! 유나는 자신이 어른이니 분위기를 이끌어야 한다고 생각했다.

'그, 그래! 일단 식사라도⋯⋯.'

식사라도 하며 비가 멈출 때까지 기다리는 게 나을 것 같았다. 유나는 다급히 밥솥을 열어보았다. 밥이 없었다. 쌀도 남아 있지 않았다. 평소에 시켜먹거나 밖에서 먹고 들어왔기 때문이다. 그때 다행스럽게도 먹을 만한 게 눈에 들어왔다.

"진우야. 배고프지?"

"네, 조금 그러네요."

유나의 손에 무언가 들려 있었다. 그녀는 진우에게 그걸 보여주었다.

"라면 먹고 갈래?"

'은밀하게 매운 야한 라면'

브라보!

어디선가 그런 목소리와 함께 박수 소리가 들려오는 것 같았다.

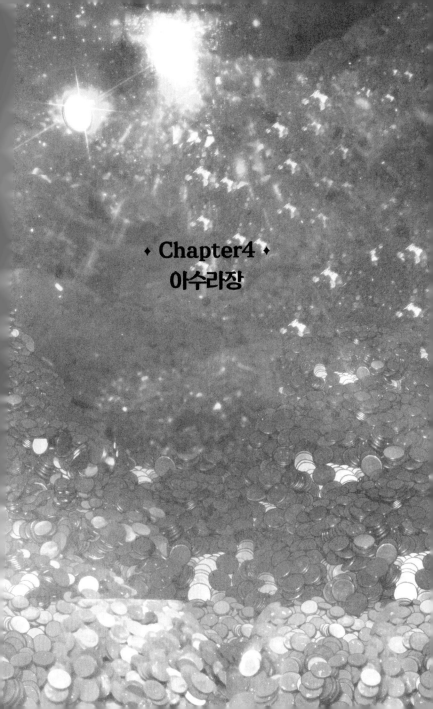

◆ Chapter4 ◆
아수라장

잠시 정적이 흘렀다. 유나는 눈을 깜빡였다. 그러다가 자신이 무슨 말을 내뱉었는지 깨닫고 엄청 당황했다.

진우는 만족했다. 그런 유나의 모습이 보기 좋았다. 인간적인 매력이 느껴졌기 때문이다.

유나는 진우를 대할 때 항상 평정심을 유지하려 노력했다.

진우가 벌이는 일이 워낙 엄청나다 보니 포커페이스가 깨지는 경우도 있었지만, 근래에 들어서는 거의 없었다. 진우에게 완전히 적응한 상태였다. 가끔씩은 감정을 너무 죽인 게 아닌가 하는 생각이 들 정도였다.

엄청 당황해하며 어찌할 바 몰라 하는 모습은 광장히 순수해 보였다. 평범한 환경에서 자랐다면 저런 모습이 되었을 것이다.

'음……'

모처럼 유나가 저런 상태이니 놀려주고 싶었다. 진우의 표정이 느끼하게 변했다. 갑자기 달라진 진우의 분위기에 유나가 침을 꿀꺽 삼켰다.

"그, 그게 집에 라면밖에 없어서……."

"저도 라면 좋아합니다."

"그래? 마, 맛있지! 라면……!"

"물론, 다른 것도 좋아합니다."

"으, 응?"

　다시 묘한 분위기가 되었다. 유나의 눈동자가 마구 돌아갔다. 얼굴은 이미 폭발하기 일보 직전이었다.

"무, 물 끓일게."

　유나는 진우의 눈치를 살피다가 허겁지겁 주전자에 물을 올렸다. 부엌으로 가는 중간에 발을 잘못 디뎌 넘어질 뻔했다. 유나는 싱크대에서 차가운 물로 세수까지 했다.

　하지만 여전히 그녀의 얼굴은 뜨거웠다.

"TV볼래?"

　유나가 리모컨을 틀었다.

　마침 성인 채널이 나왔다. 결정적인 순간이었다.

　띡!

　유나는 바로 TV를 껐다. 한층 더 어색해졌다.

　삐이이이이!

　물 주전자 끓는 소리가 기이하게도 자극적으로 들렸다.

　유나와 진우의 눈이 마주쳤다. 무엇엔가 홀리기라도 한 듯

몸이 점차 가까워졌다. 뜨거운 숨결이 닿을 만큼 가까워지자 유나의 눈빛이 멍해졌다. 마치 숨결에 데일 것만 같았다.

오늘 처음 본 학생이지만, 마치 예전부터 지켜봐 온 것처럼 느껴졌다. 이게 하룻밤 불장난일까? 이래도 될까? 그런 생각이 더욱 짜릿한 느낌을 선사해 주었다.

모든 상황이 완벽했다! 이보다 더 좋을 수는 없었다. 창밖에 내리는 빗소리도 아름답게 들렸다.

서로의 코가 닿는 순간이었다. 흐려졌던 유나의 눈빛이 또렷해졌다.

투욱!

유나의 가슴에서 설정의 파편이 뿜어져 나오더니 바닥에 떨어졌다. 진우는 정말 아쉬운 타이밍이라고 생각했다.

그 순간이었다.

와락!

유나가 손을 뻗어 진우의 멱살을 잡았다. 그리고 그대로 침대로 밀어붙였다. 진우는 살짝 놀라긴 했지만 전혀 반항하지 않았다. 감탄할 뿐이었다.

"오……!"

유나가 진우의 위에 올라탔다. 진우는 눈을 깜빡이며 유나를 바라보았다. 그녀의 눈빛이 굉장히 살벌했다.

"안녕하십니까, 도련님."

"음, 휴가는 어때?"

"……덕분에 충분히 즐겼습니다."

"그건 정말 다행이네."

유나가 거칠게 상의를 벗었다. 단추 몇 개가 뜯겨 나가며 바닥에 떨어졌다. 진우는 그런 그녀를 보며 멋있다고 생각해 버리고 말았다. 유나는 부드러운 미소를 지으면서 진우의 가슴에 손을 올려놓았다. 진우의 심장박동이 유나에게 온전히 전해졌다.

"이제 본격적으로 즐겨보려 합니다만……."

"기대가 되네."

유나의 귀가 붉게 달아올라 있었다. 부끄러움을 억지로 억누르고 있었다. 오후에 있었던 일은 유나에게 있어서도 대사건이었다. 유나의 입꼬리도 조금 떨렸다.

진우는 피식 웃었다. 아쉽게도 다음 단계로 더 나아가지 못하는 이유가 있었다.

"엿보이긴 싫군."

"동감입니다."

아까 전부터 시선이 느껴졌다. 진우는 유나의 허리를 잡으며 상체를 일으켰다. 진우는 고개를 돌려 벽을 바라보았다. 벽 앞 공간에 자그마한 검은 점이 보였다.

검은 점 뒤로 숨어 있는 눈동자가 있었다. 엿보는 구멍이었다. 진우의 눈과 마주치자 화들짝 놀라며 뒤로 넘어가는 소리가 들렸다. 검은 구멍이 사라지려 했다.

콰드득!

진우가 손을 뻗어 당기자 공간이 박살 나며 사라졌다.

검은 그림자가 후다닥거리며 도망치다가 창문에 부딪히더니 뒤로 크게 나자빠졌다. 유나는 고개를 갸웃했다. 군주라고 하기에는 위엄이 하나도 없었기 때문이다.

"저게 군주입니까?"

"아마도 그럴걸?"

진우가 군주에게 다가가자 유나는 상의를 걸치고 따라왔다. 군주는 기절한 상태였다.

[C]설정의 군주

'로망이 넘치는 순수한 고양이 소녀!'

'고양이 귀는 설정 아님!'

모종의 이유로 심하게 약해진 상태이다. 품속에 전 차원의 설정을 기록한 설정 백과사전을 지니고 있다. 설정 작성을 위해 관찰하는 게 취미이다. 영훈의 미숙한 설정 때문에 성숙하게 자라지 못했다.

[S]엿보는 구멍

공간에 몰래 숨어 구멍을 통해 상대를 관찰할 수 있다. 군주급이 아닌 이상 알아차리는 건 불가능하다.

[A]아슬아슬 17금

'그건 어떻게 하는 거예요?'

미성숙하고 순수하기 때문에 아직 19금에 조예가 없다. 19금 설정을 따로 작성하려 책을 만들었으나 아직까지 백지이다. 대군주의 위대함을 듣고 판을 깔아놓은 상태.

흥미진진한 타이밍에 들키고 말았다.

'특이한 녀석이군.'

정보의 마안으로 보니 설정의 군주가 맞았다. 랭크는 굉장히
많이 다운되어 있었다. 겨우 C랭크에 이르는 수준이었다. 권능
때문에 C랭크였지, 육체 랭크는 그보다 훨씬 낮았다.

군주치고는 너무 나약했다.

설정의 군주는 작은 검은 고양이 모습이었다. 유나가 군주의
목덜미를 잡고 들어 올리더니 이리저리 살펴보았다.

"암컷 고양이군요."

고양이가 코피를 흘리고 있는 게 인상적이었다. 설정의 군주
가 눈을 떴다. 황금빛 고양이 눈동자가 극도로 불안하게 흔들
렸다.

"냐옹. 냐, 냐옹."

시선을 돌리며 고양이인 척했다. 그러나 누가 봐도 평범한 고
양이가 아니었다. 진우는 잠시 고민을 하다가 차원상점을 열었
다. 중간계에는 수인족들이 꽤 있었는데, 성자의 마을에서도
흔하게 찾아볼 수 있었다.

그러다 보니 황금 캣닢도 자주 매물로 나왔다. 여신 루나에
게 바치는 공물이 자동으로 천계의 차원 상점에 등록되었다.
루나가 자동 공물 매크로를 돌리고 있었기 때문이다.

진우는 인형 하나를 구입했다. 물고기 모양의 인형에 황금
캣닢이 들어 있었다. 설정의 군주 앞에 인형을 가져다 대니 침

이 후드득 떨어졌다. 유나가 내려주자 앞발로 침을 닦고는 진우를 바로 보았다.

"네가 설정의 군주로군."

새침하게 눈을 돌리는 모습이 꽤 귀여웠다. 진우가 피식 웃으며 물고기 인형을 설정의 군주 앞에 내려놓았다.

설정의 군주가 슬금슬금 접근하더니 빠르게 입에 물었다.

후다다닥!

창문으로 달려갔다. 창문 앞에서 인간 형태로 변하더니 창문을 조심스럽게 열고 반대편으로 넘어가서 또 조심스럽게 닫았다. 그러고는 빠르게 도망쳤다.

충분히 잡을 수 있었지만 진우는 굳이 잡지 않았다.

"놓아주셨군요."

"나쁜 녀석은 아닌 것 같더라. 나름대로 사정이 있는 것 같기도 하고. 게다가……"

진우의 손에는 어느새 두꺼운 책이 들려 있었다. 설정의 군주가 가지고 있던 설정 백과사전이었다. 설정의 군주가 물고기 인형을 낚아챌 때 지배의 권능을 일으켜 슬쩍했다.

그녀가 관찰하여 작성한 설정을 볼 수 있었다.

진우는 백과사전을 훑어보았다.

'설정의 파편을 모두 모으면 세계가 사라지는군.'

대충 살펴보니 그런 내용이 있었다.

'이건……'

12군주와 마신의 부활에 대한 내용도 있었다. 진우는 그 부분을 자세히 살펴보았다. 12군주의 이름과 권능이 적혀 있었고, 아직 만나보지 못한 마지막 군주와 마신이 봉인된 세계에 대한 내용이 기록되어 있었다. 뜻밖의 수확이었다.

'우주 세계의 끝, 외신을 모시는 은하……'

그곳으로 가면 마지막 군주가 있는 장소와 마신이 봉인된 세계에 대해 알 수 있다고 한다. 외전은 이걸로 끝이니, 영훈과는 상관이 없는 곳이었다. 마지막 군주는 죽은 자들의 세계라 불리는 곳에 있었고, 마신은 신의 세계라는 곳에 봉인되어 있다고 한다. 자세하게는 알 수 없었다. 아무래도 직접 찾아가서 알아봐야 할 것 같았다.

해적에게서 구출한 사람들 중에 그쪽 출신이 있었다. 암흑 제국 안에서도 외신을 모시는 교회가 세워졌는데, 영훈의 이상한 설정인 것 같아서 신경 쓰지 않고 있었다.

'단서가 생겼군.'

남은 건 황금의 여성회 회원들의 기억을 찾아주는 일뿐이었다. 그러면서 즐거운 시간을 보내면 더욱 좋고 말이다.

"후우……."

유나는 심호흡을 하고 있었다. 진우와 눈이 마주치자 시선을 살짝 피했다. 입술을 달싹이다가 입을 뗐다.

"누군가 개입함으로 해서…… 휩쓸리기는 싫습니다. 그건 진짜가 아니니까……."

"그래?"

"그러니…… 혀, 현실에 가서 이어서 하도록 하지요. 그때는 각오하시는 게 좋을 겁니다."

진우는 그녀의 말에 살짝 웃었다.

"라면이나 먹도록 하지요."

유나는 라면을 끓였다. 진우는 라면을 먹고 자리에서 일어났다. 현관에 접근하니 다시 비가 쏟아져 내렸다. 설정의 군주는 도망치고 없었는데, 아직도 이러는 걸 보면 이 세계 자체가 그렇게 설정된 듯했다.

"주, 주무시고 가셔야 할 것 같네요."

비 따위는 전혀 문제가 되지 않았지만 진우는 자고 가기로 했다. 진우와 유나는 침대 위에 나란히 누웠다. 늘 붙어 있었지만 이렇게 함께 누운 건 처음이었다.

펄럭!

유나는 오후에 있던 일이 다시 떠올랐는지, 이불을 박찼다. 그녀답지 않은 이불킥이었다. 진우는 그 모습을 보며 소리 내어 웃었다. 몸을 부르르 떨던 유나는 진우 쪽으로 돌아누웠다.

"……도련님."

"응?"

"저만 당할 수 없습니다."

진우는 유나를 바라보았다. 귀가 유난히 붉어져 있었다.

'달달하군.'

공략위원회에 동료가 늘었다!

다음날 아침에 일어나 보니 유나가 완전히 진우를 껴안고 있었다. 잠버릇이 얌전한 편이었는데, 설정된 세계에 영향을 받아서 자연스럽게 이런 자세가 되었다. 진우는 자신의 손을 힐끔 바라보았다. 손의 위치는 당연히 아주 좋은 위치에 놓여 있었다.

'정말 세심한 배려로군.'

디테일의 끝판왕이었다. 하나하나 정성이 담긴 설정이었다. 장인 정신 마저 느껴질 정도였다.

잠이 그다지 없는 유나가 푹 자는 것도 신기했다. 잠꼬대를 하며 더욱 강하게 끌어안는 장면은 화룡점정이었다.

'아쉬운데?'

이렇게 좋은 세계가 사라져 버리는 게 정말 아쉬웠다. 나중에 설정의 군주를 만나면 이 설정된 세계를 유지할 방법을 찾아보도록 하자. 유나가 눈을 떴다. 진우와 눈이 마주치자 이불을 끌어올려 코끝까지 덮었다.

"학교에서 보자."

진우는 이른 아침에 나와 집에 들렀다. 루나가 흥미진진한 표정으로 진우를 기다리고 있었다. 기대가 되어 잠을 한숨도 자지 않은 것 같았다.

"어때요? 유나 님은 괴로워했나요? 비명을 질렀나요?"

"이불을 차더군."

루나는 주먹을 불끈 쥐며 환호했다.

"유나 님의 그런 모습! 실제로 보고 싶었지만 상상만으로도 만족합니다!"

"그렇게 좋아?"

"네! 같은 '냐짜 돌림'으로써 저랑 차이가 많이 났거든요! 하지만 이제 같은 아픔을 공유하게 되었네요! 이제 진정한 가족이 된 것이죠."

그렇다고 한다. 논리적으로 들어보면 그럴듯했다.

진우는 평소처럼 등교를 했다. 이제 3일 차이지만 꽤 적응이 되어서 진짜 고등학생이 된 것 같은 기분이 들었다. 이대로 느긋하게 지내는 것도 좋았지만, 해야 할 일이 생겼으니 움직이는 게 좋을 것 같았다.

'슬슬 찾아볼까?'

진우는 부활동 시간이 되자마자 학교를 돌아다니기 시작했다. 교내에 있는 여성회 회원들을 찾기 위해서였다. 분명 평범하지는 않을 것이니 찾기 쉬울 것 같았다.

그 예상은 정확했다. 수군거리는 소리가 들려왔다.

"아, 학생회장님……."

"아름다우셔라."

학생회장. 성전 학원의 고등학교 2학년생으로 재색겸비라는 말이 가장 잘 어울리는 인물이었다. 아름다운 외모, 그리고 학년의 톱을 결코 놓치지 않는 두뇌, 누구에게나 상냥한 성격, 게다가 너무나 지혜로워 별의 무녀 후보라고 한다.

학생회의 권력은 강력했다. 학원장 다음이었다.

"여기 좀 봐주세요!"

"회장님!"

그녀가 등장할 때마다 학생들이 몰려왔다. 희연보다도 훨씬 인기가 많은, 그야말로 학생들의 아이돌이었다.

'누굴까?'

그 정도 인기라면 일반 조연은 절대 아니었다. 진우는 굉장히 궁금했다. 학생들 사이로 천천히 걷고 있는 학생회장이 보였다. 그녀의 윤기 있는 긴 생머리가 바람에 찰랑였다. 호위를 하는 학생들도 있었는데, 그 덕분에 마치 다른 세계의 사람처럼 느껴졌다. 그녀에게서 익숙한 기운이 느껴졌다.

어이가 없어 고개를 설레 내저었다.

'미궁이로군.'

청초한 미소녀 미궁. 복잡한 생각이 들었다.

루나가 보면 경악할 만한 일이었다. 저 모습에 적응하려면 조금 시간이 걸릴 것 같았다. 일단 그냥 놔두도록 하자.

'이제 더 이상 놀랄 건 없겠어.'

미궁이 저렇게 된 마당에 이 이상 충격적인 건 없으리라 생각했다.

"꼴사납게 모여 있군요. 이래서 서민들이란……."

그런 목소리가 들려왔다. 역시 익숙한 소리였다. 진우는 고개를 돌려 목소리의 주인을 바라보았다.

화려했다. 다른 학생들과 같은 교복을 입고 있었는데, 브랜드가 다른지 질감이 달라 보였다.

그녀를 호위하는 경호원들도 굉장히 많았다. 경호원들이 그녀를 호위하다가 여학생과 부딪혔다. 여학생이 넘어지자 그녀가 여학생을 내려다보았다.

여학생이 오히려 죄를 지은 듯한 표정이 되었다.

"죄, 죄송해요. 세연 님……!"

"교양이 없네요. 제가 온몸에 새겨드리지요. 영광인 줄 아세요. 이 김세연의 지도를 받게 되었으니……."

"여, 영광입니다."

세연이 도도한 표정을 지으면서 여학생의 턱을 손가락으로 들었다. 여학생은 몽롱한 표정이 되었다.

진우의 입이 벌어졌다. 세연은 설정된 세계에서도 폭주하고 있었다. 설정된 세계의 간섭이 좀처럼 먹히지 않을 정도로 그녀의 내공은 대단했다. 망상력만 따지면 군주급이라고 해도 과언이 아니었다.

세연이 진우 쪽을 바라보았다. 진우에게 천천히 다가왔다.

"당신 마음에 드는군요. 제 애……."

진우는 그 자리에서 빠르게 이탈했다.

항마력이 모두 소모되어 버틸 수 없었기 때문이다.

'이건…… 차마 볼 수 없겠어.'

세연 역시 미루도록 하자. 진우가 그렇게 생각하며 긴 한숨을 내쉬었다. 미궁에 이어 세연까지 놀라고 말았지만, 이제 더 놀랄 건 없을 것이다. 벽에 등을 기대고 잠시 혼란스러운 정신을 가다듬을 때였다.

"너!"

진우의 뒤에 누군가 나타났다.

"1학년, 이진우 맞지?"

"음?"

"선도부 부장 제갈미현이다. 풍기문란은 용서하지 않겠어! 학생은 건전한 생활을 해야 한다!"

제갈미현이 선도부 부장이었다. 가장 그녀와 안 어울리는 직책이었다. 진우가 멍하니 바라보자 가슴을 가리며 주춤 물러났다.

"그 야한 시선으로 내, 내 몸을 검사하려는 거냐! 육체는 꺾일지언정 정신은 굴복하지 않는다! 할 테면 해봐라!"

그녀는 두 팔을 활짝 벌렸다.

"기, 김유나 선생님 집에서 나오는 걸 봤다! 그분을 타락시킨 수, 수법으로 나를……."

"아……."

"선도부 부장인 나를 시작으로 모두를 그렇게 만들 생각이겠지?"

역시 그런 이벤트가 있다면 누군가 목격하는 게 정석이었다. 그게 저런 선도부 부장이라면 더할 나위 없겠지.

제갈미현은 교복을 정석대로 입었고, 머리 스타일도 교칙대로였다. 그러나 이러한 장르에서는 그럴수록 더 야해지는 특수효과가 있었다. 하필이면 제갈미현이라 그 특수효과가 제곱이 되었다.

'복잡하긴 하지만…….'

여기까지는 그래도 아슬아슬하게 허용범위 안이었다. 하나하나 차분하게 정리해 나가면 될 것이다. 그렇게 생각하던 진우는 옆에서 인기척이 느껴져 옆을 돌아보았다.

"그, 그런……."

희연이 충격을 받은 표정으로 서 있었다. 제갈미현의 말을 들은 것 같았다.

'음…… 이거……'

아수라장. 그런 단어가 떠올랐다.

진우는 급격한 피로를 느꼈다. 처음으로 이게 그렇게 좋은 것만은 아닌 것 같다고 생각했다.

'엄청 흥미진진한데요?'

'말리지 말도록 하지요.'

구석에서 그 상황을 지켜보던 루나와 유나는 흐뭇한 미소를 지었다. 둘은 진짜 가족 같았다.

시간이 지나면 상황이 진정되리라 생각했지만 그렇게 되지 않았다. 오히려 더욱 복잡해졌다. 진우는 일단 부실로 대피했는데, 그게 더 상황을 악화시켰다.

'음……'

모두 부실로 찾아왔기 때문이다. 진우가 그녀들의 행동력을 조금 과소평가한 부분이 있었다. 괜히 황금의 여성회가 아니었다. 루나와 유나는 흥미진진한 표정으로 앉아 있었다.

세연과 제갈미현, 희연, 그리고 미궁이 바로 앞에 앉아 있었다.

미궁은 그래도 군주였다. 미궁은 진우를 보자마자 바로 정신을 차렸지만 설정된 세계의 영향 탓에 조금 달라져 있었다. 진우는 일단 옆 교실로 가서 미궁과 따로 이야기를 나눴다. 미궁은 슬픈 표정이 되었다. 진우는 미궁이 그런 표정을 짓는 건 처음 보았다.

"나는 계속 방해만 하니까……. 도움이 되고 싶었어. 도움만 받고 해준 게 없어서……."

진우는 방해라고 생각은 하지 않았지만, 미궁은 그렇게 생각하고 있었다. 그 말이 의외였다. 평소에 미궁은 항상 즐거운 상태였고, 행동하는 것도 단순했다. 그렇게까지 생각하고 있을 줄은 몰랐다. 현실에서는 거대한 본체를 유지하느라 언어 능력이 조금 떨어지고 깊이 생각을 하지 못했지만, 이곳에서는 아니었다. 미궁의 눈빛에서 다양한 감정이 느껴졌다.

"뉴월드 사태도 그렇고, 정말 미안해."

뉴월드도 미궁의 상태를 고치기 위해 벌인 일이었다. 미궁이 고개를 숙였다. 진우는 미궁의 첫 친구였다. 많은 세월을 외롭게 지내면서 처음 사귄 친구였다. 진우 덕분에 평생 처음 외로움을 잊었고, 루나, 그리고 다른 이들과 만나게 되었다. 진우는 연인이라는 개념을 넘어선 친구이자 은인이었다.

미궁의 바람은 그저 진우에게 도움이 되고 싶다는 것, 하나뿐이었다. 평소에는 도움을 주려 할 때마다 역효과가 생겼지만 말이다.

진우는 피식 웃으면서 고개를 저었다.

"그런 생각할 필요 없어."

진우는 운이 좋았다. 결론적으로 보면 모두 도움이 되었다. 뉴월드도 진우에게 빼놓을 수 없는 중요한 전력 중 하나였다. 뉴월드로 잡은 군주가 상당히 많기도 했다. 그중에 정말 위험했던 군주도 있었다. 미궁이 없었다면 굉장히 위험할 뻔했다. 고개를 돌려보니 몰래 지켜보고 있던 루나가 손수건으로 눈물을 닦고 있었다.

'장하다, 장해.'

단짝 친구인 루나는 무척이나 감동하고 있었다. 미궁의 그런 깊은 속내를 그녀만 유일하게 알고 있었다.

"알아낸 게 있어."

"음?"

미궁이 가방에서 달력을 꺼내 보여주었다. 평범한 달력이었다. 그러나 달력의 페이지를 넘기니 무언가 마구 섞인 것처럼 숫자들이 널브러져 있었다. 녹은 초콜릿처럼 보이기도 했다. 핸드폰으로 확인해 봐도 마찬가지였다.

"어제까지만 해도 괜찮았는데 문제가 있는 모양이야."

"어제?"

미궁의 말에 진우는 잠시 생각에 빠졌다. 어제 한 일이라고는 유나와 함께 있었던 것과 설정의 군주를 만난 일이었다.

'그리고……'

무언가 짐작 가는 게 있었다.

'백과사전……'

설정의 권능이 진하게 담긴 책이었다. 백과사전은 현재 진우의 아공간에 있었다. 진우는 살짝 당황했지만, 티를 내지 않았다. 진우는 말하지 않기로 했다.

"도움이 되었어?"

고개를 끄덕이자 미궁의 품에서 설정의 파편이 나왔다. 진우는 다시 부실로 돌아왔다. 미궁은 진우에게 딱 붙어 있었다. 제갈미현의 눈이 돌아갔다. 나갈 때는 어색했는데, 서로 사이좋게 들어왔기 때문이다.

"서, 설마……."

역사가 시작된 것인가! 그녀의 망상력이 폭발하고 있었다.

희연도 그 영향을 받아 어찌할 바 몰라 했다. 세연은 도도하게 앉아 있었다. 모두 공략위원회에 가입신청을 했다. 기존의 부활동을 하고 있었지만, 탈퇴하고 왔다고 한다. 학생회나 선도부 같은 경우에는 중복 부활동이 가능했다.

유나는 선생님 모드가 되어 있었다.

세연을 바라보았다.

"세연 같은 학생이 활동하기에는 조금 그렇지 않나?"

"훗, 서민체험을 해보고 싶었는데, 마침 잘됐네요."

"으, 음, 그렇군."

유나의 입꼬리가 살짝 꿈틀거렸는데, 웃음을 참아내고 있는 중이었다. 실시간으로 생성되는 흑역사를 지켜보는 재미가 아주 쏠쏠했다. 제갈미현은 원래 변태라 큰 타격이 없을 것 같았지만, 세연 같은 경우에는 아마 한동안 재기불능일 것 같았다.

옆에서 루나가 더 부채질하고 있었고, 숨어 있는 아르카나는 모든 상황을 기록 중이었다.

진우는 그 광경을 보고 고개를 저었다.

'참 우애가 돈독하구만.'

진우는 여성회의 우정에 감탄을 금치 못했다.

유나는 가볍게 면접을 보고 모두 가입시켰다. 기다리고 있던 루나가 계획표를 나눠주었다. 갑작스러웠지만 합숙훈련 스케줄이 잡혀졌다. 역시 빠질 수 없는 게 합숙훈련이었다.

준비할 시간도 없었다. 내일 당장 출발이었다.

아리나는 흰 가운을 입고 있었다. 그녀는 성전 학원의 양호 선생님이라는 설정이었다. 1층에 있는 양호실에 앉아 커피를 마셨다. 성전 학원의 학생들은 체력과 회복력이 좋아 웬만해서는 양호실에 찾아오지 않았다. 양호실은 늘 여유로웠다. 창문을 열어놓자 시원한 바람이 양호실 안으로 들어왔다. 옅은 소독약 냄새가 그렇게 나쁘게 느껴지진 않았다.

요즘 학교가 소란스럽기는 했지만 아리나와는 관계가 없는 이야기였다. 그녀의 바람은 아무것도 안 하고 쉬는 것이었다. 이곳에 온 지 둘째 날에 바로 소원이 달성되어 기억을 되찾았다. 그녀의 마음은 굉장히 평화로웠다.

"좋군."

"좋네요."

양호실 침대에는 항상 허영이 누워 있었다. 허영은 이런 계열의 권능에 면역이었다. 아리나가 소란스러워진 복도를 바라보다가 허영에게 시선을 옮겼다.

"안 가도 괜찮을까?"

"어차피 나나 아리나님은 주인님 것이잖아요?"

"그렇지."

"가나 안 가나 변하는 건 없지요."

허영의 말에 아리나가 고개를 끄덕였다. 그동안 침대에 누워서 잠만 잤다. 남들 공부할 때 자는 것만큼 좋은 건 드물었다. 주인님 몰래 쉬는 건 더욱 꿀맛이었다.

이것이야말로 진정한 휴가였다.

이런 장르에서 빼놓을 수 없는 것이 바로 합숙훈련이었다. 특히 이렇게 무더운 여름일 경우에는 바닷가로 가는 것이 정해진 수순이었다. 진우는 소풍이나 수학여행을 가 본 적이 없었기에 꽤 기대가 되었다.

설정된 세계의 영역은 좁은 편이었다. 산으로 둘러싸여 있었는데, 터널을 통과하면 바닷가에 별장이 나왔다. 다른 곳은 구현이 되어 있지 않았다. 넘어가려고 하면 다시 되돌아올 뿐이었다. 설정의 군주가 여성회 회원들을 설정하고 바꾸는 데 힘을 모조리 다 쓴 것 같았다.

'19금 설정이 얼마나 간절했으면…….'

진우는 그 마음이 이해가 되었다. 얼마 지나지 않아 성전 학원이 소유한 별장에 도착했다.

"와아! 바다다!"

루나가 해변가에서 그렇게 외쳤다. 그게 정석이었다. 어째서인지 모르겠지만 바다에 도착하면 그렇게 외쳐줘야 한다고 한다. 합숙훈련이라고는 하지만 훈련 계획은 없었다. 설정의 파편을 회수하는 게 주목적이었다. 휴가가 너무 길어지면 휴가가 아니게 된다. 게다가 세계에 이변이 생기기 시작했으니 조금 서두르는 게 좋을 것 같았다. 그런 의견을 유나에게 말하자 유나는 바로 스케줄을 변경했다.

"소원들을 대략 조사했습니다."

"그래."

"그럼 빠르게 진행하도록 하죠. 제가 따로따로 떨어뜨려 놓겠습니다. 스케줄에 맞춰서 행동하시면 됩니다."

유나가 있으니 역시 든든했다. 모두 수영복을 입고 왔다. 성전 학원의 훈련용 수영복이었는데, 일반적인 비키니만큼 노출이 있었다.

'제갈미현은…….'

구석에서 알아서 소원을 이루고 있으니 신경 쓸 필요가 없었다. 차마 접근하기 힘든 분위기였다. 제갈미현의 품속에서 설정의 파편이 알아서 떠오르고 있었다.

'먼저……'

진우는 세연에게 먼저 접근했다. 세연은 선글라스를 낀 채 파라솔 밑에 누워 있었다. 굉장한 자신감이었다. 원래 그녀는 좋은 몸매이기는 했지만 훌륭하다고 할 수는 없었는데, 이곳에서는 달랐다. 누구보다도 훌륭했다.

'아마도……'

그녀의 소원 중 하나가 아닐까 싶었다. 그녀의 바람은 연인과 평범한 시간을 보내는 것이었다.

'내가 아는 평범함이랑은 좀 다른데……'

세연이니 그럴 만했다. 어쩌면 진우의 영향을 받은 것인지도 몰랐다. 세연은 도발적인 미소로 진우를 바라보았다. 그녀의 평소 모습과 오버랩되면서 소름이 돋았다.

"로션 좀 발라주겠어?"

그녀는 그렇게 말하더니 돌아누웠다. 바닷가에 놀러 오면 꼭 벌어지는 일 중에 하나였다. 진우는 야한 감정을 느끼기보다는 측은함이 생겼다. 그녀의 굴곡진 삶을 누구보다도 잘 알았다.

'참 고생이 많았지.'

성소에서 가장 일을 많이 하는 사람을 말하라면 모두 세연을 입에 올릴 것이다. 더 해줄 수 있는 게 없다는 게 아쉬울 정도로 그녀는 일을 많이 했다. G&P부터 시작해서 뉴월드에 이르기까지 그녀가 없다면 정상적으로 돌아가지 않을 것이다. 그런 게 당연하다고 생각했던 적도 있어 조금 미안해졌다. 진우는 전력을 다해 로션을 발라주기 시작했다.

진우의 손길은 이민우보다도 훨씬 더 지독했다. 세연의 몸이 축 처졌다. 그렇게 같이 지내는 시간이 늘어나니, 설정의 파편이 조금씩 보이기 시작했다.

희연이 다가왔다.

'희연의 바람은……'

그녀의 바람은 자신의 비중이 높아지는 것이었다. 그리고 보니 이진우가 된 이후부터 계속 알고 지내던 사이였다. 게다가 이제는 성소에서 거의 살다시피 했다. 그런데 진우는 좀처럼 그녀의 기척을 느끼지 못했다. 대군주의 감각에서 벗어날 정도로 그녀는 대단한 재능을 지니고 있었다.

'그녀가 암살 기술을 익힌다면……'

군주급도 충분히 상대할 수 있지 않을까?

정말 대단할 것 같았다.

진우는 피식 웃으면서 그녀와 해변을 걸었다. 이렇게 편하게 지내는 것도 좋은 것 같았다. 그렇게 있다 보니 시간이 빨리 흘렀다. 바다 너머로 노을이 지는 광경은 아름다웠다. 나란히 걷던 희연이 진우를 바라보았다.

"아, 아이스크림 사, 사 올게."

그녀는 그렇게 말하며 상점으로 뛰어갔다.

'달달하구만.'

이 세계에 오면서 달달함을 너무 많이 느꼈다. 이제 단 것을 먹지 못할 것 같았다. 진우가 그렇게 생각할 때였다.

"주인님, 군주를 잡아왔습니다. 잡는 데 시간이 걸려 늦었습니다. 죄송합니다."

진우의 뒤에서 페로가 나타났다. 그의 손에는 검은 고양이가 들려 있었다. 벌레로 유인해서 잡았다고 하는데, 설정의 군주는 엄청 겁을 먹은 모습이었다.

"반항이 심해 조금 교육했습니다."

페로의 교육은…… 상상도 하기 싫었다. 아리나와 허영도 페로에게 잡혀 왔다.

"그리고 놀고 있는 자들도 데려왔습니다."

"저, 저희는 조금 쉬느라…… 그, 그래도 주인님에 대한 애정은 누구보다 뛰어납니다. 차원 금화만큼 사랑합니다. 주인님."

"저, 저도…… 충성과 사랑으로 모시고 있습니다."

아리나와 허영은 어색한 미소를 지었다.

"푹 쉬었으면 됐어."

둘이 푹 쉬었다면 그걸로 충분했다. 기억을 잠시 잃어버린 게 그녀들을 푹 쉬게 만들었다. 성소에 있으면 이런저런 할 일들이 자꾸 생기니 아무 생각 하지 않고 이렇게 푹 쉴 수는 없었다.

"양호 선생님? 안허영……?"

희연이 둘의 모습을 보고 깜짝 놀라 했다. 아이스크림을 사러 갔던 희연은 바다에서 무언가 심각한 것을 봤는지 바로 진우에게 달려왔다.

"그보다 괴인이다. 대량의 괴인이 몰려오고 있어! 어서 지원 요청을……!"

희연은 다급한 표정이 되었다. 아리나와 허영은 눈치를 보다가 어색하게 고개를 끄덕였다.

'괴인?'

갑작스러운 상황에 진우는 수평선을 바라보았다. 공간이 깨지며 기이한 빛으로 일렁거리는 괴인들이 생겨나고 있었다. 설정의 군주는 이 현상에 대해 아는 모양이었다.

"버틸 수 없어…… 책이 없어. 내가 멍청해서 잃어버렸어…… 설정이 섞여 버렸어. 깨져 버릴 거야……."

설정의 군주가 힘없이 그런 말을 했다. 절망 상태였다.

진우는 시선을 돌렸다. 역시 자신 때문이었다.

진우는 슬쩍 백과사전을 꺼내 설정된 세계의 설정을 살펴보았다. 뒤 페이지와 달라붙어 있었는데, 글씨가 녹으며 물에 물감을 푼 것처럼 섞여 들어가고 있었다. 진우는 일단 지배의 권능으로 막아놓았다. 그때 진우의 주위로 유나를 포함한 모두가 몰려왔다. 지금은 돌려줄 타이밍이 아니었다.

아직 기억을 찾지 못한 건 희연, 세연 그리고 제갈미현뿐이었다. 다른 이들은 모두 진우의 눈치를 봤다. 진우는 적당히 어울려 주라는 제스처를 취했다.

희연은 뒤를 바라보았다. 성전 학원과의 통신이 되지 않았다. 이곳을 지나게 되면 마을 사람들이 위험했다. 여기서 모두 막아야 했다.

"우리가 막아야 해."

희연은 진지했다.

"훙, 귀찮군요."

"선도부로서 모범을 보여야겠지요."

진우는 일단 뒤에서 상황을 지켜보았다. 성전 학원은 괴인들과의 전투를 위해서 존재했다. 성전 학원에 속한 모든 이들에게는 괴인과 싸울 수 있는 성력이 존재했다.

희연이 손을 위로 들자 그녀의 팔목에 시계와 비슷한 장치가 생겼다. 세연과 제갈미현도 마찬가지였다.

희연이 유나와 아리나를 바라보았다.

"선생님들의 힘도 필요해요."

"으, 음."

"전투라면 뭐……."

살짝 얼버무린 유나와 아리나가 진우를 바라보았다.

희연은 지금 스타 아머를 소환하려 하고 있었다.

'이곳에서는 힘이 제대로 나오지 않잖아? 몸을 보호하려면 어쩔 수 없어.'

그렇게 눈치를 주자 유나와 아리나는 고개를 끄덕였다. 진우는 괜찮았지만 군주급이 아닌 유나와 다른 이들은 설정된 세계의 설정을 따랐다. 전투력도 마찬가지였다.

스타 아머는 신체능력을 몇 배나 올려주고 방어력도 높여주기 때문에 입고 있는 편이 안전했다.

'보고 싶어.'

하지만 역시 가장 큰 이유는 진우가 보고 싶었기 때문이다. 이런 세계관에 왔으니, 한 번이라도 변신하는 걸 봐야 하지 않겠는가? 이 설정된 세계에서 그나마 가장 독창적인 설정이었다. 희연을 중심으로 여성 회원들이 모두 일렬로 섰다. 붉은 노을이 그녀들을 비추었다.

유일하게 아무런 영향을 받지 않은 페로만이 진우의 옆에 서 있을 뿐이었다. 그녀는 침입해 오는 설정에 적응해서 완벽한 면역 상태였다. 괴인들이 해변가에 이르는 순간이었다.

모두가 희연처럼 손을 들었다.

"꽤 멋있네."

"그러네요. 참여할 수 없어 아쉽습니다. 저는 괴인에 더 어울리는 것 같네요."

부정할 수 없는 사실이었다. 어디선가 뜨거운 바람이 불었다. 희연이 손을 내리며 다른 팔과 십자로 교차시켰다.

절도 있는 동작이 굉장히 멋있었다. 살짝 오글거리기도 했지만 괴인들이 앞에 있으니 비장한 분위기가 살아났다.

변신하기 전의 분위기는 역시 끝내주었다.

'옛날 생각이 나는데?'

예전에 공중파 채널에서 본 적이 있었다. 똑같은 레퍼토리의 반복이었지만, 그때는 그런 것조차 즐거웠다.

진우는 기대에 찬 눈빛으로 그녀들을 바라보았다.

모두가 찬 팔찌가 빛나기 시작했다.

"변신! 스타 레드!"

희연이 그렇게 외치자 다른 이들도 다양한 칼라를 뒤에 덧붙이며 아주 작게 따라 외쳤다. 아무리 그래도 '변신'이라는 단어는 부끄러운 모양이었다. 하늘에서 빛이 떨어지더니 모두의 몸이 빛에 휘감겼다. 변신이 시작되었다!

"오……."

진우는 감탄을 내뱉었다. 스타 아머를 학교 교과서에서 본 적이 있었다. 전대물의 전형적인 모습을 잘 살렸다. 얼굴이 노출되기는 하지만 헬멧도 있었고, 정석에 가까운 타이즈였다. 그런데 조금 다른 광경이 나타났다.

"음? 조금 다른데……?"

조금이 아니라 완전히 다른 모습이었다. 희연의 몸이 공중으로 떠오르더니 입고 있던 옷이 사라졌다. 다른 이들도 마찬가지였다.

"변신이라는 것은 꽤 선정적이군요."

페로가 그렇게 말했다. 빛이 리본이 되어 모두의 몸에 감겼다. 진우가 예상했던 변신과는 어마어마한 차이가 있었다. 방향성 자체가 다르다는 표현이 정확할 것이다.

뾰로로롱!

어디선가 그런 소리가 들려왔다. 모두 천천히 공중을 돌더니 화려한 레이스가 달린 드레스가 입혀졌다. 반짝반짝 빛나는 장화가 포인트였다. 얼굴에 옅은 화장도 생겼다.

"아……."

희연은 눈을 깜빡이며 자신의 몸을 바라보았다.

다른 이들도 마찬가지였다. 유나는 경악에 빠졌다. 허영은 거의 기절 직전까지 갔다. 페로 손에 들린 설정의 군주가 그 광경을 보며 고개를 끄덕였다.

"역시 뒤 페이지랑 섞였네."

뒤 페이지는 마법 소녀 설정집이었다. 정적이 내려앉았다.

"그…… 자, 잘 어울리네."

어설픈 거짓말이었다. 진우가 간신히 그렇게 말하자 모두의 고개가 천천히 돌아가며 진우쪽을 바라보았다.

휘리리릭!

유나의 손에 들린 마법봉에 달린 하트가 마구 돌아갔다.

찰칵찰칵!

아르카나의 카메라에서 서터음이 쉴 새 없이 울려 퍼졌다. 새로운 차원의 흑역사가 생기는 순간이었다.

유나는 자괴감이 엄청나 보였다. 하늘하늘한 마법소녀 복장을 하고 하트 모양 지팡이를 들고 있으니 당연했다. 그녀의 눈빛은 이미 죽어 있었다. 영혼이 가출을 한 것 같았다.

변신을 한 순간, 설정이 섞이며 희연과 세연, 그리고 제갈미현이 정신을 되찾았다. 설정의 파편이 모두 튀어나왔다.

제갈미현은 별 타격이 없는 것 같았지만 희연과 세연은 아니었다. 바닥에 털썩하고 주저앉았다. 희연은 머리를 감싸 쥐고 있었고, 세연은 얼굴을 아예 타조처럼 모래사장에 파묻고 있었다. 둘은 차마 소리도 지르지 못했다. 너무 고통스러워 비명조차 나오지 않았다.

루나가 쭈그려 앉아 둘을 토닥여 주었다. 그 모습은 여신 그 자체였다. 상처받은 마음을 위로해 주고 있었다. 루나는 굉장히 잘 어울려서 그런지 타격이 전혀 없어 보였다.

'역시 여신은 여신이군.'

진우는 그렇게 생각하며 고개를 끄덕였다.

괴인들이 몰려왔다. 세계가 무너지면서 발생되는 현상이었다. 진우는 나서려 했지만 그럴 수 없었다. 황금의 여성회 회원들의 표정이 심상치 않았다.

빠드득!

그녀들이 가볍게 몸을 풀자 무시무시한 소리가 새어 나왔다. 뿜어져 나오는 살기를 보니 굳이 진우가 나설 필요는 없는 것 같았다. 공기가 진득하게 느껴질 만큼 농후한 밀도의 살기였다. 그녀들은 현재 때려눕힐 대상이 필요했다.

"주인님께서 나서실 필요는 없을 것 같습니다."

페로도 그렇게 생각하는 모양이었다.

폭력의 시작을 알린 것은 유나였다. 손에 들린 마법봉을 야구방망이처럼 휘두르자 괴인의 몸이 박살 나며 터져 버렸다. 진득한 액체와 함께 육체의 파편이 흩날렸다.

마법소녀로 변한 그녀들이 각자 귀여운 무기를 들고 앞으로 진격했다.

푹! 푹찍! 콰드득!

무기는 귀여웠지만 결과는 끔찍했다. 마법이 아니라 물리 데미지로 없애고 있었다. 설정의 군주는 눈을 깜빡이며 그 광경을 바라보았다. 진우는 백과사전을 꺼내 설정의 군주에게 건네주었다. 설정의 군주가 진우를 빤히 바라보았다.

"찾아주신 건가요? 고마워요."

설정의 군주는 그렇게 생각할 수밖에 없었다. 백과사전은 자신의 부주의가 아니면 잃어버릴 수 없었기 때문이다.

그녀의 권능 그 자체여서 누군가 가져간다는 건 생각지도 못하고 있었다. 진우는 쭈그려 앉아서 설정의 군주를 쓰다듬었다. 그르릉하는 소리가 들려왔다. 진우는 예전에 고양이를 키우고 싶어 했었다.

설정의 군주가 진우를 올려다보았다.

"세계가 무너질 거예요. 이 세계가 사라지면……."

설정의 군주도 힘을 잃고 사라지게 된다. 대군주와 군주들을 감당하느라 권능을 모두 소모했기 때문이다. 이대로 보내기에는 아까웠다. 어차피 퀘스트를 깨기 위해서 지배를 하거나, 부하로 만들어야 했다. 지배의 권능을 사용하기도 꺼려졌다.

'호러가 되어버리겠지.'

이 오글거리는 세계가 끔찍한 호러 세계가 되어버릴 가능성이 컸다.

"유지할 방법은 없나?"

"제가 힘을 되찾기 위해서는 많은 감정과 의지력이 필요해요."

무언가 해결책이 필요할 때 늘 떠오르는 건 뉴월드였다. 아로롱과 하루링의 권능이 설정의 군주와 합쳐진다면 어떨까? 싱글 게임도 가능할 것 같았다.

콰가가가가!

폭음과 함께 해수면에서 폭발이 일어났다. 괴인들이 해일에 쓸려 나갔다. 설정의 군주는 그 광경을 보며 움찔했다.

"하렘이란…… 무서운 거구나."

백과사전을 펼쳐 메모했다. 그녀들의 숨이 거칠어질 때쯤 괴인들이 사라졌다. 그녀들은 석양을 받아 아름답게 빛나고 있었다. 변신이 풀리자 모두 털썩하고 주저앉았다.

"이 나이에 그런 옷을 입고……."

"로맨스였는데…… 그랬는데……."

유나와 희연이 중얼거렸다. 데미지가 큰 듯했다.

진우는 포탈을 열어 모두와 함께 성소로 돌아왔다. 모두의 모습이 성소에 발을 딛는 순간 원래대로 돌아왔다. 모두 서로 눈을 마주치지 않은 채 침묵을 지켰다.

저것이 바로 여행의 피로라는 것일까?

회복되기까지 조금 시간이 걸렸다.

진우는 설정집을 꺼내 보았다. 설정이 뒤죽박죽이 되긴 했지만 그래서인지 더 괜찮았다. 시나리오도 그럭저럭 괜찮게 작성되어 있었다. 히로인들의 이미지만 다르게 고친다면 나름대로 괜찮은 작품이 될 것 같았다.

세연이 쭈뼛거리며 다가왔다.

"그, 그건 제가 해볼게요."

세연은 간신히 흑역사를 극복한 것 같았다. 아르카나가 구석에서 열심히 작업을 하더니 무언가 들고 왔다.

앨범집이었다. 엔딩을 보고 난 뒤에 열어볼 수 있는 갤러리가 생각났다. 아르카나가 모두에게 하나씩 나눠주었다.

진우는 앨범을 살펴보았다.

"오……."

추억들이 전부 기록되어 있었다. 설정 보정을 받아 더 완벽해져 있었다. 무려 움직이는 사진도 있었다. 특히 유나의 변신 모습은 평생 간직해야 할 걸작이었다.

"좋은 여행이었네."

기지개를 켰다. 간만에 힐링을 제대로 한 것 같았다. 물론, 진우만 즐거웠다.

설정된 세계를 살리기 위한 작업이 시작되었다. 지구인의 감정과 의지력을 빌려올 계획이었다. 황금의 여성회 회원들은 흑역사를 잊어버리기 위해 일에만 몰두했다. 유나의 경우에는 거의 일주일 동안 잠을 자지 않았다.

잠을 자려 누우면 자꾸 떠오른다고 한다. 비틀거리면서 버텼는데, 결국 진우가 나서서 재워주고 나서야 푹 자게 되었다. 세연은 하루링을 이용하여 작은 공간을 만들고, 설정된 세계를 무수히 복사했다. 다키가 있었기에 대규모 연산은 전혀 문제가 되지 않았다. 다키는 하나의 거대한 서버룸이 되었다. 세연은 무척이나 흥분했다.

"설정의 권능…… 정말 대단하네요. 하루링과 아로롱으로 구현이 불가능한 것들도 많았는데 이제 모두 만들어낼 수 있어요!"

백과사전을 통해 코드를 입력하듯 설정을 넣으면 바로 구현이 되었다. 특정한 상황에서 일어나는 이벤트 같은 것들도 이제 일일이 다 컨트롤 할 필요가 없었다.

아로롱의 부담도 훨씬 줄어들었다. 인물의 개성을 표현하기 위해서 항상 신경을 써야 했는데, 설정만 집어넣으면 자동으로 발현되니 부담이 적었다.

"시나리오는 가지고 오셨나요?"

"음, 어제 완성했어."

설정집에 적힌 시나리오를 바탕으로 제대로 된 작품을 만들었다. 물론, 진우가 한 것이 아니라 영훈에게 맡겼다.

시나리오를 읽어본 진우는 이게 잘한 것인지 의문이 생겼다. 진우가 직접 경험해 봤을 때보다 훨씬 오글거렸기 때문이다.

'이런 장르는 선을 확실하게 넘어줘야 합니다! 현실이 아니기 때문이죠!'

진우가 조정하려 했지만 영훈의 말에 고개를 끄덕일 수밖에 없었다. 영훈은 정말 훌륭한 작가가 되어 있었다.

제목도 영훈이 정했다.

'샤이닝 스타 ~별빛 속의 그녀들~'

뉴월드 유니버스의 싱글 패키지였다. 기존에 뉴월드를 이용하지 못했던 학생들을 위해서 15세 이용가 버전도 출시될 예정이었다. 플레이어가 설정된 세계를 경험하며 느낀 감정과 의지가 설정된 세계를 유지하며 군주의 권능을 회복시켜줄 것이다. 그녀가 다시 군주의 권능을 되찾는다면 자연스럽게 진우의 권속이 될 예정이었다.

유나가 시나리오를 살펴보더니 고개를 갸웃했다.

"담임선생님 캐릭터가 조금 더 매력적이었으면 좋겠습니다만…… 너무 푼수 같군요."

"아…… 저도 부잣집 아가씨 캐릭터가 조금 더 호감 있는 성격이었다면 좋겠는데…… 너무 싸가지 없잖아요."

세연도 아쉬운 점을 말했다. 옆에 있던 유나도 고개를 끄덕였다.

"여동생 비중이 너무 적어요."

"저는 이대로 좋다고 생각합니다."

놀랍게도 회연도 이곳에 있었다. 그녀가 말하기 전까지 진우는 그녀가 있는지 눈치채지 못했다.

정이 들어서일까? 모두 자신들이 경험한 캐릭터를 조금 더 어필하고 있었다. 한번 흑역사를 경험했기 때문인지, 현실에서의 모습도 조금 바뀌었다. 진우와의 거리가 확 좁혀졌다. 진우가 등장하면 자연스럽게 달라붙었다.

좋기는 했지만 어쩔 땐 조금 무섭기도 했다. 그녀들의 눈빛에서 일렁거리는 무언가가 심상치 않았기 때문이다.

아무튼, '샤이닝 스타 ~별빛 속의 그녀들~'은 이미 홍보가 이루어진 상태였다.

뉴월드 최초의 싱글 게임이니 관심이 없을 수 없었다.

"아바타 연동을 통해 바로 플레이할 수 있도록 업데이트를 할게요."

세연이 그렇게 말했다. 아바타 육체 능력과 기술의 일정 부분을 가지고 올 수 있도록 해놓았다.

뉴월드 플레이어에게 편의를 더 제공한 것이다. 당연히 유료 게임이었다. 싱글 패키지는 합리적인 가격인 79,000원이었다. 무려 2명의 히로인이 포함되었다.

다른 히로인들을 등장시키기 위해서는 추가 과금을 해야 했다. 구입한다고 바로 나오는 게 아니라 랜덤 박스였다.

하트 박스라고 이름 붙였다. 하트 박스를 구매하면 히로인들의 추가 복장, 기념 아이템, 액세서리, 히로인 카드 중 하나를 뽑을 수 있었다. 히로인 카드가 나올 확률은 상당히 낮았다. 랜덤 박스 하나에 5,000원이었고 히로인은 계속해서 추가될 예정이었다.

뉴월드에서 모은 차원 금화도 사용할 수 있었다. 그럴 경우 10%의 수수료가 붙었다. 그렇게 회수한 돈과 차원 금화는 권능 회복을 위해 쓰일 예정이었다.

"출시해도 괜찮을 것 같네."

진우가 그렇게 말하자 바로 '샤이닝 스타 ~별빛 속의 그녀들 ~'이 출시되었다. 출시한 지 얼마 지나지 않아서, 붕괴되려던 세계가 다시 원래대로 돌아갔고, 권능도 차오르기 시작했다. 진우는 인터넷 반응을 살펴보았다. 가볍게 게임을 즐길 줄 알았지만 진우는 뉴월드 플레이어를 너무 얕보았다.

플레이어들은 인생과 돈을 갈아 넣고 있었다.

[제목: 무과금 유저입니다.]

[글쓴이: 미희님큹카큹카]

사랑의 무게는 무엇보다 무겁습니다. 과금보다 무겁지요. 그래서 얼마를 지르든 무과금입니다.

샤이닝 스타를 구입한 지 이제 2주일 째네요.

저는 오늘도 암흑 제국 채굴선을 탔습니다. 제가 가지고 있던 개인 채굴선은 아시다시피 팔아서 차원 금화로 환전하고 하트 박스를 질렀습니다. 아쉽게도 히로인 카드는 얻지 못했습니다.

최근에 하트 박스의 영향 때문인지 채굴선들이 굉장히 많아졌습니다. 신성 연합에서도 암흑 제국 진영으로 넘어올 정도입니다. 2주 동안 노가다해서 모인 금액으로 하트 박스를 질러보았습니다.

[랜덤뽑기.jpg]

첫 상자에서는 분필이 나왔습니다. 무려 5천 원 짜리 분필입니다. G&P의 악랄한 과금 정책에 치를 떨 수밖에 없습니다. 저번에는 지우개를 20개 정도 뽑았습니다. 칫솔이 30개 정도 됩니다. 싱글 패키지 히로인인 김유란 선생님 전용 안경도 나왔는데, 보자마자 부숴 버렸습니다.

그건 신. 성. 모. 독이거든요.

오늘도 학생회장인 미희님을 뽑기 위해서 달립니다.

그냥 뽑지 않았습니다. 목욕을 하고 깨끗한 흰색 옷을 입었습니다. 그리고 위대하신 이진우 님의 사진을 보며 108배를 했습니다.

[성공.jpg]

마지막 상자에서 빛이 뿜어져 나오더니 미희 님이 걸어 나왔습니다! 환희의 순간입니다! 역시 우주최강존엄 이진우 님께 정성을 다해야 합니다!

그런데 문제가 있습니다. 미희 님에게 접근을 하려면 중간고사 성적 10위권 안에 들어야 한다더군요. 성전 학원의 수준은 일반적인 고등학교 레벨보다 살짝 높은 수준이라고 알고 있습니다.

제 나이 37. 이 나이 먹고 다시 공부를 시작할 줄은 몰랐습니다. 첫 중간고사 때 164등 했는데, 미희 님이 경멸 어린 눈으로 절 바라보더군요.

그것도 나름대로 괜찮았습니다. 온몸이 짜릿한 느낌이었습니다. 하지만 전 부회장 자리를 노리고 있습니다.

미희 선배님 기다리십시오. 제가 보필해 드리겠습니다.

[댓글 15,321]

-검소한삶: 와 몇천만원을 그냥 꼬라박으셨네 ㅋㅋ흑우보솤ㅋㅋ

└미희님큥카큥카(글쓴이): 말씀드렸다시피 무과금입니다.

-고양이마스터: 이분 루나님큥카큥카 아님? 와, 루나님이 실망하겠다.

-미밈미: 와, 미희님 등장. 미쳤네ㅋㅋ 미희님 뽑을 확률 정말 극악이라던데.

└미희님큥카큥카(글쓴이): 운이 좋았습니다.

-대학예정자: 현실 고등학생 3학년입니다. 미희님이랑 지내다 보니 현실에서 대학 붙게 생겼습니다. 모의고사 봤는데 성적 미쳤습니다. 미희님 공부 겁나게 잘 가르쳐 줍니다. 성적 오르면 머리를 쓰다듬어 주는데…… 눈물이 납니다.

└미희님쿵카쿵카(글쓴이): 허억! 그런 포상이…….

금단의경계: 담임선생님도 좋은데…… 공부 못해도 쓰다듬어 주는데…….

└미희님쿵카쿵카(글쓴이): 그건 범죄입니다. 학생과 제자 아닙니까?(웃음)

-나혼자잼식: 잼식이 방송 봤음? 엔딩이 고독사임ㅋㅋ

뉴월드 수익이 엄청나게 증가하기 시작했다. 시간이 지나자 설정의 군주가 권능을 완전히 되찾았다.

[설정의 군주가 권속이 되었습니다. 설정의 군주를 어디서든 소환할 수 있습니다. 대량의 경험치를 획득하였습니다.]

[랭크가 상승하였습니다!]

[마신의 봉인지가 흔들리고 있습니다!]

진우의 랭크가 상승하여 SSS가 되었다. SSS+까지 한 단계만 남겨두고 있었다. 그리고 군주도 마지막 군주만을 남겨놓고 있었다. 마지막 군주를 정복한 뒤에 드디어 마신이었다.

'마신까지 완벽하게 처리하면…….'

그렇게 한다면 더 이상 세계를 위태롭게 만들 수 있는 존재는 없었다. 진우는 빠르게 나머지 군주도 처리하기로 결정했다. 설정의 군주 덕분에 충분히 휴식을 취하고 힐링을 한 상태였다. 지금 진우의 상태는 최상이었다.

오히려 그답지 않게 몸을 움직이고 싶어서 근질근질했다.

마지막 군주의 단서가 어디에 있는지 이미 알고 있었다.

'칼로스 은하.'

우주 세계의 끝에 위치한 은하. 칼로스 은하에 있었다. 진우는 바로 칼로스 은하로 이동했다. 좌표는 이미 알고 있어서 워프 드라이브를 이용해서 한 번에 도착했다.

칼로스 은하는 볼품없는 소규모 은하였다. 사람이 살 만한 행성은 거의 존재하지 않았다.

'저곳인가?'

이름 없는 행성. 외신을 믿는 종교의 발상지였다.

그곳에 사는 사람들이 행성의 이름을 짓는 것을 거부했다. 오로지 외신을 모시기 위한 장소였기 때문이다. 신전을 제외한 다른 곳은 불모지나 다름없었다. 진우는 행성을 살펴보다가 가장 큰 신전으로 접근했다. 진우의 우주선이 접근하니 신전에서 사람들이 나왔다. 상당히 기괴한 복장을 입고 있었다. 진우가 우주선에서 내리니 모두 무릎을 꿇으며 기이한 노래를 불렀다.

'음……'

자신이 꼭 사악한 신이라도 된 것 같아 기분이 묘했다. 그들 사이에 종교를 이끄는 교주가 모습을 드러냈다. 늙은 노인이었다. 정보의 마안으로 살펴보니 나이가 무려 천 살을 넘어갔다.

"묻고 싶은 게 있다."

"안쪽으로 드시지요."

교주는 고개를 숙이며 진우를 신전 내부로 안내해 주었다. 신전 내부는 웅장했다. 거대한 암석을 기계 장비를 사용하지 않고 오로지 사람의 힘으로 파내 만든 곳이었다.

중앙에 마법진과 비슷한 것이 새겨져 있었고 굉장히 낡은 포탈석이 솟아올라 있었다.

"진정한 어둠으로 각성하시기 위해서는 죽음을 극복하셔야 합니다."

"죽음?"

"자세한 것은 저도 알지 못합니다. 죽음의 세계에서 진정한 어둠이 되십시오. 그렇게 된다면 신들의 세계로 가실 수 있습니다."

백과사전의 내용과 똑같았다. 일단 죽음의 세계로 가서 군주를 해결한 뒤에, 마신의 봉인지로 갈 수 있었다.

'죽음의 세계라…… 어떤 곳인지 궁금하군.'

죽음의 세계라 불릴 정도면 분명 엄청난 세계일 것이다.

진우는 조금 긴장되었지만 두렵지는 않았다. 누가 나오더라도 충분히 자신의 손으로 없앨 수 있었다. 지금 탐욕의 군주를 만나더라도 최소한 지지는 않을 자신이 있었다.

부우우!

진우는 포탈석에 손을 올렸다. 그러자 포탈석에서 빛이 뿜어져 나오더니 신전 전체가 움직이기 시작했다. 마치 퍼즐이 맞춰지는 것처럼 신전의 구조가 바뀌었다. 마신의 봉인지로 가는 입구가 나타났다.

'알기 쉽군.'

12군주의 힘을 모두 모으면 열리는 방식이었다. 일단 마지막 군주부터 만나 봐야 했다.

[황금의 성소에 죽음의 세계가 등록되었습니다!]
[어디서든 죽음의 세계로 가는 포탈을 열 수 있습니다.]

진우는 죽음의 세계로 가는 포탈을 열었다. 무언가 굉장한 포탈이 열릴 것 같았지만 포탈 자체는 평범했다.

진우는 잠시 포탈을 살펴보다가 안으로 들어갔다.

"음?"

다행스럽게도 공중에서 떨어지거나 하지는 않았다. 아스팔트 도로가 진우를 반겨주었다. 진우가 아는 그런 도로와는 많이 달랐다. 아스팔트가 군데군데 부서져 있었고 잡초들이 무성하게 자라있었다. 주변에 건물들도 많았는데, 멀쩡한 건물도 있었지만 폭탄이라도 맞은 것처럼 엉망인 건물도 있었다. 꽤 규모가 큰 도시 같았는데, 사람들이 보이지 않았다.

"탱크?"

무너진 바리케이드와 방치되어 있는 탱크가 보였다. 탱크에는 핏자국이 가득 묻어 있었다. 진우가 손가락으로 탱크를 밀자 궤도가 박살 나며 주저앉았다. 고개를 돌려보니 피가 진득하게 달라붙어 있는 성조기가 보였다.

"여기 미국이었어?"

진우는 성조기를 들어보았다. 진우가 아는 미국 국기가 맞았다. 죽음의 세계는 진우가 예상한 것과 많이 달랐다.

"뭔가 지옥 같은 곳인 줄 알았는데……."

사람이 없고 전쟁이라도 일어난 것처럼 엉망진창이기는 하지만 진우의 눈에는 평범해 보였다.

'일단 움직여볼까?'

진우는 아무도 없는 도로를 걸었다. 도시의 중심부로 들어오자 멀리서 인기척이 느껴졌다. 사람들이 이쪽으로 달려오고 있었다. 두꺼운 책으로 팔과 다리를 덧대고 있었고, 총기도 들고 있었다. 진우는 인사를 건네려 살짝 손을 들었다. 맨 앞에서 달려오던 사람이 흠칫 놀랐다가 다급히 입을 뗐다. 피 묻은 군복을 입은 여성이었다.

"달려요!"

"음?"

"죽으려고 환장했어요? 멍청하게 있지 말고 어서……!"

진우는 그녀의 뒤를 바라보았다.

"와……."

감탄할 수밖에 없었다. 수많은 좀비가 사방에서 몰려오고 있었기 때문이다. 그 광경이 마치 예전에 한창 유행했던 미국 좀비 드라마 같이 느껴졌다.

이런 곳인 줄은 몰랐지만 죽음의 세계가 맞기는 했다.

설정의 군주는 성소에 완전히 정착했다. '나비'라는 이름이
생겼다. 아주 흔한 이름이었지만 그녀는 마음에 들었다.

평소에는 고양이 모습으로 지냈는데, 여성회 회원들이 그녀
를 굉장히 귀여워했다. 특히 미궁은 그녀를 들고 다니거나 머리
에 얹고 다녔다. 나비가 요즘 하는 일은 방송을 보며 기록하는
일이었다. 그녀는 새로운 걸 발견할 때마다 자세히 기록했다.

"잼식트……"

나비는 잼식트 방송을 바라보았다. 그녀가 요즘 지켜보고 있
는 인물이었다. 추하다는 설정은 없었는데, 어째서인지 추함이
느껴졌기 때문이다. 잼식에게는 설정을 넘어선 무언가가 있었
다.

[여러분들! 이번엔 확실합니다! 담임선생님 김유란의 공략을
성공해 보이겠습니다!]

-솔로만30년: ㅋ고독사만 3번째인데
-잼아저씨: 잼식트가 되더니 연애세포가 다 죽음ㅋㅋㅋ
-매수꾼: 공약 걸고 하죠. 못하면 샤이닝 스타 히로인 분장하기 어
떰? 코스프레 ㄱㄱ

[알겠습니다. 못하면 벌칙으로 가장 완벽한 샤이닝 스타 히로인이 되겠습니다!]

나비의 눈동자가 크게 떠졌다. 사람 형태로 돌아와 흥미진진한 표정으로 잼식 방송을 지켜보았다. 결과는 처절한 실패였다.

[하, 하하! 여러분 오늘은 여기까지 하겠습니다. 그럼 내일은 휴방이니 수요일날 뵙겠습니다! 벌칙이요? 제가 벌칙 받을 날짜를 이야기한 적 없죠? 100년 뒤에 하겠습니다.]

-한글좋아: 추한 건 하루 이틀이 아니지만 개추하군ㅋㅋ
-웃음치트키: 그럴 줄 알았다.

시청자들은 그럴 줄 알았다는 반응이었지만 나비는 아니었다.

-나비: 추하다. 추하다. 추하다. 약속 지켜야지. 추함. [후원 2,000원]

[하핫, 그럼 여러분 안녕!]

나비가 어렵게 후원까지 하며 채팅을 쳤는데 무시했다. 나비는 잼식의 빤스런에 충격을 받았다. 잠시 생각하다가 백과사전을 펼쳤다. 페이지를 넘기다가 잼식의 설정을 찾아냈다.

[잼식 -> 샤이닝 스타 히로인]

그렇게 기입하고 백과사전을 닫았다. 잼식이 행방불명 된 순간 히로인 하나가 추가되었다.

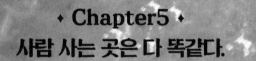

♦ **Chapter5** ♦
사람 사는 곳은 다 똑같다.

좀비들의 숫자는 상당히 많았다. 건물 위에서 떨어지기도 하고, 자기들끼리 깔려 넘어지기도 했다. 빠른 속도라고 할 수는 없었지만, 사방에서 조여오니 압박감이 느껴지긴 했다.

"오······."

좀비 영화를 보는 것 같았다.

그어어어!

그러고 보니 진우는 좀비를 제대로 본 적은 없었다. 스켈레톤 정도만 봤을 뿐이었다.

'냄새가 장난 아닌데?'

상당히 비위생적이었다. 장기자랑을 하며 움직이는 시체들은 굉장히 보기 좋지 않았다. 예전이었다면 비위가 상했겠지만, 초거대 바퀴벌레로 단련되었기에 아무렇지도 않았다.

진우가 잠시 좀비를 관찰하듯 바라보고 있자 여성 군인이 양

옆에서 밀려오는 좀비들에게 권총을 갈겼다. 다른 사람들은 그녀를 지나쳐 앞으로 달려갔다.

"힘들겠지만 이겨내야 해요. 살아 있다면 희망이 있어요."

"……음?"

진우가 자살이라도 하려는 것처럼 보인 모양이었다. 하긴 진우는 이런 상황과 안 어울리는 깔끔한 복장을 하고 있었다. 캐주얼한 느낌의 정장 차림이었는데, 죽기 전에 가장 좋은 옷을 입은 것처럼 보이기도 했다.

'따라가 볼까?'

군주의 기운을 느낄 수 없었다. 좀비들 때문에 가려진 느낌이 들었다. 이 세계에 대한 정보도 얻을 겸 그녀를 따라가기로 결정했다. 진우는 그녀의 뒤를 따라 달렸다.

보조를 맞추며 달렸는데, 상황이 아슬아슬했다. 좁은 골목길로 들어섰다. 앞서 나가던 덩치가 큰 흑인이 정면을 보더니 인상을 팍 썼다.

"젠장! 길이 막혔어!"

"오, 올 때는 뚫려 있었잖아요!"

조금은 어려 보이는 백인 남자가 그의 말에 어찌할 바 몰라 했다. 총 세 명이었다. 덩치가 큰 흑인 남자는 도끼를 들고 있었고, 백인 남자는 큰 배낭과 지도를 짊어지고 있었다.

문은 쇠사슬로 단단히 잠겨 있었다. 흑인 남자가 도끼로 막혀 있는 문을 향해 도끼질을 했다. 하지만 소용이 없었다.

여성 군인과 진우가 뒤늦게 그 자리에 도착했다.

"무슨 일이에요?"

"잠겼어! 젠장! 함정이야. 약탈단 놈들의 짓인 것 같군."

군인의 물음에 흑인 남성이 그렇게 말했다.

골목길 끝에서 좀비들이 몰려왔다. 흑인 남자는 도끼를 들었고, 여성 군인은 신중하게 총을 겨눴다.

백인 남자는 털썩하고 주저앉았다. 절망이 가득했다.

진우는 좀비를 정보의 마안으로 바라보았다.

[-]좀비

일반적인 좀비. 특수한 바이러스에 감염되어 탄생하였다. 일반적인 사람이 물리게 되면 바이러스가 침투해 수 시간 내로 좀비가 된다.

[-F]좀비 감염.

진우야 문제가 없었지만 이들은 저 좀비들을 당해낼 수 없었다. 숫자가 너무 많았다. 저들은 능력자가 아닌 일반인이었다. 여기서 전멸한다면 따라온 보람이 없었다.

"도와줄까?"

진우가 태연한 표정으로 그렇게 말하자 모두 진우를 바라보았다. 흑인 남자가 인상을 구기며 진우를 노려보았다.

진우보다 키가 머리하나 더 컸다. 근육질이라 덩치도 컸는데 힘 하나는 좋을 것 같았다.

"방금 전까지 자살하려던 놈이……."

"그냥 동네 좀 구경하고 있었는데 너희가 저놈들을 몰고 왔잖아. 도와주면 나도 좀 데리고 가 줘. 쉴 만한 곳이 있겠지?"

진우가 그렇게 말하자 흑인이 입을 다물었다. 어이가 없었는데, 뭐라고 말해야 할지 떠오르지 않았기 때문이다. 진우가 어떻게 하냐는 듯 그들을 바라보고 있자, 군인이 다가오는 좀비들을 향해 총을 쐈다.

탕탕! 철컥!

총알이 다 떨어졌다. 결단은 빨랐다. 군인이 먼저 입을 뗐다.

"알겠어요. 그럼 뭐라도 좀 해봐요! 알렉스, 저자가 뭔가 할 때까지 우리가 시간을 좀 벌자고요."

"젠장, 이래 죽으나 저래 죽으나 똑같겠지."

진우는 피식 웃으며 주변에 있는 빈 쓰레기통을 뒤지는 척하며 아공간에서 페트병 하나를 꺼냈다. 그리고 백인 남자에게 다가가 배낭을 뒤졌다.

"뭐, 뭐하는……."

"음, 이거면 되겠군."

대충 화학약품으로 보이는 걸 집었다. 페트병의 물을 바닥에 뿌리고 화약 약품을 섞었다. 그리고 옷 속에 손을 넣고 아공간에서 검은 가루가 든 봉지를 꺼냈다. 중간계에서 나오는 검은 소금이었다. 당연히 특별한 건 아니었다.

백인 남자가 흑인에게 다가갔다.

"제리, 물러나 있어!"

"아, 알렉스! 저, 저 사람이 뭔가 만드는데요?"

덩치가 작은 백인의 이름은 제리였고, 흑인의 이름은 알렉스였다. 알렉스는 제리의 말을 들어줄 여유가 없었다.

"리첼! 이걸 써!"

여성 군인의 이름도 알 수 있었다. 알렉스가 허리춤에서 칼을 꺼내 리첼에게 던졌다. 리첼은 가볍게 칼을 공중에서 낚아채고 다가오는 좀비의 머리에 검을 쑤셔 넣었다.

그그극!

두개골이 박살 나며 좀비가 쓰러졌다. 알렉스가 도끼로 좀비의 머리를 날려 버렸다. 많이 해봤는지 익숙해 보였다.

'그럴듯하게 보이겠지.'

진우는 화학약품과 검은 소금을 섞은 페트병을 문 앞에 놓았다. 그리고 알렉스 쪽으로 물러났다. 모두의 시선이 진우에게 향하는 순간이었다.

콰아앙!

페트병이 폭발하며 문을 날려 버렸다. 본래는 진우가 가벼운 마법을 쓴 것이었지만, 페트병이 폭발한 것으로 보였을 것이다. 리첼과 알렉스의 표정이 멍해졌다. 제리는 경악했다.

진우는 먼지가 묻은 옷을 털고는 그들을 바라보았다.

"가자."

진우가 먼저 앞서가자 모두 뒤를 따라왔다.

"실력이 대단하군! 군인 출신인가?"

"군인이었던 적이 있기는 한데……."

거짓말은 아니었다. 병장 만기전역을 했으니까. 진우는 적당히 일반인 범주에서 활약하기로 했다. 본격적으로 움직이는 건 군주의 정보를 알아낸 후가 될 것이다. 폭발 소리를 듣고 좀비들이 몰려오기 시작했다. 알렉스가 인상을 구겼다.

"엄청 몰려오는군."

"그래도 거기서 먹히는 것보단 낫겠죠."

리첼이 알렉스를 바라보며 그렇게 대답했다.

몰려오는 좀비를 뚫으면서 앞으로 달렸다.

극도의 긴장감이 흘렀지만 진우만 여유로웠다.

'오…… 동물들도 감염되었네.'

살아 있는 모든 생명체를 감염시킬 수 있는 것 같았다. 가장 뒤처진 건 제리였다. 무거운 가방을 간신히 짊어지며 달리고 있었다. 그러다가 가방이 좀비에게 잡혔다.

"으, 으아아아!"

"제리! 가방을 버려!"

"야, 약품이에요! 이게 없으면……!"

제리의 가방이 벗겨지며 그의 몸이 앞으로 넘어졌다. 제리는 좀비들에게 달려가 가방을 두 손으로 잡았다. 좀비가 턱을 벌리며 그를 향해 다가오기 시작했다. 제리가 순식간에 좀비들에게 포위되었다.

"제리!"

리첼이 제리에게 달려가려 했지만, 알렉스가 그녀를 붙잡았다. 알렉스는 고개를 저었다. 지금 제리를 도와주러 갔다가는 둘도 죽은 목숨이었다.

"머, 먼저 가요! 다 처리하고 따라갈게요! 저 도망 잘 치는 거 아시잖아요."

제리가 둘을 향해 그렇게 외쳤다.

'용기가 있네.'

저렇게 말하는 건 쉬운 일이 절대 아니었다. 이참에 점수를 좀 따도록 하자. 진우는 바닥에 떨어져 있는 쇠파이프를 주워 들었다. 손에 감기는 느낌이 괜찮았다.

진우는 쇠파이프로 바닥을 때렸다.

탕! 탕!

그러자 제리 쪽으로 향하던 좀비들이 진우를 바라보았다.

'일반인 수준이면⋯⋯.'

퍼억!

진우는 쇠파이프를 휘둘렀다. 그러자 가장 앞에 있던 좀비의 머리가 그대로 터져 버렸다. 이 정도면 그럭저럭 일반인 수준일 것 같았다. 진우는 제리 쪽으로 다가가며 좀비들을 차근차근 제거했다. 입을 벌린 좀비에게 쇠파이프를 쑤셔 넣고 그대로 옆으로 휘둘렀다.

파삭!

얼굴이 반쯤 날아가며 바닥에 쓰러졌다. 아직도 움직였는데 가볍게 발로 밟아주자 피떡이 되었다. 좀비의 머리를 쇠파이프로 후려치고 옆에서 다가오는 좀비의 머리를 팔꿈치로 갈겼다.

"옷은 버려야겠군."

좋아하는 옷이었는데 아쉽게 되었다. 좀비들이 입을 벌리며 달려들었다. 진우는 자신을 물려고 하는 좀비를 아슬아슬하게 피해내며 제리에게 다가갔다. 제리가 멍하니 진우를 올려다보았다. 이럴 때는 여유만만한 대사를 해줘야 했다.

"나는 남자에게 취미 없는데."

전 세계의 영향 때문인지 조금 오글거리는 대사였다.

기왕 이렇게 된 거 이런 컨셉으로 가도록 하자. 진우는 바닥에 있는 가방을 들었다.

"가자."

바닥에 넘어져 있는 제리를 일으켜 세웠다. 전보다 더 몰려온 상황이었다. 제리의 얼굴이 창백해졌다.

"윽, 오늘 처음 보는 남자랑 이런 곳에서 죽는다니…… 살아남는다면 뽀뽀라도 해드릴게요."

퍼억!

진우가 다가오는 좀비의 머리통을 터뜨리고 제리를 바라보았다.

"노, 농담이에요."

제리가 진우의 시선을 피하며 그렇게 말했다. 진우는 피식 웃으며 길을 뚫었다. 한 번 휘두를 때마다 좀비 한 마리가 박살나는 광경은 제리의 입을 떡 벌어지게 만들었다.

"으아아아! 여기다! 이놈들아!"

"제리! 달려!"

알렉스와 리첼이 좀비들을 쳐내며 다가왔다. 알렉스의 목을 향해 입을 벌리는 좀비가 보였다. 진우는 손에 든 파이프를 빠르게 던졌다.

휘이이익! 퍼석!

그 좀비의 옆머리에 창이 꽂히며 바닥에 쓰러졌다. 알렉스는 얼떨떨한 표정으로 진우를 바라보았다. 진우와 제리가 좀비를 뚫고 달려가 그들과 다시 합류하게 되었다.

제리가 거친 숨을 내쉬었다.

"허억, 허억…… 다, 다시 만나서 기뻐요."

"오, 제리…… 아직도 입을 놀릴 수 있다니 정말 대단해."

리첼이 그렇게 말하며 웃었다.

쨍그랑! 쨍그랑!

양옆에 있는 빌딩의 유리창이 깨지더니 좀비들이 후두둑하며 떨어졌다. 진우를 제외한 모두의 얼굴이 사색이 되었다.

'좀비가 비처럼 내리는군.'

혼자 보기 아까운 광경이었다.

"달려!"

알렉스가 외치자 모두 달리기 시작했다. 그들이 다니는 길이 있는 모양이었다. 그쪽으로 이동하자 좀비들의 숫자가 적어졌다. 알렉스는 땀을 닦고는 맨홀 뚜껑으로 다가갔다. 그러고는 뚜껑을 열었다. 리첼과 제리가 먼저 들어갔다.

알렉스는 진우를 바라보며 고개를 까딱했다.

"이쪽이야."

진우가 하수구 구멍을 바라보며 고개를 설레 젓자 알렉스가 피식 웃었다.

"악마의 똥꾸멍에 온 걸 환영해."

"이름이 꽤 괜찮네."

"그만큼 더럽지."

진우는 하수구 안으로 들어섰다. 감염된 쥐들이 돌아다녔다. 탁한 물은 보는 것만으로도 끔찍했다. 시체도 잔뜩 있었다. 냄새가 정말 대단했다. 마력을 끌어올려 주변에 두르자 한결 나아졌다. 오물은 이제 진우의 몸에 닿을 수 없었다.

"여기까지 왔으면 안심이에요."

리첼이 안도의 한숨을 내쉬며 그렇게 말했다.

"덕분에 살았어요. 구해줘서 정말 고마워요. 저는 리첼이라고 해요. 이쪽은 제리, 그리고 알렉스죠."

리첼의 소개에 제리와 알렉스가 고개를 끄덕였다.

"이진우. 진우라고 불러."

이름을 밝힐 때는 늘 조심스러웠다. 다행히 마력이 없는 동네라 폭발 같은 건 일어나지 않았다. 목숨을 구해줬다고는 하나 모두 진우를 어느 정도 경계하고 있었다.

이런 세계이니 당연했다. 리첼이 도망치는 와중에 진우를 걱정해 준 건 참 대단한 오지랖이라고 할 수 있었다.

'저런 캐릭터는 손해만 보다가 먼저 죽지.'

진우는 호러 영화를 좋아하진 않았지만 좀비 영화나 드라마는 자주 봤다. 미국 드라마를 처음 보기 시작한 것도 좀비 드라마 때문이었다. 알렉스가 궁금한 표정으로 진우를 바라보았다.

"어디서 그런 걸 배웠나? 특수부대? 어딘지는 몰라도 굉장한 곳이었겠군."

"음, 겨울에는 영하 30도, 여름에는 영상 40도에 근접하는 곳이긴 했지."

"하하! 마치 다른 행성에서 온 것처럼 들리는구만."

알렉스는 경찰 출신이었다. 군대 이야기를 좋아했다. 오랜만에 군대 이야기를 하니 꽤 재미가 있었다. 이런저런 이야기를 해줬는데, 알렉스가 그걸 듣고는 오해를 했다.

'극한의 환경에서 2년 동안 훈련을 받고…… 6년 동안 국가에 소집되어 훈련이라…… 실력이 이해가 되는군.'

부대의 상사에게 끊임없이 간부 제의를 받았지만, 신념에 따라 제대했다고 한다. 리첼도 옆에서 듣고 있었는데, 알렉스와 비슷하게 생각했다. 진우는 거짓말을 한 적이 없었다. 그냥 그대로 말했을 뿐이었다.

하수구는 어느 건물 안까지 바로 연결되어 있었다. 사다리를 올라 문을 두드리자 뚜껑이 열렸다.

"제리."

"네?"

진우가 제리의 이름을 부르자 제리가 긴장하며 진우를 바라보았다. 진우는 제리의 가방을 돌려주었다.

제리가 가방을 받고는 고개를 살짝 숙였다. 모두 올라가고 진우가 마지막으로 빠져나왔다. 사람들이 꽤 많이 모여 있었는데, 연령대가 다양했다.

표독스럽게 생긴 남자가 진우를 훑어보고는 인상을 썼다.

"또 혹을 하나 데려왔군."

"중간에 도움을 받았어요. 이자가 없었으면 우린 모두 죽었을 거예요."

"딱 봐도 수상한 자야. 약탈단의 첩자일 수도 있어."

"그랬다면 같이 목숨을 걸진 않았겠죠. 제리를 구하기 위해 목숨을 걸었어요."

리첼과 알렉스가 가방을 그에게 건넸다.

"흠, 양이 날이 갈수록 적어지는군."

"그래서 말했잖아요. 이곳도 이제 한계에요."

"다음에 다시 이야기하도록 하지."

남자는 가방을 확인하고는 리첼과 다시 눈을 맞추었다. 그러다가 진우에게 시선을 옮겼다. 손가락으로 자신의 두 눈을 가리키더니 진우에게 뻗었다.

"지켜보마."

그는 가방을 들고 사람들 사이로 사라졌다. 가방에는 식료품이 가득했지만 이곳에 있는 모든 사람이 먹기엔 적었다. 진우는 피식 웃었다.

"꽤 거친 사람이군."

"이곳의 리더예요. 하지만 인사결정권은 저에게 있지요. 따라와요."

진우는 리첼을 따라갔다. 진우가 이동하자 그럭저럭 건장한 사내들이 뒤에 따라붙었다. 리더라는 남자의 직속 부하들인 것 같았다. 방으로 들어가니 책상과 의자가 놓여 있었다.

"당신을 의심하는 건 아니지만, 간단히 조사를 할게요."

"아프지는 않지?"

"때에 따라서는 아플 수도 있죠."

리첼이 모자를 벗으며 진우를 바라보았다. 꽤 매력적인 여인이었다. 취조를 하려는 모양이었다. 딱히 기분이 나쁘거나 하지 않았다. 생각해 보면 당연한 조치였다.

두 사내가 진우에게 다가오더니 진우의 팔을 의자에 묶고 상의를 벗겼다. 진우는 반항하지 않았다.

"미안해요. 잠시 협조를 해주……."

진우의 몸을 보고 모두 잠시 흠칫했다. 보통 몸이 아니었기 때문이다. 리첼은 헛기침을 하며 정신을 차렸다.

"대단한 몸이군요."

"운동이 취미라서……."

리첼은 진우의 말을 믿지 않았다.

'혹독한 훈련을 한 몸이야.'

그녀의 머릿속에서 진우는 이미 국가기관의 특수요원이 되어 있었다. 그랬기에 더욱 신중했다. 사내들이 진우의 몸에 무언가 부착했다. 바늘이 달린 기계에서 종이가 뿜어져 나오며 무언가를 기록했다. 거짓말 탐지기인 것 같았다.

"이름이 이진우 맞죠?"

"맞아."

"어디 출신이죠?"

"한국."

저런 기계 따위로는 진우를 파악할 수 없었다. 모조리 진실로 나왔다. 약탈단이나 다른 위험한 단체와 관련이 없다고 하자 리첼은 안심하며 고개를 끄덕였다.

"이곳 머물려면 공동체에 도움을 줘야 해요. 우리처럼 나가서 식량을 구해오던가, 그밖에 다른 특기가 있다면 좋죠. 다른건 무엇을 잘하나요?"

"요리를 조금 하긴 하는데……."

"그래요? 마침 잘 되었군요. 제리가 요리 보조 담당이었는데, 실력이 영 좋지 않아서요."

진우는 외부에 나갈 일이 있다면 지원을 하고 내부에 있을때는 요리에 도움을 주기로 했다. 요리를 제대로 할 수 있는 사람이 없어, 통조림만 먹고 있다고 한다. 제리가 있긴 하지만 통조림을 까서 섞는 수준이라고 한다.

리첼이 자리에서 일어나며 진우의 어깨를 툭툭 쳤다.

"그럼 오늘 저녁 기대할게요."

진우는 건물 구석에 있는 작은 방을 배정받았다. 더럽긴 했지만 간이침대도 있어 나름대로 아늑했다. 진우가 손가락을 팅기자 먼지와 오염물질들이 모조리 사라졌다. 뽀송뽀송한 상태가 되었다.

"일단……."

진우는 와이파이 기기를 설치했다. 세연이 제작한 것이었는데 차원을 넘어 와이파이를 끌어올 수 있었다.

시원한 맥주를 꺼내 마셨다.

'좋구만.'

이 세계에서 진우만이 누릴 수 있는 특권이었다. 역시 남들이 못할 때 몰래 하는 게 제일 재미가 있었다.

침대에 누워 핸드폰을 꺼냈다. 진우는 틈틈이 샤이닝 스타의 반응이 어떤지 체크하고 있었다. 궁금하기도 했고, 급하게 진행한 감이 있었기에 시간이 날 때마다 살펴보는 중이었다. 베스트 1위에 오른 게시물이 있었다.

[제목: 새로운 히로인?]

[글쓴이: 샤이닝마스터]

안녕하세요?

최초로 현존하는 히로인을 모두 공략한 샤이닝 마스터입니다. 몇 번이고 다시 할 정도로 너무 행복한 시간이었습니다. 추가 복장과 아이템들을 모두 모으려고 하트 상자를 구입했습니다. 그런데 갑자기 새로운 히로인 카드가 나오는 게 아니겠습니까?

[뉴 히로인 카드.jpg]

깜짝 놀라고 말았습니다. 기존의 히로인 카드와는 다른 색이었습니다. 바로 카드를 개봉해서 히로인을 추가하였습니다.

그런데 이 히로인…… 제 인생 캐릭터입니다.

그녀의 이름은 이재미라고 합니다.

공략하려고 하면 기겁하면서 도망칩니다.

무언가 말하려 할 때마다 넘어지거나 혀를 씹습니다. 일부러 추한 모습을 보여주기도 합니다. 아마 저를 떼어놓으려 하는 거겠지요. 하지만……

[덜렁이 이재미.mp4]

아아! 너무 귀엽습니다! 치유계 히로인입니다!

공략 난이도가 엄청나게 높지만 포기하지 않겠습니다!

공략 열정이 피어오르고 있습니다! 어제 휴학을 신청했습니다. 이제 우리 사이에 장애물은 없습니다!

후후훗, 지금은 비록 눈만 마주쳐도 도망치지만…… 하나하나 천천히 저를 각인시켜줄 생각입니다.

제 인생은 이제 이재미 님 하나뿐입니다. 저에게 이재미 님을 접견하게 해주신 이진우 님께 무한한 감사의 말씀을 드립니다.

[댓글: 2,311]

-참새독수리: 오, 히든 캐릭터인가?

-지존창섭: 갓진우 찬양해.

-레몬티: 와, 하트 박스 지르러 갑니다.

-아죠씨: 남자가 저러면 상당히 추한 텐데…… 귀엽네.

진우는 고개를 갸웃했다.

'히로인을 추가했나?'

아마도 그런 것 같았다. 신경 쓸 필요 없을 것 같았다. 별문제 없이 잘 돌아가고 있었기 때문이다. 인터넷을 하며 조금 쉬다가 밖으로 나왔다. 아무도 들어갈 수 없게 단단히 잠가놓았

다. 이것저것 설치해 놓았으니 강제로 들어간다면 아마 통구이
가 되지 않을까 싶었다.

진우가 밖으로 나오자 두 남자가 따라붙었다. 진우와 눈이
마주치니 팔짱을 끼며 노려보았다. 참 재미있는 친구들이라는
생각이 들었다.

'사람들이 꽤 많군.'

60명은 넘어 보였다. 다양한 연령대의 사람들이 있었는데,
어린아이들도 꽤 있었다. 건장한 남자들이 그리 많지는 않았
다. 건물 자체는 컸다. 쇼핑센터여서 그런지 공간 자체는 넉넉
했다.

'역시 이런 곳이 빠질 순 없지.'

어린 시절, 아무도 없는 백화점에서 하룻밤을 지내는 게 꿈
인 적도 있었다. 건물 안에는 이런저런 도구들이 많았는데, 아
쉽게도 식료품 가게는 텅텅 비어 있었다. 이곳에서 꽤 오랫동안
버틴 것 같았다. 리첼과 다른 이들이 밖으로 나가서 식료품을
구해온 걸 보면 상황은 그리 좋지 않았다.

"묵시록의 때가 왔습니다. 고통은 죄에서 옵니다. 우리가 고
통받는 이유입니다. 배고픔도, 굶주림도 모두 죄를 지었기 때문
입니다. 회개하십시오."

중앙 홀에 사람들이 모여 있었다. 양초들이 가득 놓여 있어
분위기가 그럴듯했다. 검은 옷을 입은 중년의 여성이 두 팔을
벌리며 설교를 하고 있었다.

일반적인 종교와는 다르게 조금 광기가 느껴졌다.

'신이라…….'

진우가 실제로 본 신은 여신 루나밖에 없었다. 진우가 2층 난간에서 그런 광경을 내려다보고 있을 때, 알렉스가 진우에게 다가왔다.

"요리를 잘한다지?"

"그냥 취미 정도야. 그런데, 저 사람은?"

진우의 말에 알렉스도 1층을 바라보았다.

"유디스, 가까이하지 않는 게 좋아. 찍히면 괴롭거든. 신이니 뭐니 하면서 설교를 하는데…… 참…….''

"그래?"

"그래도 유디스가 저러고 나서 사람들이 꽤 얌전해졌어."

진우는 고개를 끄덕였다. 누굴 믿든 그건 개인의 자유였다. 이런 상황에서 의지할 곳이 있는 것도 나쁘지 않아 보였다. 그게 권력으로 변하면 골치 아파지겠지만 말이다.

어쩌면 이미 골치 아픈 상황인지도 몰랐다.

"제리가 요리 보조라던데, 요리사가 있었나?"

"있었는데…… 식료품을 빼돌리다가 추방당했어. 제리가 슬퍼했었지."

이곳도 사연이 복잡한 모양이었다. 이런 작은 집단에서도 정치와 파벌 싸움이 존재했다. 밖은 좀비로 넘치고 있는데 참 대단했다. 좀비뿐만이 아니라 약탈집단이나, 정체를 알 수 없는 단체도 있다고 한다.

가장 위험한 건 정체를 알 수 없는 단체였다. 두꺼운 방탄복을 입고 검은 헬멧을 쓰고 있었는데, 검은 뚝배기라 부르고 있었다.

"사람들을 납치해서 실험한다는 소문이 있더라고. 하지만 그렇게 걱정할 건 없어. 이 근방에서 아직 발견된 적이 없으니까."

"그렇군."

진우는 알렉스에게서 많은 정보를 얻을 수 있었다. 좀비 사태가 발생한 것은 5년 전이라고 한다. 갑작스럽게 발생하여 많은 사람이 죽었고, 나라가 붕괴되었다.

죽은 자들뿐만 아니라 산 사람도 조심해야 하는 무법지대가 되었다. 살아남기 위해서는 이렇게 무리를 이룰 수밖에 없었다. 군주 때문일까? 아무래도 그런 것 같았다.

"몇 년 전에는 그래도 연락 가능한 무리들이 있었는데 이제 모두 사라졌어."

"이곳도 위험하겠군."

"그래서 리첼이 옮기자고 하고 있는데……."

알렉스가 유디스를 가리켰다. 유디스와 이곳의 리더가 이야기를 하고 있는 게 보였다. 복잡한 사정이 있는 모양이었다.

"그럼 요리나 좀 해볼까."

"내가 안내해 주도록 하지."

알렉스를 따라 주방으로 갔다. 주방에 가니 제리가 분주하게 움직이며 요리를 준비하고 있었다. 재료는 그다지 많지 않았다. 훈제된 고기와 통조림들, 그리고 소스가 전부였다.

"제리, 요리사님이 오셨다."

"와! 구세주가 오셨군요."

제리가 반가운 표정으로 진우를 바라보았다. 진우는 부엌을 둘러보며 고개를 끄덕였다. 관리를 잘했는지 주방은 깔끔했다.

"그래도 깔끔하네?"

"네, 피터가 주방은 깔끔해야 한다고 늘 말했거든요. 본인이 제일 더러웠지만……."

피터는 전 요리사였다.

"도움이 필요하면 언제든지 말해."

알렉스가 그렇게 말하고는 밖으로 나갔다. 진우는 재료를 살펴봤다. 고기 스튜 정도밖에 할 수 있는 게 없었다. 바로 손을 움직였다. 제리가 옥상 텃밭에서 채소를 가지고 왔다.

'이건 못 먹겠군.'

상한 고기도 있었는데, 진우는 슬쩍 자신이 가지고 있던 고기와 바꿔치기했다.

"와……."

제리가 진우의 손놀림을 보고 감탄했다. 빛이 번쩍하는 것 같더니 재료들이 모두 가지런히 썰려 있었다.

"밤기술도 엄청나겠는데요?"

"이것보다 더 끝내주지."

"크으, 멋지다."

진우는 제리의 말에 적당히 어울려 주었다. 알렉스 같은 경우에는 경찰 출신이라 그런지 대화가 잘 통하지 않는다고 한다. 리첼의 앞에서 이런 이야기를 하면 엄청 맞았다. 이런저런 이야기를 하다 보니 제리가 진우를 형이라 불렀다.

"리첼이 형을 보는 눈빛이 장난 아니던데 어떻게 한 거예요."

"일단 눈빛이 중요해."

"눈빛이요?"

진우가 대충 설명해 주자 제리의 눈빛이 느끼해졌다. 마침 리첼이 주방으로 들어오자, 제리가 리첼을 느끼한 눈빛으로 바라보았다. 둘의 대화를 들었는지 고개를 설레 저었다.

"그런 건 안 통해."

"으…… 어렵군요."

리첼이 제리의 머리를 툭 쳤다.

진우가 솜씨를 발휘하니 금방 스튜가 만들어졌다.

"와! 장난 아니네요."

"자랑할 만한 솜씨군요."

제리와 리첼이 깜짝 놀랐다. 진우가 만들었으니 당연한 일이었다. 음식이 만들어지자 리더와 유디스가 들어오더니 음식을 가져갔다. 배식을 직접 해준다고 한다.

유디스는 리첼과 제리를 차갑게 바라보는 것도 잊지 않았다. 늘 있던 일인 듯 그다지 신경을 쓰지 않는 분위기였다. 진우도 그냥 그러려니 했다. 관심을 가질 가치가 없는 일이었다. 진우가 숟가락을 들 때였다. 문 쪽에서 시선이 느껴져 바라보니 아이들이 문 옆에 숨어서 보고 있었다. 진우와 눈이 마주치자 도망치다가도 다시 다가왔다.

진우는 아이들을 바라보다가 두 손을 펼쳤다. 동전 하나를 한쪽 손에 쥐고 마술을 펼치는 것처럼 다른 손을 화려하게 움직였다.

"화르륵!

쥔 손을 펼치니 검은 불꽃이 일어나며 동전이 사라졌다.

"와……."

"우와!"

아이들이 다가왔다.

"다시 보여줘요!"

진우는 재공연을 해주었다.

"밥은 먹었냐?"

아이들은 고개를 끄덕였다. 표정은 좋지 않았다. 배가 부르지 않은 모양이었다.

"기도 안 하면 밥을 조금 줘요."

"하기 싫다고 해서 혼났어요."

여기 있는 아이들은 모두 부모가 죽고 없는 고아였다. 진우는 품에서 초콜릿바 몇 개를 꺼내 나눠줬다. 마력을 담아줬으니, 당분간은 배가 고프지 않을 것이다.

"몰래 먹어."

아이들이 활짝 웃고는 밖으로 뛰어나갔다. 그렇게 저녁 식사 시간이 마무리되었다. 진우는 2층에서 사람들을 바라보았다.

'이제 첫날인데 무슨 일 있겠어?'

진우는 방으로 돌아와 휴식을 취했다. 문득 설정의 군주가 생각났다. 언제 어디서든 소환을 할 수 있다고 하는데, 한 번 소환해 보기로 했다. 백과사전이 도움이 될 것 같았다.

"음? 안 되나?"

너무 멀리 떨어진 곳이라 그런 것인가? 반응이 없었다. 문제가 되는 것도 아니니 진우는 다음에 생각해 보기로 했다.

진우는 새벽에 일어나 라면을 끓였다. 각종 해물과 스팸, 그리고 비싼 버섯까지 넣자 랭크가 달린 라면이 탄생했다.

면발을 입에 넣으려고 할 때였다.

탕탕!

누군가 문을 두드렸다. 진우는 아공간에 라면을 넣고 문을 열었다. 알렉스가 보였다.

"제리 못 봤나?"

"제리? 아까 전에 통조림 상자 옮기는 것까진 봤는데…… 무슨 일 있어?"

진우가 그렇게 묻자 알렉스는 고개를 끄덕였다.

"아이들과 제리가 사라져서 난리야."

생각보다 심각한 문제였다. 사라진 아이들은 주방에서 봤던 아이들이었다. 진우는 겉옷을 입고 1층의 홀로 나왔다.

리더와 사내들이 모여서 심각하게 이야기를 나누고 있었다. 진우를 보자마자 성큼성큼 다가오더니 멱살을 잡으려 했다. 당연히 잡혀줄 리 없었다.

진우가 손을 뻗어 그의 손을 잡았다.

"무슨 짓이지?"

주변에 있던 사내들이 진우에게 총을 겨눴다. 진우가 손을 놓자 리더가 뒤로 물러났다.

"네가 오고 나서 벌어진 일이다."

"방에만 있었던 걸 봤잖아요."

리첼이 그렇게 말하자 리더는 진우를 바라보다가 깊게 숨을 내쉬었다. 리더가 손을 올리자 사내들이 총을 내렸다.

그렇게까지 꽉 막힌 녀석은 아닌 것 같았다.

'어쩌면⋯⋯.'

진우를 향한 의심의 시선이 많이 사라졌다. 생각해 보니 주변의 의심을 잠재우기 위해서 한 일 같기도 했다.

무리를 이끄는 건 아무나 할 수 있는 게 아니었다.

"아이들이 무사히 돌아올 수 있도록 기도합시다."

유디스가 그렇게 말하자 주변에 있던 사람들이 기도를 하기 시작했다. 리더는 진우를 바라보았다.

"나는 널 믿지 않아. 하지만⋯⋯ 리첼은 믿고 있지."

"그래?"

리더는 진지한 눈빛으로 진우를 바라보았다.

"군 출신이라 들었다. 도와줄 수 있겠나?"

"제리는 내 요리 보조야."

리더가 고개를 끄덕였다. 고개를 까딱하자 그의 부하가 소총을 하나 가져와 진우에게 건네주었다.

진우는 소총을 받고는 리첼에게 합류했다. 리첼 쪽에는 알렉스와 다른 사내들이 있었다. 유디스와 친해 보이는 백인 남자도 있었는데, 사람 좋은 얼굴을 하고 있었다.

살집이 있어 푸짐해 보였다. 이름은 루카스였다.

1층을 수색하기 시작했다. 생활공간 이외에는 모두 잠가놓은 상태였다. 외부에서의 침입이 가능해서였다.

잠가놓은 문을 열고 조심스럽게 진입했다. 주변은 어두워 아무것도 보이지 않았다. 라이트 빛에 의지하는 수밖에 없었다. 물론, 진우에게는 장애가 되지 않았다. 루카스가 주변을 바라보다가 입을 뗐다.

"제리가 데려간 게 아닐까?"

"무슨 소리예요?"

"그…… 검정 뚝배기 놈들 있잖아. 아이들을 좋아한다던데……."

리첼이 루카스를 노려보았다.

"루카스, 닥쳐요."

주변은 조용했다. 복도를 따라 걷다가 진우가 잠시 멈춰 섰다. 복도에 놓여 있는 커다란 캐비닛에서 미세한 바람 소리가 들렸기 때문이다. 진우가 발걸음을 멈추자 모두 진우를 바라보았다. 캐비닛을 잡자 알렉스가 진우의 의도를 파악했다. 바로 다가와 진우를 도와줬다.

그그극!

큰 캐비닛을 옆으로 옮기니 큰 공간이 나왔다.

"여기에 통로가……?"

"누군가 가려놓은 것 같군."

리첼과 알렉스는 크게 놀라며 말했다. 진우는 바닥을 살펴보았다. 핏자국이 보였다. 리첼과 알렉스 역시 핏자국을 발견하고는 총을 들었다. 생긴 지 얼마 되지 않은 핏자국이었다.

"내가 먼저 들어갈게."

진우가 그렇게 말하고 먼저 들어갔다. 리첼과 알렉스, 그리고 루카스와 다른 이들이 따라붙었다.

그, 그어어어

바닥에 누워 있는 좀비가 몸을 일으키려 했다. 진우는 가볍게 밟아 머리를 터뜨렸다. 질질 끌린 것 같은 핏자국이 보였다.

'제리…….'

정보의 마안으로 보니 제리의 피였다. 진우의 눈빛이 가라앉았다. 핏자국을 따라가자 밖으로 통하는 길이 나왔다.

핏자국과 함께 여러 발자국이 보였다. 아이들의 발자국으로 보이는 것들도 있었다. 아이들을 누군가 밖으로 데려간 것 같았다.

"누군가 데려간 것 같네요. 제리는 아닌 것 같지만……."

"배신자인가……? 돌아가서 보고하는 게 좋겠어."

"아이들을 노린 걸 보면 약탈집단은 아닌 것 같아요."

"검은 뚝배기가 냄새를 맡은 건가."

리첼과 알렉스가 그렇게 말했다. 알렉스는 고개를 끄덕였다. 시간별로 기록을 하게 되어 있으니 조사를 한다면 누가 범인인지 윤곽이 드러날 것이다.

"일단 리더에게 보고를 하고 자세하게 조사를……."

그렇게 말하는 순간이었다.

탕! 탕탕!

총소리가 들리더니 루카스의 뒤에 있던 남자들이 바닥에 쓰러졌다.

"루카스! 무슨 짓……!"

탕! 탕!

루카스가 알렉스와 리첼을 쐈다. 알렉스는 어깨에 총알이 박히며 바닥에 쓰러졌다. 리첼의 허벅지에서 피가 흘러나왔다. 분명 머리를 쐈는데, 총탄이 전부 휘어져 급소가 아닌 곳에 박혔다. 진우가 마력을 뿜어낸 결과였다.

"초, 총 버려!"

루카스가 리첼에게 총을 겨누며 소리쳤다. 리첼과 알렉스가 이를 악물며 루카스를 바라보았다. 진우는 바닥에 총을 내려놓고는 두 손을 들었다. 돌아가는 상황을 보니 루카스가 범인인 게 확실했다. 진우는 루카스를 노려보았다.

"어쩔 수 없었어! 그, 그들이 이곳을 알아냈어. 아, 아이만 넘겨주면 나도 살 수 있을 거라고…… 그들에게 자, 잘 말해준다고……."

"제리를 죽였나?"

"조, 조용히 입만 다물고 있으면 됐는데…… 그, 그놈 잘못이야! 조, 좀비 밥이 되었겠지. 하, 하하하!"

그들은 아마도 검은 뚝배기를 말하는 것 같았다.

제리가 살아 있을 확률은 적었다.

'저건⋯⋯.'

진우의 눈에 루카스의 바지 주머니에서 흘러나온 무언가가 보였다. 은박지였다. 초콜릿이 묻어 있는 은박지.

진우가 아이들에게 준 초콜릿바였다.

진우가 마력을 뿜어내자 루카스의 몸이 휘청거렸다.

타닷!

바로 달려들어 루카스의 얼굴에 주먹을 꽂아 넣었다.

퍽! 퍽!

한 대 치자 이가 부러져 치솟았고, 두 대 치자 얼굴 뼈가 함몰되었다.

"그어어⋯⋯."

진우는 힘을 주어 그의 얼굴을 향해 주먹을 내리쩍었다.

콰앙!

주먹이 루카스 옆에 박혔다. 루카스는 덜덜 떨다가 그대로 오줌을 지렸다. 진우는 리첼과 알렉스를 바라보았다.

"괜찮나?"

리첼이 벽을 짚으면서 몸을 일으켰다. 알렉스는 어깨를 누르며 자리에서 일어났다. 다른 이들도 총을 맞기는 했지만 죽지는 않았다. 리첼의 표정은 좋지 않았다.

"이곳도 이제 안전하지 않군요."

"리첼, 네 말이 맞아. 이곳에 너무 오래 머물렀어."

알렉스가 인상을 구기며 고개를 끄덕이고는 말했다.

진우는 밖에서 느껴지는 인기척에 고개를 돌렸다.

"이제 시작인 것 같군."

진우가 그렇게 말하는 순간이었다.

피이이이이! 콰아아앙!

건물 주변에서 폭죽이 피어오르더니 화려하게 터졌다.

마치 축제처럼 계속해서 터지며 밤하늘을 밝게 물들였다. 아름다운 광경이었지만 리첼과 알렉스의 눈에는 끔찍하게만 보였다. 소음이 엄청났기 때문이다. 효과는 바로 나타났다. 건물 주변에 퍼져 있던 좀비들이 모조리 몰려오기 시작했다.

"안으로 들어가. 내가 시간을 끌게."

진우의 말에 리첼이 그를 바라보다가 고개를 끄덕였고, 알렉스는 진우에게 자신의 총을 건네줬다.

"쓰고 돌려줘."

꽤 멋진 권총이었다. 모두 안으로 들어갔다.

"그럼……."

진우는 바닥에 쓰러져 있는 루카스를 바라보았다.

"흐, 흐아…… 사, 살려줘…… 으윽!"

루카스의 목을 잡고 권능이 깃든 마력을 주입했다. 마력이 모두 소모될 때까지 루카스의 정신은 유지될 것이다. 몰려오는 좀비들을 향해 루카스를 던졌다.

"끄아아아악! 으악!"

루카스는 행운아였다. 산채로 뜯어먹히는 고통을 아주 오랫동안 누릴 수 있었으니까.

"꽤 많네."

좀비 축제가 시작되었다.

나비는 유나에게 혼이 났다. 잼식의 설정을 바꾼 것을 들켰기 때문이다. 나비는 유나를 아주 잘 따랐는데, 그녀의 주인인 대군주의 향기가 가장 진하게 묻어 있어서였다.

아무튼, 나비는 잼식을 원래대로 되돌리기 위해 설정된 세계로 왔다.

"으아아아! 젠장! 그 변태 자식!"

잼식이 벽을 후려치며 비명을 지르고 있었다. 잼식의 모습은 귀여웠다. 화내는 모습조차 귀여워 보일 정도였다.

"반성했어?"

"윽, 누, 누구……? 허, 허억! 고양이가 말을!"

잼식이 놀라면서 바닥에 넘어졌다. 본래라면 추해야 했지만 지금은 꽤 귀여웠다. 나비가 잼식에게 설명을 해주었다.

설명이 꽤 길어졌다. 필연적으로 대군주에 대해 설명을 해야 했다. 나비는 자신의 주인인 대군주 자랑을 잔뜩 했다.

"나비 선생님은 위대한 대군주님의 권속이시고…… 제, 제가 야, 약속을 안 지켜서 이렇게 만드셨다고……."

"그래. 약속은 지켜야 해."

"나비 선생님! 죄송합니다! 다음부터 약속을 꼭 지키겠습니다!"

머리까지 박으며 사과하자 나비가 고개를 끄덕였다.

"그런데…… 대, 대군주님은 혹시……."

나비가 앞발로 공간을 휘적이자 사진 하나가 나왔다.

진우의 사진이었다.

"허억! 이진우 님이…… 여, 역시 대단하신 분이었군요."

나비는 백과사전을 꺼냈다. 그리고 잼식의 설정이 써진 페이지를 열고 지우개와 연필을 꺼냈다. 잼식은 눈물을 흘렸다! 드디어 돌아갈 수 있다!

이곳은 지옥이었다. 그 역겨운 주인공 놈이 매일 달라붙어 오글거리는 말을 내뱉는데, 진짜 죽여 버리고 싶을 정도였다.

죽빵을 갈긴 적이 있지만, 스킨십이라고 생각하는지 더 징그러워졌다.

"여길 지우면 바로 돌아갈 수 있어."

"마, 만져봐도 될까요?"

"응."

잼식이 조심스럽게 손을 뻗어 백과사전을 만질 때였다. 백과사전에서 빛이 뿜어져 나왔다. 잼식이 눈을 깜빡이는 순간 백과사전과 함께 잼식의 모습이 사라졌다.

나비는 잠시 그 자리에 멍하니 서 있었다. 사실 설정의 군주는 나비가 아니라 백과사전이라고도 볼 수 있었다.

발라당!

나비는 그 자리에서 옆으로 발라당하고 누워버렸다.

"……."

나비는 생각하는 걸 그만두었다.

잼식은 빛무리와 함께 더 이상한 곳에 도착했다. 폐허가 된 건물들이 보였고 좀비가 잔뜩 있었다.

"와……."

잼식은 어이가 없었다. 뉴월드 : 미궁에서는 아무것도 아닌 잡몹이었지만 잼식은 이곳이 현실임을 알고 있었다.

'돌아오지 않았어!'

그의 몸은 여전히 이재미의 몸이었다.

그어어어! 그어!

좀비들이 잼식을 발견하고 다가왔다.

"으, 으아아!"

잼식은 좀비를 피해 달렸다. 달리기 속도는 굉장히 빨랐다. 몸 안에 있던 어떤 힘이 육체를 강하게 만들어주고 있었다.

'성력이었지?'

주인공을 피해 다니느라 신경 쓸 시간이 없었지만, 그녀 역시 성력을 지닌 히로인이었다. 주인공을 피하면서 단련된 성력 컨트롤은 대단한 수준이었다.

"크, 크윽…… 사, 살려…… 줘……."

잼식이 좀비를 피해 달아나고 있을 때 남자의 목소리가 들렸다. 옆을 보니 남자가 바닥을 기며 도망치고 있었다. 피냄새를 맡은 좀비들이 그를 향해 몰려들고 있는 상황이었다.

잼식은 고민했다.

자신은 늘 추했다. 추함의 대명사라 불리고 있었다.

'하지만 도망친다면…….'

추할지언정 더럽지는 않았다.

"에라이……!"

잼식은 좀비에게 달려들었다. 성력이 가득 담긴 주먹을 휘두르자 좀비가 크게 튕겨 나갔다. 바닥에 쓰러져 있던 백인 남자가 잼식을 멍하니 바라보았다.

"누…… 구…….

"아, 안녕하세요? 언제나 유쾌한 방송 잼식TV의 잼식입니다."

설정된 세계에서 말을 제대로 못 했는데, 이곳에서는 그런 게 없었다. 잼식의 입에서 자동으로 아주 익숙한 멘트가 나오고 말았다.

"……아름…… 답다…….

남자가 그렇게 말했다. 잠시 정적이 내려앉았다.

그어어어!

다행히 좀비들이 정적을 깨주었다. 좀비가 끊임없이 밀려 들어왔다. 주변에 있는 좀비들뿐만 아니라, 도시에 있던 좀비들을 모조리 유인해 끌고 온 것 같았다.

'이런 짓에 익숙해 보이는군.'

이 정도로 능숙하게 좀비를 다룰 수 있을 정도면 상당히 규모가 있는 집단인 것 같았다. 빼곡하게 밀집되어 있는 좀비들은 마치 출근길 전철 안을 보는 것 같기도 했다.

옛날에 출근하던 기억이 떠올라 기분이 나빠졌다.

대군주라고 할지라도 출근 지옥은 견디기 힘들었다. 좀비들이 밀려들어왔지만, 진우에게 접근할 수조차 없었다. 그의 앞에 도착하자마자 모조리 가루가 되어 사라졌기 때문이다. 진우의 마력을 견디기에 좀비는 너무 나약했다. 애초에 일반 좀비들은 랭크가 없었다.

피이이이 펑!

폭죽이 계속 터지자 건물의 취약한 곳으로 좀비들이 몰려왔다. 건물에 대해서는 이미 완벽하게 파악을 한 것 같았다.

건물 안에서는 방어를 하느라 난리가 났을 것이다.

라면을 먹는 것을 방해한 놈들의 면상이 궁금했다. 그리고 어째서 아이들을 납치했는지도 의문이었다.

진우는 밖으로 향하는 통로를 걸었다. 가볍게 손을 휘젓자 통로를 가득 채우고 있던 좀비들이 검은 불꽃에 휩쓸리며 사라졌다. 아주 깨끗하게 사라져서 없애는 맛이 있었다.

더러운 칠판을 깔끔한 지우개로 지우는 느낌이었다.

복권의 은박을 긁는 느낌이 들기도 했다.

'깔끔하구만.'

밖으로 나온 진우는 주위를 둘러보았다. 폭죽 때문에 만들어진 연기가 자욱하게 깔려 있었고, 좀비들이 밀물처럼 몰려왔다. 진우는 바퀴가 터진 채 녹이 슬어 있는 트럭으로 다가가 가볍게 밀었다. 트럭이 바닥을 긁으며 옆으로 밀려났다.

쿠웅!

통로 쪽으로 가던 좀비들이 트럭에 붙어 터졌다. 트럭이 정확하게 건물 안으로 통하는 통로를 가렸다. 끔찍한 광경에 진우는 인상을 쓰며 고개를 저었다. 방금 전까지 굉장히 출출했는데, 밥맛이 뚝 떨어졌다. 라면 생각이 나지 않을 정도였다. 진우는 가볍게 발을 들어 바닥을 밟았다.

휘이이이!

검은 불꽃이 사방으로 퍼져나가며 수백에 이르는 좀비들을 한순간에 없애 버렸다.

'라면 값을 받아내야겠군.'

진우는 그렇게 생각하며 폭죽이 발사되는 방향으로 이동했다. 건물 주변에서 폭죽을 설치하고 있는 사내를 발견했다. 마스크를 쓰고 있었지만 검은 뚝배기라 불리는 집단은 아닌 것 같았다. 정보의 마안으로 살펴보니 화이트 스컬이라 불리는 약탈조직이었다. 블랙 하운드는 검은 뚝배기를 말하는 것 같기도 했다.

사내의 주변에는 좀비가 적었다. 고개를 돌려 보니 두꺼운 철판을 덧댄 차량이 보였다. 충분히 장갑차라고 부를 수 있는 수준이었다. 차량의 위에는 기관총도 설치되어 있었고, 화이트 스컬의 조직원들이 소음기가 달린 총기로 차량에 접근해 오는 좀비를 없애고 있었다.

폭죽을 설치한 사내가 자리에서 일어났다. 폭죽은 일반 폭죽이 아니었다. 좀비를 유도하는 빛과 향기를 뿜어내고 소음을 몇 배나 증폭시킨 폭죽이었다. 사내가 무전기를 들고는 히죽 웃었다.

"하나 더 갑니다!"

[하하, 역시 이럴 땐 맥주지. 네 것도 있으니까 돌아와!]

"알겠습니다."

사내가 폭죽에 불을 붙이고 뒤로 물러났다. 심지가 모두 타오르며 폭죽이 치솟는 순간이었다. 사내의 눈동자가 커졌다.

덥썩!

진우가 폭죽 앞에 나타나 날아가려는 폭죽을 손으로 잡았기 때문이다. 진우의 손에 잡힌 채로 폭죽에서 불꽃이 뿜어져 나왔다.

"미안. 돌려줄게."

진우는 폭죽을 사내 쪽을 향해 겨누었다. 손을 놓자 폭죽이 발사되며 사내의 몸에 꽂혔다.

"뭐, 뭐야…… 으, 으아악!"

사내가 기겁하며 떼어버리려 노력했지만 딱 달라붙어 떼어낼 수 없었다.

퍼어엉!

그대로 터지며 사내의 상체가 반쯤 날아갔다. 좀비들이 고개를 돌리며 사내 쪽으로 다가오더니 식사를 아주 맛있게 했다. 자연스럽게 차량 쪽으로 몰려가기 시작했다.

뚜벅! 뚜벅!

진우는 차량으로 걸어갔다. 차량 위에서 기관총을 잡고 있던 남자가 화들짝 놀라며 몰려오는 좀비들에게 총을 갈기기 시작했다.

타다다다!

"어떻게 된 거야? 젠장! 숫자가 너무 많아! 후진! 후진해!"

기관총을 잡은 남자가 차량을 손바닥으로 치며 후진하라고 명령했다. 운전수가 바로 후진 기어를 넣었다.

끼이이이익!

하지만 후진이 되지 않고 바퀴에서 연기만 치솟았다.

"후, 후진이 되지 않습니다! 뭔가 걸린 것 같…… 어, 어?"

운전수는 자신의 눈을 의심했다. 덧댄 철판 틈 사이로 차량을 잡고 있는 진우가 보였기 때문이다.

진우는 운전수와 눈이 마주치자 환하게 웃어주었다.

반가움을 담은 미소였다.

"이거 완전 포장음식이네."

좀비들에게 그렇게 보이지 않을까? 진우가 차량의 표면을 잡아 뜯자 차량의 앞부분이 완전히 뜯겨 나갔다. 운전수는 귀신이라도 본 것처럼 멍하니 진우를 바라보았다. 도저히 현실로 느껴지지 않았기 때문이다.

"미, 미친!"

기관총을 든 남자가 진우에게 기관총을 겨누고는 방아쇠를 당겼다. 탄창이 다 빌 때까지 방아쇠를 당겼다.

총열이 빨갛게 달아오르며 휘어버렸다. 총탄 하나가 진우의 이마에 닿았지만 그대로 납작해지며 바닥에 떨어졌다.

휘익!

진우는 가볍게 점프해 차량 위로 올라섰다. 남자는 진우를 바라보며 덜덜 떨었다. 직접 죽일 필요는 없었다. 가볍게 목을 잡고 뒤로 던졌다. 좀비들이 잔뜩 있는 방향이었다.

남자가 바닥에 떨어지자마자 좀비들이 달려들어 남자의 몸을 뜯어먹었다. 마치 깍두기를 먹는 듯한 소리가 들려왔다.

'오늘 밥 먹기는 글렀네.'

좀비 먹방은 역시 볼만한 것이 아니었다.

진우는 그렇게 생각하며 고개를 설레 저었다.

운전수가 기겁하며 도망치기 시작했다. 진우는 도망치는 운전수를 죽이지 않고 그의 뒤를 따라갔다. 주변에 놈들의 캠프가 있을 것 같았기 때문이다. 생각대로 얼마 떨어지지 않은 곳에 놈들이 모여 있었다. 널찍한 창고였는데, 보초들이 경계를 하고 있었다.

"뭐, 뭐야!"

"사, 살려줘요! 커헉! 괴, 괴물이⋯⋯!"

갑작스럽게 남자의 몸이 붕 뜨더니 뒤로 날아갔다.

보초들이 당황하며 총을 들으려 했지만 그럴 수 없었다.

'어⋯⋯?'

시야가 흔들리는가 싶더니 바닥에 쓰러졌다. 보초병들이 마지막으로 본 것은 목이 없는 자신의 몸이었다.

진우는 폐창고 주변에 있는 보초들을 모두 정리했다.

폐창고로 들어가려다가 폐창고 옆에 있는 곳으로 향했다.

'저건⋯⋯.'

무언가 산처럼 볼록 튀어나와 있는 게 보였기 때문이다.

가까이 가서 보니 시체들로 이루어진 산이었다.

좀비는 아니었다. 화이트 스컬의 조직원들이 가지고 놀다 죽여 버린 사람들이었다.

'멀쩡한 부분이 없군.'

날붙이나 뜨거운 쇠로 고문을 받은 흔적이 역력했다. 손톱이 모두 뽑히거나 이가 없는 시체가 멀쩡해 보일 정도였다. 인간이 어디까지 더러워질 수 있는지, 어디까지 잔인해질 수 있는지 여실하게 보여주었다. 마족들이 울고 갈 지경이었다. 게다가 좀비로 변하는 걸 막기 위해서인지 모두 목을 잘라놓았다. 시체들에게서 강렬한 원한이 느껴졌다.

정보의 마안으로 보니 그 원한이 바이러스를 더 강하게 만들어주고 있었다. 진우는 검은 화염으로 시체들을 태워 버리려다가 멈추었다. 복수를 하게 해주는 것도 나쁘지 않을 것 같았다. 그 정도는 진우가 해줄 수 있었다.

'오랜만에 해봐서 잘 될지 모르겠네.'

시체를 되살리는 건 예전에 중간계에서 해본 적이 있었다. 그때 아귀를 만들었던 기억이 떠올랐다.

진우는 시체를 바라보며 권능을 일으켰다. 기존에 있던 권능과 지배의 권능이 합쳐지며 더욱 강력해졌다. 그리고 새로운 능력을 알 수 있었다. 바로 설정의 군주였다.

"음?"

진우의 손에 백과사전이 들려졌다. 언제 소환이 되었는지 알 수 없었지만 신경을 쓸 필요는 없었다.

진우는 떠오른 정보를 바라보았다.

[설정의 백과사전을 통해 외관 및 랭크를 조절할 수 있습니다. 추천 목록을 불러올 수 있습니다.]

이전에는 알아서 바뀌었지만, 이제는 백과사전을 통해 진우가 원하는 대로 바꿀 수 있었다. 진우는 추천 목록을 불러왔다. 그러자 백과사전이 펼쳐지며 글씨가 나타났다.

[황금의 군주가 의견을 제시합니다.]

아름다운 뼈를 지닌 뷰티풀 레인보우 럭셔리 스켈레톤이 어떠신지요. 럭셔리한 뼈 디자인과 그에 어울리는 엘레강스한 칼라! 대군주님께 어울리는 최고의 언데드 몬스터입니다.

이보다 더 좋은 선택은 없을 것입니다.

[악의 화신이 의견을 제시합니다.]

대군주님. 언데드 하면 보통 좀비나 스켈레톤을 떠올리곤 합니다. 그러나 좀비나 스켈레톤은 대군주님께서 원하시는 즐거운 복수에 어울리지 않습니다. 제가 추천할 몬스터는 듀라한입니다. 평범한 인간의 시체로 만든다면 약화되긴 하겠지만 제법 볼만한 광경을 연출해낼 수 있을 겁니다. 막강한 타격감! 흩날리는 육체의 파편! 피의 축제를 여는 몬스터로 가장 잘 어울릴 것입니다.

[지배의 권능이 의견을 제시합니다.]
촉수가 파고들지 못하는 곳은 없다!
붉은 촉수! 보라 촉수! 커다란 눈알! 노란 촉수!
특수한 촉수! 아픈 촉수! 야릇한 촉수! 점액 촉수!
이 모든 것이 주인님 것입니다.

[다른 군주급 존재들의 의견을 볼 수 있습니다.]

진우는 잠시 할 말을 잊었다. 설마 악의 화신이 가장 정상적으로 보일 줄은 몰랐기 때문이다. 부하들의 의견도 볼 수 있었다. 역시 참고할 만한 내용은 없었다.

진우는 잠시 생각에 빠졌다. 무지갯빛으로 빛나는 스켈레톤도 끌리기는 했지만 아무래도 진우가 원하는 방향과는 맞지 않았다. 지배의 권능은…… 영원히 보류하기로 하자. 장르 자체가 바뀔 수도 있었기 때문이다.

진우가 직접 권능을 소모하여 커스터마이징을 하는 것보다는 추천 목록에서 고르는 게 나아 보였다.

진우는 악의 화신을 선택했다.

[악의 화신이 추천한 듀라한을 선택하였습니다.]
[대군주님의 권능을 이용하여 시체의 설정을 수정합니다.]

시체들에게게서 검붉은 기류가 뿜어져 나왔다. 시체들이 몸을 일으키더니 온몸이 녹아내리기 시작했다. 하얀 뼈가 드러나더니 분해가 되며 하나로 뭉치기 시작했다.

콰드득! 우지직!

시체들이 모두 뭉치니 제법 거대해지더니 머리가 없는 스켈레톤이 되었다. 그러나 거기서 끝이 아니었다. 두꺼워 보이는 검은 갑옷이 생기고 손에 거대한 검이 들려졌다.

바닥에 떨어져 있던 해골들도 달그락거리더니 하나로 합쳐지며 몸의 크기에 걸맞게 거대해졌다. 해골에 투구가 씌워지며 붉은 안광이 치솟았다.

[D+]절망을 부르는 듀라한

대군주가 악의 화신이 추천을 받아들여 만든 몬스터.

원한이 가득한 시체들로 만들었기는 하나 일반인이었기에 랭크가 그리 높지는 않다. 자신을 고문하고 죽인 상대에게 강한 원한을 품고 있으며 누구보다도 처참하게 죽이길 바라고 있다. 원한이 사라질 때까지 존재할 수 있다.

[D+]죽음의 오라

죽은 자들을 다루는 힘. 죽은 자들을 이용하여 스켈레톤 병사를 만들어낼 수 있다.

듀라한의 키는 3미터에 달했다. 듀라한이 검을 들자 주변에 있던 좀비들이 몰려왔다. 좀비들이 녹아버리며 F랭크의 스켈레톤이 되었다.

"괜찮은데?"

결과물은 꽤 괜찮았다. 죽음의 세계와도 잘 어울렸다.

진우는 만족스러운 미소를 지을 수 있었다. 손가락으로 폐창고를 가리키자 듀라한이 움직이기 시작했다. 화이트 스컬이 일으킨 좀비 축제가 새로운 축제로 바뀌는 순간이었다.

화이트 스컬은 도시를 옮겨 다니며 약탈을 했지만, 지금은 생존자들을 납치해 블랙 하운드에게 팔아넘기는 집단이 되었다. 요즘 블랙 하운드의 입맛이 까다로워져서 평범한 사람은 받지 않았다. 어린아이나 젊은 여성이 아니면 거래가 되지 않았다.

'그래서 우리도 좋지만.'

화이트 스컬의 오른팔인 피어스는 그렇게 생각하며 씨익 웃었다. 한둘쯤 빼돌린다고 보스가 뭐라 하지는 않았다.

이런 일에는 보상이 있어야 한다는 걸 보스는 잘 알고 있었다. 생존자들을 납치해 가지고 노는 것은 그들이 가장 즐거워하는 일이었다. 음식 대용으로 인육을 먹기 시작했지만, 요즘은 일부러 인육을 찾아 먹는 부하들도 생기게 되었다.

아무튼, 이번에 상납품을 넘기고 맥주와 식료품을 잔뜩 받을 수 있었다. 꽤 공을 들인 작업이었는데, 보람이 있었다.

어린아이 넷 정도를 넘기고 많은 식료품을 받을 수 있으니 정말 남는 장사였다.

"음? 무전을 받지 않는데요?"

"어디서 재미 좀 보고 있는 거 아냐?"

피어스가 그렇게 말하자 부하가 웃으며 무전기를 내려놓았다. 모두 웃고 떠드는 분위기였다.

티이이잉!

갑작스러운 소리와 함께 전등이 꺼졌다. 부하들이 손전등을 켰다. 피어스는 인상을 쓰며 부하들을 바라보았다.

"뭐야, 또 왜 저래?"

"음, 저번에 고쳤는데…… 제가 보고 오겠습니다."

"기술자 놈을 죽이는 게 아니었는데."

피어스는 그렇게 말하며 고개를 설레 저었다. 발전기를 고치러 간 부하들이 무전을 받지 않았다. 피어스는 이상함을 느껴 총을 들고 자리에서 일어났다. 그의 부하들도 무장을 하며 주변을 경계했다.

그 순간이었다.

기기기긱! 쿵!

녹슬어 꿈쩍도 하지 않은 거대한 창고의 정문이 앞으로 쓰러졌다. 피어스는 총을 겨누며 정문을 바라보았다.

"으, 으어……."

"샘?"

피어스의 절친이었던 샘이었다. 샘이 비틀거리며 손을 뻗었다. 달빛을 받아 샘의 모습이 뚜렷하게 잘 보였다.

피어스가 다가가려는 순간이었다. 문 전체를 가리는 거대한 그림자가 생겼다.

휘이익! 서걱!

위에서부터 거대한 검이 휘둘러지며 샘이 몸이 양 갈래로 갈라졌다. 아니, 갈라졌다기보다는 양쪽으로 터져 버렸다는 표현이 어울릴 것이다.

철푸덕!

샘이었던 파편이 바닥을 적셨다.

"뭐, 뭐야!"

"괴, 괴물?!"

창고 안으로 거대한 괴물이 들어왔다. 검은 갑옷을 입고 한 손에는 머리를, 한 손에는 검을 든 괴물이었다. 요즘 들어 변형된 좀비들이 자주 출몰하곤 하지만, 저런 괴물은 본적이 없었다.

"저게…… 뭐야……."

피어스와 그의 부하들은 그 괴물을 보는 순간 겁에 질렸다. 원초적인 두려움이 오줌을 지리게 만들었다.

"쏴, 쏴버려!"

타다다다!

피어스가 명령하자 부하들이 괴물을 향해 총을 갈겼다. 굉장한 소음이 창고를 가득 메웠다. 탄창 하나가 다 비워지자, 탄피 굴러가는 소리가 들려왔다. 피어스는 경악했다.

"마, 말도 안 돼!"

괴물에게는 전혀 피해가 없었다. 총탄 따위는 방해조차 되지 않았다. 여전히 천천히 걸어오고 있었다. 괴물이 거대한 검을 들었다.

"어?"

서걱!

총을 들고 있던 피어스의 부하들 여럿의 몸이 그대로 절단이 났다. 상체와 하체가 갈라졌는데, 이상하게도 죽지 않았다. 부하들은 잘린 자신의 몸을 보면서 비명을 질렀다.

"으, 으아악! 내, 내 몸이……."

"악!"

상체만 남은 자들이 버둥버둥거렸다. 그러다가 온몸이 녹기 시작했다. 하얀 해골이 되더니 붉은 안광이 피어올랐다.

"아, 안 돼!"

해골들이 기어가며 살아 있는 모든 것들을 습격하기 시작했다. 총을 갈겼지만 소용이 없었다. 몸놀림이 느린 좀비 따위와는 차원이 달랐다.

"이건…… 악몽이야. 혀, 현실일리 없어."

피어스가 멍하니 중얼거렸다. 그의 앞에서 방금 전까지 웃고 떠들던 부하들이 도륙당하고 있었다. 산채로 잡아먹히거나 뼈로 만든 꼬챙이에 꿰어 들어 올려졌다. 피어스는 들고 있던 총을 떨어뜨리고 말았다. 바지 사이로 노란 액체가 줄줄 흘러나왔다.

"음, 여기 조금 답답하네."

피어스의 귀에 목소리가 들렸다. 그리 크지 않은 목소리였지만 뇌리에 새겨지듯 너무나도 뚜렷하게 들렸다. 피어스는 고개를 들어 옆을 바라보았다. 정장 차림의 남자가 서 있었다. 인간의 모습이었지만 도저히 인간처럼 보이지 않았다. 검은 기류에 휩싸여 있었기 때문이다.

거대한 괴물이 답답하다는 말을 들었기 때문일까?

검을 들더니 그대로 휘둘렀다.

콰가가가가!

모든 벽이 비스듬하게 잘리며 천장과 함께 무너져내렸다.

"이제 좀 낫군."

남자가 피어스를 바라보았다. 정신을 차려보니 그의 부하들은 존재하지 않았다. 오로지 기이하게 비틀어진 해골만이 존재할 뿐이었다.

남자가 그에게 다가왔다. 피어스는 물러나려 했지만 극도로 겁에 질려 몸이 움직이지 않았다.

"물어볼 게 있는데, 대답해 줄 수 있나?"

해골이 바닥을 기어오더니 피어스의 사지를 붙잡았다.

피어스는 대답하려 했지만 목이 콱 막히고 턱이 덜덜 떨려 제대로 말이 나오지 않았다. 남자의 얼굴에 미소가 떠오른 순간 피어스의 눈이 튀어나올 듯 커졌다. 콱 막혔던 목이 성대하게 뚫리며 비명이 뿜어져 나왔다.

딸깍딸깍!

주변에 있던 해골들이 그 비명을 음미하듯 즐기고 있었다.

진우는 피어스에게서 많은 정보를 뽑아냈다. 그 과정에서 피어스는 고통을 받았고 숨이 넘어가기 일보직전이었다. 듀라한의 상태를 보니 이 정도로 만족하지 않았다.

이 정도로 만족하기에는 원한이 너무 깊었다.

그러나 사람은 한 번 죽으면 끝이었다.

'설정을 조금 고쳐볼까?'

진우가 백과사전을 펼치자 피어스의 설정이 떠올랐다. 권능과 마력을 주입해서 피어스의 설정을 바꿀 수 있었다. 랭크가 없는 존재라면 아예 근원부터 바꾸는 것이 가능했다.

'설정 주입을 하려면 차원 금화도 필요하군.'

랭크에 따라 들어가는 권능과 마력, 차원 금화가 기하급수적으로 늘어나기는 했다. 괜히 설정의 군주가 힘을 잃었던 게 아니었다. 진우는 피어스에게 [D]신체 재생을 부여했다. 권능이 조금 깎였지만 회복되는 양이 많으니 부담은 되지 않았다. 곧 죽을 것 같았던 피어스의 몸이 회복되기 시작했다.

듀라한은 조용히 피어스가 회복되는 것을 기다렸다.

원한이 풀릴 때까지 피어스는 고통받을 예정이었다.

'이만하면 됐나?'

빚은 원금을 받아내고 이자까지 두둑이!

용서나 자비는 사치에 불과했다. 이게 진우의 방식이었다. 과하거나, 잔인하다고 욕해도 상관없었다.

피어스의 몸이 회복되자 해골과 듀라한이 피어스에게 다가갔다. 피어스는 어리둥절한 표정을 짓다가 다시 시작된 지옥에 비명을 질렀다. 고통이 반복되었다.

진우는 피어스에게서 뽑아낸 정보를 떠올렸다.

'블랙 하운드······.'

아이들을 데려간 단체는 블랙 하운드였다. 아쉽게도 진우가 오기 전에 거래를 마치고 도시를 떠났다고 한다. 블랙 하운드는 이런 파괴된 세계에서도 국가 정규군 정도의 무장을 하고 있었다. 피어스의 정신이 완전히 나가 버리자, 듀라한은 만족했는지 피어스의 머리를 날려 버렸다.

듀라한의 원한이 모두 풀렸다. 진우에게 다가와 그대로 무릎을 꿇고 고개를 숙였다.

스르륵!

듀라한의 몸에서 푸른 불길이 일어나더니 빛의 가루가 되어 흩날렸다. 반딧불을 보는 것처럼 아름답게 빛났다.

가루들이 진우의 앞에 모여서 작은 불꽃을 만들었다.

진우는 정보의 마안으로 작은 불꽃을 바라보았다.

[D]하데스에게서 해방된 영혼.

죽음의 세계에서 해방된 영혼. 대군주의 권능으로 고통이 가득한 지옥에서 벗어났다. 이제 편안히 안식을 맞이할 것이다.

'음······.'

하데스. 익숙한 이름이었다. 상징적인 의미인지 아니면 죽음의 세계와 관련이 있는 건지 궁금했다.

이곳이 평범한 세계가 아니라는 걸 알 수 있었다. 어쨌든 이 곳의 군주는 확실하게 죽일 생각이니, 그때가 되면 모든 걸 알 수 있을 것 같았다.

[해방된 영혼이 대군주를 칭송합니다. 당신을 신으로 여기고 있습니다. 신으로 칭송받기에 충분한 랭크입니다. 오히려 늦은 감이 있습니다!]

[S]신화
믿음은 신이 힘을 낼 수 있는 기반이다. 신도가 늘어날수록 약점이 보완된다. 전체 랭크에 비해 낮은 랭크의 능력이 상승한다.

진우는 정보를 보면서 고개를 갸웃했다. 신으로 칭송받은 적은 여러 번 있었으나 이렇게 직접 무언가 나타난 건 처음이었다.

'신이 된 건가?'

설명을 보니 그런 것 같기는 했다. 신이라고 해봤자 딱히 와 닿는 건 없었다. 여신인 루나를 떠올려 봐도 그냥 평범해 보였기 때문이다. 진우는 신의 힘을 일으켜보았다. 손가락에서 하얀 빛가루가 스파크처럼 튕겨 올랐다.

너무나 나약한 빛이었다. 강함에 따라 랭크가 결정되는 군주와는 조금 다른 개념인 것 같았다. 어쨌든, 능력을 획득한 건 좋은 일이었다. 역시 좋은 일을 하면 복을 받는 법이었다.

[당신의 신도가 기도를 올리고 있습니다.]

진우의 눈앞에 갑자기 그런 정보가 떠올랐다. 자신에게 신도가 있나 하고 생각해 봤는데, 짐작가는 게 없었다.
바로 정보를 확인해 보았다.

신도: 이재미.
상태: 굶주림, 혼란.
신도의 기도: '대군주님 계시다면 제발 도와주세요!'
[A]트롤링
타고난 트러블 메이커.
그러나 대군주의 영향을 받아 결과가 좋을지도 모른다.

이재미? 어디서 많이 들어본 이름이었다.
어쨌든, 도와주도록 하자. 상태를 보니 배가 고픈 모양이었다. 진우는 아공간에 있는 라면이 떠올랐다. 일단 라면이라도 주면 어떻게든 되지 않을까?
아공간에서 라면을 꺼냈다.

[신도에게 하사하시겠습니까?]

진우는 신도에게 라면을 하사했다. 라면이 빛에 감싸여 사라졌다. 진우는 눈을 깜빡이며 그 광경을 바라보았다.

역시 세상은 알 수 없는 것투성이였다.

'일단 돌아가야겠군.'

쇼핑센터가 위태로울 것이다. 진우는 바로 쇼핑센터 쪽으로 이동했다.

쇼핑센터의 사람들은 필사적으로 버티고 있었다. 진우는 쇼핑센터로 몰려오는 좀비들을 바라보다가 손을 휘저어 모조리 없애 버렸다. 깔끔해진 거리를 보니 상쾌한 느낌이 들었다. 진우는 옥상을 통해 쇼핑센터 안으로 들어갔다.

쇼핑센터 안에도 많은 좀비들이 있었다.

'그래도 대응을 잘했군.'

주거지역 주변에 바리케이드를 잘 만들어서 막아내고 있었다. 좀비들은 지능이 없으니, 바리케이드의 위력이 십분 발휘되었다. 하지만 그것도 이제 한계에 도달한 듯 보였다.

"젠장! 총알이 다 떨어졌어!"

"막아! 주거지역으로 가게 해선 안 돼!"

부상을 입은 알렉스와 리첼도 분전하고 있었다. 주거지역 쪽을 보니 유디스와 사람들이 여전히 기도를 올리고 있었다.

"구세주시여, 우리를 불쌍히 여겨주소서!"

진우는 고개를 설레 저었다. 저런 기도가 도움이 될까?

한 사람이라도 더 도와주는 게 살 수 있는 유일한 방법이었다. 진우의 눈에는 자살을 하는 것처럼 보였다.

'그래도 죽게 놔둘 수는 없지.'

그렇게 된다면 리첼과 알렉스가 불쌍했다. 진우는 좀비들이 가득한 통로를 바라보다가 마력을 뿜어냈다. 2층 난간과 바닥이 크게 흔들리더니 그대로 무너져 내렸다.

좀비들 대부분이 잔해에 깔려 피떡이 되었다. 주거지역으로 향하는 통로 역시 막히게 되었다. 밖에 있는 좀비들은 모조리 처리했으니, 다른 곳은 신경 쓸 필요가 없었다.

'음?'

진우는 눈을 깜빡였다.

'뭐야, 저건?'

무언가 돌아가는 상황이 이상하게 변했기 때문이다.

잼식이 성력을 쏟아 넣자 백인 남자가 어느 정도 회복했다. 아직까지는 의식이 몽롱해 보였다. 잼식은 의외로 영어를 잘했다. 남자의 이름은 제리였다. 그는 정신이 몽롱한 상태에서도 이야기를 꽤 잘했다. 쇼핑센터로 가면 사람들이 있다고 하니 그리로 데려가는 중이었다.

"으…… 죄, 죄송합니다."

"그런 말 하지 말아요. 다 돕고 사는 거죠. 전 의리 하나는 끝내주거든요!"

잼식은 트롤링이 심해서 그렇지 의리는 있었다. 행동을 이상하게 해서 역효과였지만 시청자들도 그의 의리를 알아주고 있기는 했다. 제리를 부축하고 좀비들을 피해 이동했다. 폐허가 된 건물 안으로 들어가서 2층으로 올라갔다.

반대쪽으로 건너갈 수 있는 길을 발견해서였다.

'역시 길이 있었어!'

잼식은 길찾기의 고수였다. 그리고 믿기 힘들겠지만 오래전에는 생존의 고수로 인정받았다. 뉴월드를 시작한 이후에는 트롤러가 되었지만 말이다. 미궁에서 단련된 감각이 이곳에서 빛을 발했다. 좀비를 피하느라 길을 빙빙 돌아왔지만 쇼핑센터로 가는 길을 찾아낼 수 있었다.

"여기에 계세요. 안전한지 보고 올게요."

잼식은 제리를 바닥에 눕히고는 조심스럽게 걸음을 옮겼다. 주변에서 좀비의 인기척과는 다른 소리가 들려왔기 때문이다. 자세를 낮추며 2층 창문을 통해 아래를 내려다보았다.

라이트 빛이 보였고, 무장을 한 남자들이 주변을 경계하고 있었다. 그들이 보고 있는 방향은 쇼핑센터 쪽이었다.

이곳에서 멀쩡한 사람을 만나는 건 처음이었다.

잼식은 반가운 마음이 들어 목소리를 내려다가 멈칫했다.

"너무 조용하구만. 다 죽었나?"

"도망이라도 쳤으면 좋겠는데 말이야."

"좀비보다는 사람을 쏘는 게 재밌긴 하지."

절대 착한 놈들은 아니었다.

잼식은 침을 꿀꺽 삼켰다. 좀비는 어떻게든 상대할 수 있겠는데, 총은 그럴 수 있을지 의문이었다.

'조용히 빠져나가자.'

도망치는데 일가견이 있는 잼식이었다. 조용히 뒷걸음질 쳤다.

타닥!

유리 조각을 밟자 무장한 사내들이 멈춰 섰다. 잼식이 두 손으로 입을 막으면서 조심스럽게 걸음을 옮겼다.

잼식이 약간 갈라진 바닥을 밟는 순간이었다.

찌저저적!

바닥이 갈라지더니 잼식 쪽으로 균열이 생겼다. 화들짝 놀라며 옆으로 피했다.

쿵!

바닥이 무너지며 동그란 틈이 생겼다. 틈 너머로 무장한 남자들과 잼식이 눈이 마주쳤다.

서로 잠시 말이 없었다. 무장한 남자들은 잼식을 바라보다가 눈을 비비고 나서 다시 바라보았다.

"귀, 귀신?"

"여자?"

남자들의 총구가 서서히 올라가기 시작했다. 잼식이 두 손을 올리며 어색한 웃음을 지었다. 이럴 때는 투항하는 게 목숨을 조금이라도 더 연명하는 길이었다.

잼식은 항복도 잘했다.

"저기⋯⋯."

잼식이 목소리를 낼 때였다.

쩌저적!

남자들이 있는 곳 옆에 있던 벽이 갈라지더니 앞으로 무너졌다. 벽 너머로 이동 중인 좀비들이 있었다.

쇼핑센터로 향하던 좀비들이었다. 행렬이 멈추었다.

스윽!

좀비들이 남자들을 향해 고개를 돌렸다.

그어어어!

좀비들은 맛있는 먹이를 그냥 지나치지 않았다.

"으아아아!"

타다다다!

좀비들이 남자들을 향해 밀어닥쳤다. 총으로 좀비들을 쐈지만 좀비들의 숫자가 엄청나게 많아 순식간에 쓸려 나갔다.

"커헉! 아, 안 돼!"

"으아악!"

푹찍! 쏘오옥!

좀비들이 남자들의 몸을 잡더니 살점을 물어뜯었다. 장기자랑이 시작된 순간 잼식은 슬그머니 고개를 돌렸다.

도저히 봐줄 수가 없을 만큼 끔찍했다.

"으……."

제리가 비틀거리며 다가왔다. 뇌진탕이 있긴 하지만 간신히 움직일 수 있는 수준이 되었다. 곱창파티를 벌이고 있는 좀비들을 바라보다가 몽롱한 표정으로 잼식을 바라보았다.

잼식은 시선을 돌리며 변명을 했다.

"부, 불운한…… 사고가 있었네요."

제리는 정신이 없는 와중에도 남자들의 정체를 파악할 수 있었다. 약탈자들이 확실했다. 거의 한 부대가량이 좀비들에게 뜯어 먹혔다.

"아, 아아……."

제리는 잼식을 바라보았다. 성력 때문에 잼식의 몸이 은은하게 빛나고 있었다. 그때 기적을 느꼈다.

"시, 신을 믿지 않았는데……."

"네?"

"그 이야기가 사실이었어……. 구세주가……."

미친 건가? 잼식은 작게 한숨을 내쉬었다.

제리가 완전히 정신이 나간 것처럼 보였기 때문이었다. 하긴, 머리가 심하게 다친 상태였다. 성력 덕분에 상처가 아물었다고는 하나, 정신이 없는 게 당연했다.

'참 딱하네…….'

멀쩡해 보이는데 정말 딱했다. 최대한 도와주도록 하자!

뉴월드를 하면서 별 미친놈들을 다 본 터라 잼식은 그저 측은하게 제리를 바라볼 뿐이었다.

"구세주……."

"네? 저는 그런 사람 아닙니다."

"그, 그러면 천사인가요?"

으악! 잼식은 비명을 지를 뻔했다. 주인공이 따라다니며 천

사라고 불렀기 때문이다. 이제 그런 오글거림은 싫었다. 환자만 아니었다면 제리에게 주먹을 꽂아 넣었을지도 몰랐다. 신이 있다면 제발 원래대로 만들어달라고 빌고 싶었다.

'대군주님! 계시다면 제발 도와주세요!'

잼식이 유일하게 아는 신적인 존재는 대군주인 이진우밖에 없었다.

[대군주님께서 기도에 응답하였습니다.]

"응?"

잼식의 앞에 빛이 뿜어져 나오더니 소용돌이쳤다. 제리가 놀란 눈으로 그 광경을 바라보았다. 잼식도 같이 놀라고 말았다. 이게 뭔가 싶었다.

잼식이 용기를 내어 빛무리를 만지는 순간이었다.

휘이이이!

빛무리가 사라지며 무언가 잼식의 손에 들려졌다.

흰 그릇이었는데 김이 모락모락 나고 있었다.

"라면……?"

다양한 재료가 들어간 라면이었다. 젓가락도 가지런히 놓여 있었다. 잼식은 한동안 멍하니 라면을 바라보았다.

이게 도대체 무슨 의미일까?

위대한 대군주의 뜻은 한낱 인간에 불과한 잼식이 알 수 없었다. 제리의 배에서 꼬르륵하는 소리가 났다.

"머, 먹을래요?"

잼식은 제리와 구석에서 나란히 앉아 라면을 나눠 먹었다.

"후르릅! 오, 오오!"

"쩝쩝! 크아아!"

잼식과 제리가 동시에 감탄을 터뜨렸다. 약간 쌀쌀한 저녁 날씨와 라면은 환상적인 궁합이었다. 이런 폐허가 된 건물에서 먹으니 한층 더 맛이 살아나는 것 같았다.

극상의 맛이었다. 멍했던 제리의 눈빛이 점차 또렷해졌다. 상처도 대부분 회복되기 시작했다.

좀비에 물린 상처도 말끔하게 나았다. 좀비로 변할 때 온몸에 열이 치솟았는데, 열도 말끔하게 사라졌다.

기적이었다. 라면이 만든 기적이었다! 잼식은 체력이 회복된 것을 느꼈다. 소모되었던 성력이 다시 가득 찼다. 라면을 전부 먹자 잠시 정적이 내려앉았다.

"가, 갈까요?"

"네? 아…… 네!"

제리가 고개를 끄덕이며 자리에서 일어났다. 잼식을 보는 제리의 눈빛이 심상치 않았다. 목숨을 구원받은 데다가 기적까지 직접 체험하게 되었다.

제리는 완전히 잼식의 추종자가 되어버렸다. 2층 통로를 통해 쇼핑센터와 가까운 건물에 도착했다.

그어어! 그어!

좀비들이 쇼핑센터에 몰려 있는 게 보였다. 제리의 표정이 다급해졌다.

"안에 사람들이……!"

건물의 옥상을 통해 쇼핑센터 2층에 도착할 수 있었다.

건물과 건물의 틈이 꽤 넓었지만 문제가 되지는 않았다. 잼식은 성력을 사용했고, 몸을 회복한 제리도 꽤 날렵했다.

'난장판이구만. 여기…… 잘 온 걸까?'

일단 쇼핑센터에 제리를 데려다주는 것만 생각했는데, 상황을 보니 쇼핑센터는 아비규환이었다. 어쩌다 보니 조금 특이한 힘을 지니고 있다고는 하지만 몰려오는 좀비들을 막는 건 불가능했다. 잼식은 잠시 망설이다가 2층의 난간으로 이동했다. 조심스럽게 고개를 내밀며 아래를 바라보았다.

'엄청 많네.'

바로 밑 통로를 통해 좀비들이 밀려오고 있었다. 좀비 영화의 클라이맥스 장면을 보는 것 같았다. 제리가 잼식을 바라보았다.

"어, 어떻게든 해, 해주시면……."

"네?"

"기적의 힘으로……! 제발 부탁드립니다."

잼식이 한숨을 내쉬었다. 라면은 그렇다 치고서라도 이런 상황을 해결할 방법은 없었다.

"저는 그런 사람이 아니라니까요. 하아…… 몇 번을 말해야……."

잼식이 한숨을 내쉬며 손으로 벽을 짚는 순간이었다.

콰가가가가!

2층의 벽에 금이 가더니 무너져 내렸다. 잼식은 기겁하면서 뒤로 물러났다. 2층 난간뿐만 아니라 잼식 주변의 바닥이 무너져 내리기 시작했다. 뉴월드에서 이런 적은 많았지만, 그건 게임에서였다. 현실이라고 생각되는 곳에서 이러니 정말 미칠 노릇이었다.

'난 왜 매번 이러는 거야!'

후두두둑! 푸직!

좀비가 콘크리트 잔해에 깔려 곤죽이 되는 게 보였다.

"으, 으으!"

뒤로 물러나다가 벽에 부딪혔다. 제리는 여전히 멍하니 그 광경을 바라보고 있을 뿐이었다. 제리를 향해 벽이 기울어지고 있었다. 잼식의 인상이 구겨졌다. 발암 캐릭터 같으니!

'성력이라면……!'

잼식은 성력을 모두 일으키며 제리 쪽으로 보냈다.

벽이 작은 잔해가 되며 제리의 주변에 떨어졌다.

'으, 으…… 몸이…….'

성력이 바닥나 몸이 제대로 움직이지 않았다. 무너지는 바닥이 잼식의 바로 앞까지 이르렀다. 잼식은 두 손을 모으며 눈을 질끈 감았다.

'이제 끝인가.'

길다면 길고 짧다면 짧은 인생이었다. 주마등이 스쳐 지나갔다. 미궁에서 트랩을 밟아 사람들을 몰살시켰던 일, 마장기의

자폭 스위치를 잘못 눌러 그대로 주변 함선들과 함께 폭사했던 일, 그 밖에 다른 여러 일들이 떠올랐다.

하나같이 추하긴 했다.

'정말 하찮고 추한 인생이었어.'

이미 전 재산도 다 날려서 미련은 없었다. 그래도 남들이 할 수 없는 경험을 하고 죽게 되었으니 그것에 만족하기로 했다. 잼식은 포기가 빠른 남자였다.

"……응?"

고통이 느껴지지 않자 잼식은 천천히 눈을 떴다. 가장 먼저 눈에 들어온 건 제리였다. 제리가 눈물을 줄줄 흘리면서 잼식을 바라보고 있었다. 그는 무릎을 꿇고 두 손을 모으고 있었는데, 상당히 징그러웠다.

잼식은 고개를 돌려 1층을 바라보았다. 총을 든 남자들이 잼식을 멍하니 바라보았다. 그리고 괴팍해 보이는 중년의 여성이 두 손을 든 채로 굳어 있었다. 그녀의 앞에 있는 사람들도 입을 벌리며 잼식을 바라보고 있을 뿐이었다.

"아, 아, 안녕하세요? 재, 잼식…… T…… V……."

항상하는 멘트가 입에 감돌았지만 말할 수 있는 분위기가 아니었다.

"기, 기적! 기적입니다!"

제리가 벌떡 일어나며 소리쳤다!

'저 병신이……!'

잼식은 그런 제리에게 주먹을 꽂아주고 싶었다. 이게 트롤링을 당하는 기분이구나! 잼식은 처음으로 자신 때문에 힘들어한 플레이어들을 떠올리며 사죄했다.

그 모습은 자못 신성해 보였다. 제리를 구하느라 성력을 일으킨 덕분에 잼식의 몸이 은은하게 빛나고 있었다.

진우는 어이없는 표정으로 그 광경을 지켜보았다.

'뭐야, 저건?'

정보의 마안으로 살펴보니 정체를 알 수 있었다.

이재미. 샤이닝 스타에 새롭게 추가된 히로인이었다.

'잼식? 쟤가 왜 저기서 나와?'

진짜 정체는 무려 잼식이었다.

'음……'

하지만 크게 당황하지는 않았다. 이제는 익숙해진 상황이었으니까. 역시 사람 사는 곳은 어디든 다 똑같은 법이었다.

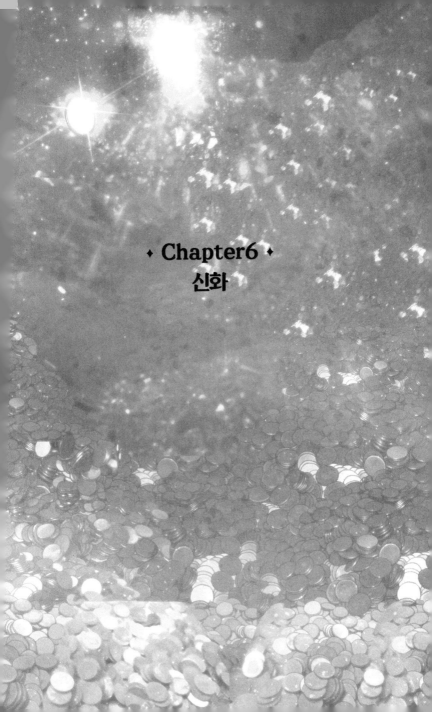

♦ **Chapter6** ♦
신화

　잼식의 모습은 신성하게 느껴지기는 했다. 성력이라는 게 원래 그렇게 보였다. 비주얼을 중요시하는 세계관에서 온 것이었다. 게다가 히로인의 탈을 쓰고 있으니 그렇게 보일 수밖에 없었다.

　진우는 백과사전을 펼쳐서 잼식의 설정을 찾아보았다.

　잼식의 설정이 수정되어 있었다. 수정자는 나비였다.

　'잼식 방송을 보다가 열 받아서 바꿨구만.'

　자초지종을 듣지 않아도 대충 짐작이 되었다. 추한 방송으로 이름 높은 잼식TV였으니, 아무런 정보 없이 보면 열 받기는 할 것이다.

　진우는 잼식을 바라보았다. 어느새 사람들에게 둘러싸여 있었다.

　'제리는 다행히 멀쩡하군.'

죽은 줄 알았던 제리가 멀쩡한 모습으로 잼식을 따르고 있었다. 그런 제리를 알렉스와 리첼이 어이가 없다는 눈으로 바라보고 있었다. 누구보다도 신에 대해 무심했던 제리였기 때문이다. 몸에 성력이 감도는 걸 보아 잼식이 어떻게든 치료를 해준 것 같았다.

"이리로 오시지요."

유디스가 환하게 웃으며 잼식을 극진하게 모셨다. 사람들도 마찬가지였다. 아직 좀비 사태가 끝난 건 아니었는데, 마치 모든 게 해결된 것처럼 보였다.

진우가 보더라도 잼식은 특별해 보였다. 몸에서 빛이 나는 사람은 그렇게 많지 않을 것이다. 게다가 진우가 한 일이기는 하지만, 몰려오는 좀비들을 한방에 소탕하는 기적을 선보였다. 유디스가 말하는 구세주로 착각할 만했다.

"여러분, 우리의 기도가 닿았습니다."

"오오!"

"묵시록의 시대를 지나, 새로운 시대가 왔습니다! 찬미하십시오!"

좀비를 막고 있던 사내들도 유디스의 말에 집중하기 시작했다. 진우는 흥미롭게 상황을 지켜보다가 1층에 내려섰다.

붙들린 잼식이 머리에 물음표를 마구 생산하고 있었다. 유디스는 공손하게 무릎을 꿇으며 잼식을 바라보았다.

"구원자시여. 모두에게 신에 대해 말씀해 주십시오."

"아…… 음…… 그, 그러니까……."

사람들이 잼식을 반짝이는 눈으로 바라보았다. 그는 방송인이었다. 사람들의 기대를 충족시키는 것이 그의 일이었다. 저런 시선을 외면하고, 기대를 실망으로 바꾸는 짓은 하지 못했다.

모두가 조용해졌다. 알렉스와 리첼 마저도 무슨 말을 하나 싶어 잼식을 바라보았다.

'으, 으……'

잼식은 눈알을 굴리다가 1층에 내려선 진우를 발견했다.

잼식의 눈이 커졌다. 나비의 말이 떠올랐다. 여러 차원을 굴복시켰을 뿐만 아니라 최근에는 우주까지 접수했다고 한다.

'원래대로 돌아가려면……'

대군주님의 힘이 필요했다. 잘 보일 아주 좋은 기회였다!

잼식은 방송을 켜지 않았음에도 방송 모드가 되었다.

"시, 신은 대군주님이십니다! 대군주님이야말로 진정한 신입니다!"

"오, 오……"

유디스가 감동하며 눈물을 흘렸다. 진우는 갑자기 자신이 언급되자 살짝 놀랐다. 잼식은 반짝이는 눈동자로 진우와 눈을 맞추었다. 하지 말라고 말하고 싶었지만 잼식은 이미 분위기를 타버렸다. 잠시 잊고 있었는데, 잼식은 엄청난 트러블 메이커였다. 팀킬은 그의 정체성이기도 했다.

"대, 대군주님 가라사대…… 차원과 만물이 모, 모두 대군주님의 지배를 받고 있으며……"

"차원은 무엇입니까?"

유디스의 물음에 잼식이 손가락으로 하늘을 가리켰다. 잼식도 제대로 알지 못했다.

"으, 음! 그것은 우주입니다!"

"우주 만물을 하루아침에 창조하셨다는 말씀이군요. 당연한 것이겠지요."

유디스가 옆에서 뜻을 심하게 왜곡해서 해석해 주었다.

사람들의 리액션은 굉장히 좋았다. 여러 연령대의 사람들이 잼식을 바라보면서 다양한 리액션을 보여주고 있었다.

채팅창에서 글자로만 보던 리액션을 실제로 보니 잼식은 흥분이 되었다. 모든 관심이 자신에게 쏟아지고 있었다!

그는 관심종자이기도 했다. 잼식은 필사적으로 나비에게 들은 정보를 머릿속에서 조합했다.

"크, 크흠! 대군주님을 따르는 12명의 군주가 있습니다."

"12천사…… 과연……."

"탐욕과 허영, 그리고 비슷한 여러 존재들을 다스리고 계십니다."

"대천사들로 하여금 악마들을 몰아냈다는 말씀이십니다! 죄악을 관장하는 악마들이 인간으로 하여금 죄를 짓게 만들지요! 우리는 속죄해야 합니다. 용서를 구해야 합니다!"

본래 잼식의 모습으로 이런 말을 했다면 설득력이 없을 것이다. 히로인의 모습이라 그런지 어떤 말을 해도 그럴듯하게 들렸다.

'치유계 히로인이라 했던가?'

그래서 그런 것 같기도 했다. 분위기가 무언가 그럴듯하게 바뀌고 있었다. 유디스의 격한 리액션과 해석도 잼식의 흥을 돋게 만들었다. 어느새 10계명과 비슷한 것도 만들어졌다.

이제 와서 말리기도 뭐했다. 잼식을 그냥 놔두었다.

[신도가 늘어나고 있습니다. 다른 신에 대한 믿음이 죽음의 세계에 영향을 미치기 시작합니다.]

[죽음의 세계를 관장하는 존재가 이상현상을 알아차렸습니다! 죽음의 세계를 관장하는 존재가 잼식을 주시합니다!]

[이재미(잼식)가 '거짓된 성녀(성자)'가 되었습니다.]

[C]거짓된 성녀(성자)

하나부터 열까지 다 거짓인 존재. 심지어 육체 또한 거짓이다. 대군주에게 기도를 올려 직접 기적을 받을 수 있다.

[D+]프로 방송인, [A]주목을 끄는 자,

[S]너에게만 트롤링

대군주의 영향으로 트롤링이 적군을 향하게 되었다.

잼식은 이제 사람들에게 성녀로 불리고 있었다.

진우는 리첼에게 다가갔다.

"진우? 살아 있어서 다행이야."

"운이 좋았어."

리첼이 진우를 보며 다가오더니 그를 안았다. 리첼은 진우가 죽었다고 생각하고 있었다. 많은 좀비들 사이에서 시간을 번다고 남아 있었으니 살 방도가 없어 보였다.

이렇게 살아 있으니 너무나도 반가웠다. 알렉스도 절뚝거리며 다가와 웃으며 진우의 어깨를 두드렸다.

"하하, 목숨이 질기군."

"제리도 마찬가지지."

"제리가 많이 이상해지긴 했는데…… 뭐 살아 있는 게 중요한 거지."

그어어!

아직 좀비들이 쇼핑센터 내부에 남아 있었다. 리더와 부하들이 진우에게 다가왔다. 리더의 얼굴에는 피로가 가득했다.

"사정은 들었다. 설마 루카스가 배신할 줄이야……."

"꽤 친했나 보군."

"이 사태가 벌어질 때부터 함께했지. 멍청하게도…… 아이들을 넘기면 살 수 있다고 믿은 모양이야."

화이트 스컬이 그를 살려 줄 리 없었다. 아마 고문을 한 후 죽이지 않았을까? 진우가 직접 처리하지 않았더라도 결말은 똑같았을 것이다. 진우는 리더의 부하들과 함께 쇼핑센터 내부의 좀비들을 처리했다.

리더는 이제 진우를 완전히 믿고 있었다. 오히려 잼식에 대한 경계를 늦추지 않고 있었다. 쇼핑센터는 엉망이었다. 방어벽은 다 무너진 상태여서 복구하려면 한참 걸릴 것 같았다. 그전에 좀비라도 몰려온다면 큰일이었다.

리첼이 리더를 바라보았다.

"이제 정말 주거지를 옮겨야 해요. 제가 알아본 곳이 있어요. 여기서……."

"……그럴 순 없어."

리더는 한숨을 내쉬었다.

"어린애들과 노약자들이 많아. 버틸 수 없을 거야."

리더가 그렇게 말하자 부하들도 고개를 끄덕였다. 건장한 남자들의 숫자는 적었다. 어린 학생들이나, 어린아이, 그리고 노약자들이 많았다. 리더와 부하들은 살아남을 수 있겠지만, 다른 이들에게는 힘들 것이다.

리첼이 발견한 곳은 이곳에서 상당히 멀었다. 도시 밖으로 나가야 했다.

"그리고 당장 부상자들도 많아."

좀비에게 물린 이들도 있었다. 당장은 괜찮지만 따로 격리를 시켜놔야 했다. 시간이 지나면 좀비가 되어버리기 때문이었다. 리더의 부하들 몇몇도 이미 좀비에 물린 상태였다.

상당히 절망적인 상황이었다. 리더가 갑작스럽게 난입한 성녀를 묵인한 건 그 이유 때문이기도 했다. 희망이 없다면 극단적인 선택을 할 수도 있었다.

진우는 피식 웃으며 입을 뗐다.

"뭐, 성녀님이 계시니까 어떻게든 되지 않을까?"

"성녀님이라…… 귀엽던데 그쪽 취향이야?"

리첼이 묻자 진우는 고개를 저었다.

"절대 아니야."

"흐흐, 그럼 내가 꼬셔볼까?"

진우가 단호하게 말하자 알렉스가 폼을 잡으면서 대답했다. 말리고 싶었다. 성녀의 정체를 알게 된다면 알렉스는 인간불신 증에 걸릴지도 몰랐다.

리첼이 그런 알렉스를 보며 피식 웃었다.

"취조는 알렉스에게 맡길게."

"오, 고마워."

알렉스가 엄지손가락을 치켜들었다. 리첼은 고개를 설레 저었다. 그렇게 좀비 축제가 마무리되었다.

진우는 조금 싱겁다는 느낌을 받았다. 행성 정도는 폭발해야 덜 싱겁지 않을까? 그렇게 생각하며 피식 웃었다.

잼식은 알렉스에게 취조를 받았다. 나약해 보였고 사람들을 구해냈기 때문에 취조가 그렇게 엄격하게 이루어지지는 않았다. 그는 임기응변이 뛰어난 편이라 어떻게든 말을 지어내 넘어갔다.

잼식은 조용히 진우를 찾기 시작했다. 원래대로 돌아가기 위해서는 대군주님의 도움이 필요했기 때문이다.

하지만 방해를 하는 존재가 있었다.

제리였다. 잼식의 뒤를 졸졸 따라다니며 잼식의 혈압을 터지게 만들었다.

"성녀님께서 제 상처를 전부 치료해 주셨습니다! 성스러운 음식을 먹자 상처가 깨끗하게 나았습니다! 이 좀비에게 물린 흔적을 보십시오!"

제리는 직접 상처를 보여주었다. 좀비에게 깨물린 상처가 있었는데, 작은 흉터만 남기고 깨끗하게 회복되어 있었다.

좀비에게 물리면 상처가 낫지 않았다. 그런데 제리는 좀비가 될 기색도 없었고 상처도 회복되었다.

말 그대로 기적이었다.

제리의 말이 퍼져나가며 사람들이 잼식에게 몰려왔다. 좀비에 물린 사람들부터, 자잘한 상처가 있는 이들까지 모두 왔다. 리더까지 잼식을 찾아왔다.

"의술에 조예가 깊다고 하더군."

"그, 그게…… 그게 아닌……."

"부탁하네."

리더가 고개를 숙이자 잼식은 결국 승낙하고 말았다.

잼식은 싱긋 웃으면서 돌아섰다.

'으아아! 제리, 이 미친놈이……!'

살려주는 게 아니었다. 거짓이 거짓을 낳는다고 했던가?

일이 계속해서 꼬여갔다. 성력으로 어떻게든 치료할 수 있겠지만, 상처를 막는 게 고작이었다. 외과적인 수술은 당연히 할 수 없었다. 그런 잼식의 마음을 모르는 제리가 환하게 웃으며 방으로 안내해 주었다.

"성녀님! 이쪽입니다! 안내해 드릴게요!"

"이 미……."

"하핫! 이미 준비해 놓았냐고요? 네, 그럼요. 당연합니다!"

잼식의 입에서 미친놈이라는 말이 나오려 했지만 간신히 버텨냈다. 결국 깨끗한 방까지 배정받았다.

슬쩍 문밖을 보니 환자들이 줄을 서 있었다. 총상을 입은 알렉스와 리첼, 그리고 좀비에게 물린 이들을 시작으로 다양한 병을 지닌 이들이 모두 찾아왔다.

"자자! 줄을 서세요! 곧 치료가 시작됩니다!"

제리가 줄을 세우고 있었다.

"으, 으아아!"

잼식은 머리를 감싸 쥐며 비명을 질렀다. 나름대로 외과 수술 도구가 준비되어 있기는 했는데, 모두 처음 만져보는 것들이었다.

"곤란해 보이는데."

뒤에서 들리는 목소리에 뒤를 돌아보았다. 진우가 의자에 앉아 있었다. 잼식은 크게 놀라 넘어질 뻔했다.

"대, 대군주님……!"

"너 잼식 맞지?"

"네, 마, 맞습니다. 흑흑……."

잼식은 흐느꼈다. 그라고는 생각할 수 없는 외모였다.

"워, 원래대로 돌려주실 수 있나요?"

"그럴 수 있기는 한데……."

진우는 아직 그를 원래대로 돌려줄 생각이 없었다. 잼식 덕분에 군주에 대한 단서를 찾은 것 같으니 일단 지켜볼 생각이었다. 얌전히 이곳에 도착했다면 또 모르겠지만, 스스로 무덤을 팠으니 자업자득이었다.

"너를 원래대로 만들기 위해서는 차원 금화가 필요해."

"아…… 지, 집에 가면 당장 드리겠습니다. 얼마쯤 필요하나요?"

진우는 대충 계산해 보았다.

"한 삼만 차원 금화 정도가 드네."

"네? 사, 삼만이요?"

"정확히 삼만 사천인데, 내 부하의 실수도 있으니 사천 정도는 깎아줄게."

무려 한화로 치면 3억이었다. 잼식은 억울했다. 엄청난 억지였다. 멋대로 바꿔 버리고 돈을 받다니!

하지만 잼식은 강자에게 약했다. 배짱은 존재하지 않았다. 우주를 지배하는 대군주에게 감히 어떻게 따진단 말인가.

"크흑…… 알겠습니다. 그, 그러면…… 그, 도와주실 수 있나요? 지금 큰일 났습니다."

진우는 고개를 끄덕였다. 아공간에서 포션을 꺼내 건네주었다. 잼식이 포션을 받는 순간 거우 안심했다. 기뻐하던 잼식은 포션에 붙어 있는 가격표를 보고 깜짝 놀랐다.

"이, 이것도 혹시……."

"세상에는 공짜가 없는 것 같더라고."

저 많은 환자를 치료하기 위해서는 포션이 많이 필요했다. 잼식은 눈물을 머금고 포션 20개를 외상으로 구매했다.

포션을 담을 아공간도 구매할 수밖에 없었다. 빚이 기하급수적으로 늘어나자 잼식은 절망감에 휩싸였다.

진우는 그런 잼식을 보며 웃었다. 진우는 돈을 받을 생각이 전혀 없었다. 그런 푼돈을 받아서 무엇에 쓴단 말인가.

'그래도 의리가 있군.'

사람들을 외면할 만도 한데, 잼식은 외면하지 않았다. 시청자들이 추하다고 욕하면서도 그의 방송을 보는 이유를 알 것 같았다. 문이 열리며 제리가 들어왔다.

"오, 형도 여기에 있었네요."

"먼저 치료를 좀 받았어. 제리, 너…… 괜찮냐?"

"네! 새로운 세계에 눈을 떴습니다. 지금까지의 저는 욕망과 탐욕으로 움직이는 어리석은 종자였습니다. 하지만 이제는 다릅니다."

제리는 열렬한 눈빛으로 잼식을 바라보았다.

잼식의 안색이 새파랗게 질렸다. 어떻게 보면 제리는 잼식을 넘어서는 인물이었다. 이 세계에서 지금까지 버틴 게 용할 지경이었다. 진우나 잼식이 없었다면 벌써 두 번 죽었을 것이다.

"성녀님, 준비되셨나요."

제리가 환하게 웃으며 그렇게 말했다. 잼식이 제리를 노려보다가 이를 악물고 고개를 끄덕였다. 진우는 의자에 앉아 잼식의 치료를 지켜보았다. 먼저 알렉스가 들어왔다. 허벅지를 걷자 총상이 보였다. 잼식은 침을 꿀꺽 삼키며 집게를 들었다. 잼식의 손이 덜덜 떨리고 있었다.

'에라 모르겠다.'

당연히 마취제는 존재하지 않았다. 집게로 상처를 쑤셨다.

"윽!"

알렉스가 부들부들 떨었지만 억지로 웃는 표정을 유지했다. 잼식은 그 표정에 쫄아버렸다. 조금 오랫동안 집게를 움직이자 무언가 딱딱한 것이 닿았다.

푸쉬쉭쉭!

상처에서 피가 솟구쳤다.

"괘, 괜찮나요?"

"괜찮습니다. 하핫! 상처가 좀 깊었나 봅니다."

"피, 피가 치솟는데……."

"이 정도는 당연한 것 아니겠습니까?"

전혀 괜찮은 것 같지 않았다.

알렉스는 잼식에게 잘 보이려고 노력하고 있었다. 잼식은 상처를 헤집으며 간신히 총알을 꺼냈다. 영화에서 보는 것처럼 간단하지 않았다. 솜으로 포션을 적셔 잘 발라주었다. 그리고 거즈를 덮었다.

"이, 이제 괜찮을 거예요."

"정말 하나도 안 아프군요! 감사합니다."

포션의 효과였다. 리첼도 치료를 받으러 왔다. 진우가 있음에도 과감하게 상의를 벗었다. 잼식의 눈이 급격히 떨리기 시작했다. 얼굴이 붉게 달아올랐다. 잼식은 알렉스에게 했던 것보다 훨씬 조심스럽게 총알을 빼냈다.

그렇게 사람들의 치료가 본격적으로 시작되자 성녀 치료소는 인기가 엄청나게 많아졌다. 거의 모든 상처가 말끔하게 치료가 되었기 때문이다.

'성녀가 적성에 맞나?'

진우는 그렇게 생각했다. 그냥 놔둬도 잘할 것 같았다.

진우는 밖으로 나왔다. 쇼핑센터 옥상으로 올라가서 주변을 바라보았다. 진우가 좀비들을 모조리 없애 버려 얼마 전까지 깔끔했는데, 지금은 아니었다.

좀비들이 조금씩 채워지고 있었다. 진우는 눈을 감고 기감을 높였다. 군주의 기운을 느끼기 위해서였다.

'군주의 기운이 조금 느껴지기는 하는데……'

좀비를 대량으로 없앴기 때문일까? 군주가 있는 방향이 어렴풋이 느껴졌다. 짙은 안개가 조금은 걷힌 느낌이었다.

잼식의 영향도 있는 것 같았다.

'다 때려 부수다 보면 나오겠군.'

블랙 하운드든 좀비든 다 때려 부수다 보면 나오지 않을까? 잡혀간 아이들도 구하고 싶었다. 본격적으로 뒤엎어보도록 하자. 그것이 진우의 취미이자 특기였다.

'방송인보다는 사이비교주가 어울리네.'

잼식은 어느덧 권력의 중심이 되어 있었다. 쇼핑센터에는 전보다 사람들이 훨씬 많아졌다. 진우 때문이었다.

그가 블랙 하운드의 근거지를 찾으러 돌아다닐 때마다 좀비들을 없앴는데, 덕분에 쇼핑센터 주변은 그럭저럭 깨끗해졌다. 사람들이 한두 명씩 구조되었는데, 그들만의 연락망이 있었는지 그 이후로 대거 몰려오기 시작했다.

신기한 점이 있다면 좀비를 그렇게 대량으로 죽였음에도 여전히 쇼핑센터 주변에 출몰한다는 점이었다. 아직까지 소수이긴 하지만 놔둔다면 금세 많아질 것 같았다.

그래도 예전에 비하면 엄청 안전한 편이었다.

[안녕하세요? 이곳은 제이에스 쇼핑센터입니다. 이곳은 안전합니다. 물과 식량이 있습니다. 바이러스를 치료할 약품도 있습니다.]

잼식이 직접 라디오 방송을 했다. 좀비들이 없어진 탓에 물과 식량도 확보할 수 있었다. 신기하게도 대량의 물과 식량이 건물마다 있었다.

운이 좋아서일까? 아니었다. 상당 부분은 잼식이 눈물을 머금고 진우에게 빚을 내어 구매한 것들이었다.

오지랖이 참 넓었다. 잼식이 온 이후로 일이 모두 잘 풀리고 안전해지자 사람들은 자연스럽게 잼식을 따랐다. 좀비에 물린 사람들도 좀비가 되지 않자 모두 기적이라 생각했다.

잼식은 면역 성분을 구했다고 둘러댈 뿐이었다. 운이 좋게도 자신이 좀비 바이러스에 면역이라 연구해서 추출했다고 설명했다. 하지만 그 말을 제대로 믿는 사람은 없었다. 어쨌든, 치료제가 있다는 게 중요한 것이었다.

'쉽지 않네.'

진우가 지도를 바라보면서 블랙 하운드의 위치를 추정하고 있을 때 잼식이 은근슬쩍 다가왔다.

"저…… 대군주님."

"음?"

"이제 안 위험하겠죠?"

약탈자를 목격한 잼식이었다. 생존자들을 위해 라디오 방송을 하고 있었지만 걱정되는 것이 당연했다.

라디오 방송은 리첼이 제안한 것이었다. 리더와 그녀는 그 부분 때문에 서로 다투었다. 리더는 안전주의자였고, 리첼은 조금 이상적이었다. 잼식이 리첼 쪽에 가담하니, 리더도 어쩔 수 없었다.

'이놈도 참……'

잼식은 순전히 리첼이 예뻐서 그녀 쪽에 가담한 것이었다. 리첼과 같이 방을 쓰면서 마음껏 흑심을 표출하고 있었다.

반면에 리첼은 잼식을 진정으로 존경하고 있었다. 무슨 만화도 아니고 리첼과 있을 때마다 계속 코피를 흘리니, 리첼이 오해를 할 수밖에 없었다.

리첼에게 잼식은 성녀 그 자체였다. 몸이 굉장히 안 좋은데도 사람들을 위해 버티는 성녀로 보일 뿐이었다.

"좋았냐?"

"대군주님, 장난 아니었습다. 죽어도 여한이 없습다. 크흑, 지구였으면 이런 호사를 누리지 못했겠지요."

"너 그래도 인기 많잖아?"

"……나쁜 쪽으로 많습니다. 선도 몇 번 봤는데…… 여자들이 만날 때마다 '추하다 잼식아'라고 하더군요. 유행어인가 봅니다."

잼식은 성녀가 아니었다. 고삐 풀린 변태에 불과했다.

리첼이 잼식에게 다가왔다. 현재 이재미라는 이름을 쓰고 있었다.

"재미? 여기 있었네?"

"앗, 리첼 씨."

"무리하지 말라고 했잖아."

"수, 숨이 막히는데요. 헤, 헤헤……."

리첼이 재미를 품에 안았다. 귀여워 죽겠는지 볼을 비비기도 했다. 잼식은 싫은 척하고 있었지만 속으로는 굉장히 좋아했다. 외모만 놓고 본다면 리첼이 저러는 게 이해가 되긴 했다. 보호본능을 자극하는 가련한 외모였다.

속은 변태아저씨가 들어 있었지만.

[이재미(잼식)의 칭호가 업데이트 되었습니다.]
[C]가난한 변태 사이비성녀.

잼식이 리첼의 손에 이끌려 방으로 들어갔다. 원래 모습으로 돌아와 리첼에게 고백한다는 그런 계획을 세우고 있기는 하지만, 잘 될지는 알 수 없었다.

잼식은 이런 죽음의 세계에서 러브 코미디를 찍고 있었다.

'뭐…… 저렇게라도 행복하게 지내는 편이 좋겠지.'

진우는 그렇게 생각하며 고개를 끄덕였다. 이곳을 다스리는 군주가 잼식에게 관심을 가지고 있었다. 생각보다 무딘 놈인지 자신의 기운을 알아차리지 못했다.

군주의 성향보다는 다른 쪽으로 발달한 것 같았다. 잼식은 라디오 방송을 통해 착실하게 어그로를 끌고 있었다. 진우가 직접 라디오 방송을 증폭시켜 멀리까지 보냈다. 아마 미국 전역에 들릴 것이다.

'이쯤 되면 접근해 오겠지.'

블랙 하운드를 찾기가 힘드니, 알아서 찾아오게 만들고 있었다. 잼식을 미끼로 쓰고 있기는 하지만, 걱정할 필요는 없었다. 지금의 잼식은 어지간해서는 죽지 않을 것이다.

진우는 알렉스가 있는 쪽으로 가보았다. 오늘도 사람들이 꽤 많이 몰려온 상태였다. 사람들의 표정은 좋았다. 좀비 사태가 끝나리라는 희망을 가지고 있었다.

다만, 사람들이 많아지면 여러 문제가 생기게 마련이니, 리더의 고민이 깊어지고 있었다.

'알아서 하겠지.'

진우가 신경 쓸 필요가 전혀 없었다. 진우는 정보의 마안으로 사람들을 훑어보았다. 인상이 좋아 보이는 남자가 눈에 띄었다.

[F+]블랙 하운드 정보요원

상부의 지시로 성녀에 대한 정보를 모으기 위해 파견된 정보요원. 생체실험을 받아 신체능력이 크게 올라간 상태이다. 쇼핑센터 전체를 모두 감염시킬 강화 바이러스를 지니고 있다. 쇼핑센터를 처리한 후 성녀를 납치할 계획이다.

블랙 하운드의 정보요원은 남자 하나가 아니었다. 젊은 여성과 중년 남자에 이르기까지 폭넓게 구성되어 있었다. 잼식의 능력을 알아보기 위해 일부러 사람을 반쯤 죽이고 좀비에게 물리게 하여 데려오기까지 했다.

게다가 신종 바이러스를 투입한 상태였다.

'그냥 좀비 바이러스가 아니군.'

좀비보다 강화된 형태를 만드는 바이러스였다. 제어할 방법도 있는 것 같으니 생체 병기라고 봐도 무방했다.

쇼핑센터를 생체실험장으로 만들 생각인지도 몰랐다.

상황이 조금 흥미롭게 흘러가고 있었다. 진우는 놈들의 정체를 모두 파악해두고 식재료를 옮겼다. 폐건물에서 발견된 식재

료였는데, 잼식이에게 외상을 달고 진우가 가져다 놓은 것이었다.

리더가 진우에게 다가왔다. 그의 표정은 진지했다.

"요리 보조로 새로 온 사람을 보내도 되겠나?"

"도움만 된다면. 아! 이 사람으로 보내줘."

"음? 알겠네."

리더는 적절하게 인원 배치를 하고 있었다. 새로 온 사람들을 노동력으로 쓰면서 감시할 수 있는 체계를 만들었다.

리더는 며칠째 잠을 제대로 못 잤는지 다크서클이 엄청 진했다. 일을 벌이는 건 잼식이었고 수습하는 건 리더였다.

'특성이 바뀌었다고 하지만 팀킬은 여전하군.'

진우는 피식 웃었다. 제리가 잼식의 추종자로 가버렸기 때문에 새로운 요리 보조가 왔다. 일부러 뽑은 사람이었다.

"이건 여기다 놓으면 되나요?"

"그래."

선한 인상의 블랙 하운드 정보요원이었다. 진우는 피식 웃으며 요리를 했다. 해야 할 요리가 많긴 했지만 요리에 취미가 있다 보니 힘들다는 느낌은 없었다.

그리고 요리할 재료도 신선하니 꽤 할 만했다.

정보요원이 친근하게 다가왔다.

"성녀님이 진짜 기적을 행하나요?"

"그렇다고 하더군."

"직접 본 적은 없나요?"

진우를 평범한 요리사라고 생각했는지 정보를 캐묻고 있었다. 진우는 순순히 다 말해주었다. 정보요원은 속으로 씨익 웃었다. 이 정도는 일도 아니라고 생각하고 있었다.

나름대로 엘리트 요원이라서 그런지 요리 보조도 잘했다. 요리가 완성될 때까지 꽤 편하게 요리를 했다.

이제 요리가 다 되었으니 이제 필요가 없었다.

진우는 정보요원을 바라보았다.

"비밀 하나 알려줄까?"

"비밀이요?"

"아무도 모르는 비밀인데……."

정보요원의 눈빛이 번뜩였다. 진우는 그를 바라보다가 문 쪽으로 이동했다. 주방은 칼 같은 위험한 것들이 많아 보안에 꽤 신경을 쓴 편이었다. 문이 상당히 두꺼웠고 잠금장치가 제대로 달려 있었다.

덜컥! 척!

진우는 문을 닫고 잠금장치를 옆으로 밀어 문을 잠갔다. 진우는 미소를 지으며 정보요원을 바라보았다.

정보요원은 갑작스럽게 바뀐 분위기에 조금 당황했다.

"성녀는 사실……."

"네?"

"남자야."

정보요원의 표정이 멍해졌다.

"하하! 이상한 농담을 하시네요."

정보요원은 주방에 들어오기 전 성녀를 보았다. 말도 안 되는 농담이었다. 진우도 정보요원과 같이 소리 내어 웃었다. 그렇게 웃다가 웃음이 멈추니 정적이 내려앉았다.

"비밀을 말해줬으니 너도 말해주면 좋겠는데."

"네?"

"블랙 하운드, 거기 위치가 어디지?"

샥!

블랙 하운드라는 말이 나오자마자 정보요원은 주변에 있는 칼을 잡고는 뒤로 물러나 전투 자세를 취했다. 평범한 인간 같지 않은 반응 속도였다. 인체 실험으로 만들어진 결과물 같기도 했다. 그래 봤자 겨우 F+랭크였다.

"어떻게 알아낸 거지?"

진우가 대답 없이 웃고 있자, 정보요원은 알 수 없는 불안함을 느꼈다. 그가 진우에게 칼을 던지려 할 때였다.

"어?"

정보요원은 당황했다. 칼이 던져지지 않았다.

"끄, 끄아아악! 내, 내 팔!"

정확히 말하자면 칼을 든 팔이 깔끔하게 잘려 진우의 손에 들려 있었다. 진우는 팔을 신기한 듯 바라보았다. 생체실험을 해서인지 팔에서는 피가 나오지 않았다.

진우는 팔을 쓰레기통에 넣었다. 안타깝게도 재생은 되지 않는 모양이었다.

"청결해서 좋긴 하군."

피가 흐르지 않아 마음에 들었다. 정보요원은 반항조차 할 수 없었다.

'이, 이렇게 된 이상……'

품에서 바이러스를 꺼내려 했지만 어느새 진우의 손에 들려 있었다. 진우가 어떻게 움직였는지 보이지도 않았다.

[D+]강화 바이러스

신체를 강화시켜 주는 바이러스. 세포 증식이 활발해져 신체가 부풀어 오르는 부작용을 지녔다.

투명한 강화유리 안에 든 바이러스에서 군주의 기운이 느껴졌다. 군주가 관여한 만큼 랭크가 꽤 높았다. 선물도 받았으니 이제 정보를 뽑아내도록 하자. 역시 마계의 방식이 제일 깔끔하고 괜찮을 것 같았다.

진우는 라디오를 크게 틀었다. 고풍스러운 클래식 음악이 재생되었다. 아공간에서 섬뜩한 고문도구를 꺼내고 하얀 장갑을 꼈다. 주방이니만큼 위생은 생명이었다.

"끄아아악!"

평화로운 분위기 속에서 원하는 정보를 모두 뽑아낼 수 있었다.

배식이 끝나고 밤이 되었다. 잼식이 비틀거리며 화장실로 향할 때였다. 정보요원들이 빠르게 다가와 그의 입을 막더니 목에 무언가 주사하려 했다.

"흐압!"

잼식이 성력을 일으키며 정보요원의 팔을 잡고 그대로 엎어치기 했다. 정보요원의 등이 박살 나며 바닥에 박혔다.

옆에 있던 여자 정보요원이 당황하는 순간, 잼식이 주먹을 휘둘러 턱에 꽂아 넣었다.

파삭!

턱이 부서지며 그대로 쓰러졌다. 잼식은 큰 충격에 빠졌다.

"내가 사, 사람을 죽였어……."

절망하고 있을 때 정보요원들이 비틀거리며 일어났다.

"우, 움직이지 마!"

퍽퍽퍽!

"죽어, 이 자식아!"

퍽퍽퍽!

땀이 잔뜩 흐를 때까지 주먹으로 패자 간신히 움직이지 않게 되었다.

"흐유……."

잼식은 흐르는 땀을 닦으며 안도의 한숨을 내쉬었다. 사람을 죽였다고 자책하던 모습은 사라지고 없었다.

정보요원은 굉장히 질겼다. 그건 주방에서 정보를 뽑아낸 진우가 가장 잘 알고 있었다. 정보요원들이 다시 일어나려는 걸 진우가 다가가서 불태웠다.

진우는 잼식의 잔인함에 감탄했다. 아픈 부분만 골라서 때렸다. 너무 아픈 까닭에 정보요원들은 비명조차 지르지 못했다. 저게 의도하지 않았다는 것이 무서운 점이었다.

"엄청 아프게 때리더군."

"보, 보고 계셨어요? 이것들은 뭘까요?"

"아무래도 좀비 사태의 배후 같은데."

죽여도 계속 나타나는 좀비. 군주의 기운, 미국 같은 이곳.

여러모로 의문점이 많았다. 직접 찾아가 보면 알게 될 것 같았다.

"그럼 뒷수습 잘 해줘."

"네?"

"주방 냉장고에도 하나 있으니까 잘 처리해."

"네? 네?"

진우는 그렇게 말하며 쇼핑센터 밖으로 몰래 나갔다. 진우의 의도는 리더에게 잘 말해달라는 것이었지만 잼식은 다르게 생각했다.

늦은 새벽 잼식은 불안감에 휩싸인 상태로 몸을 일으켰다. 공구실에서 삽을 몰래 빼 왔다. 비닐에 감싸인 시체들을 비밀스럽게 질질 끌고 쇼핑센터 뒤쪽 텃밭으로 향했다.

쏴아아아! 주르륵!

마침 비가 내렸다. 잼식은 비를 피하기 위해 우비 대용으로 검은 비닐을 뒤집어썼다.

푹푹! 푸욱!

땅을 파기 시작했다. 성력을 일으켜서 땅을 파니 금방 깊이 팔 수 있었다.

쿠르릉!

번개가 떨어지며 주변이 반짝였다. 잼식은 덜덜 떨리는 손으로 시체를 묻었다.

'어머니, 아들이 여자가 되고…… 그것도 모자라 범죄자가 되었습니다.'

사람을 묻는 감각이…… 지워지지 않아.

잼식은 침착하게 시체를 암매장했다. 그의 얼굴이 음침해졌다. 누구도 낮에 설교를 하던 성녀라고 생각할 수 없었다.

방으로 돌아온 잼식은 몰래 감춰놓은 맥주를 마셨다.

"크흐……."

노동 후 마시는 맥주는 꿀맛이었다. 잼식은 문득 개운하다고 생각해 버리고 말았다.

진우는 블랙 하운드의 본거지로 이동했다. 정보요원답게 아주 정확한 정보를 알고 있어서 찾기 쉬웠다. 거리가 멀기는 하지만 거리 따위는 진우에게 아무런 장애가 되지 않았다. 순식간에 도시를 지나 굉장히 넓은 황무지를 건너왔다.

"음?"

의외의 풍경이 펼쳐져 있었다. 황무지 끝에는 거대한 벽이 세워져 있었다. 진우는 정보의 마안으로 벽을 바라보았다.

[C]통곡의 벽

죽음을 관장하는 자에게 뇌물을 바친 이들만이 들어갈 수 있는 곳. 통곡의 벽을 넘기 위해서는 생전에 누렸던 부와 명예, 권력을 뇌물로 바쳐야 한다.

진우는 잠시 생각에 빠졌다. 이곳은 죽음의 세계였다. 생전이라는 단어가 있는 것을 보니, 이곳은 저승인 것 같았다.

대충 짐작은 하고 있는 부분이었다.

'하긴, 하데스라는 이름도 나왔으니······.'

하데스는 죽은 자들의 신이자, 저승의 지배자였다.

척!

진우는 통곡의 벽 위로 올라갔다. 블랙 하운드의 정규군들이 지키고 있었는데, 가볍게 처리를 했다. 통곡의 벽 너머로 보이는 광경은 폐허가 된 도시와는 차원이 달랐다.

진우는 잠시 도시를 감상했다. 화려한 도시였다.

거리에는 사람들이 넘쳤다. 노출이 심한 옷을 입고 있었는데, 몸을 겹치기를 주저하지 않았다. 맛있는 음식과 술, 그리고 편안한 안식처가 있는 지상낙원이었다.

인공파도가 몰아치고 있는 수영장에서는 커플들이 깔깔거리고 있었다. 샴페인을 터뜨리며 사람들에게 뿌리는 남자도 있었다. 유명한 DJ의 모습도 보였다.

'DJ 잭이라면······.'

진우도 알 정도로 유명한 사람이었다. 갱단 출신의 DJ였는데 마약을 즐겨 했던 놈이었다. 과거에 총격전에 가담하여 7명을 죽였다는 게 밝혀지면서 사형을 당한 인물이었다.

그런 놈이 멀쩡히 저기에서 축제를 즐기고 있었다.

진우는 통곡의 벽 밑으로 내려왔다. 내려오자 비키니를 입은 여인들이 유혹하듯 다가왔다. 끈적끈적한 분위기는 좋아했지만, 지금은 기분이 상당히 나빴다.

진우는 정보의 마안으로 주변을 둘러보았다.

[A]제1미국 지역의 천국

모두가 다 간다면 그건 천국이 아니지요? 행복한 천국이 당신을 기다리고 있습니다! 저렴한 가격에 모시고 있으니 많은 관심 부탁드립니다.

십억: 기억 보존! 아름다운 모습 그대로!.

백억: 천국 노동자 신분증.

천억: 천국 시민권.

1조: 천국 귀족증명서(블랙 하운드 가입 가능!).

특별 전형!

회사 및 부동산 위임.

산제물도 OK!

······.

다양한 메뉴가 존재했다.

진우의 표정이 구겨졌다. 지구는 진우의 것이나 마찬가지였다. 그런데, 이런 식으로 침략을 당하고 있을 줄은 예상하지 못했다.

'사후 세계라……'

원작에서도 사후 세계에 대해 뚜렷하게 언급된 바가 없었다. 편안한 사후 세계는 존재하지 않았다. 이곳은 불합리로 돌아가는 곳이었다.

"경매를 진행하겠습니다!"

DJ 잭 옆에 사회자가 나왔다. 어린아이들이 쇠사슬에 묶인 채로 무대 위에 올라왔다. 진우가 초콜릿을 챙겨준 아이들도 있었다.

"취향이 유별나신 분들을 위해 특별히 마련했습니다! 귀족 증명서를 가지고 계신 분부터 즐기실 수 있습니다."

"이번 물건은 꽤 괜찮군."

"흐흐흐."

죄악감이라고는 눈뜨고 찾아봐도 없었다. 진우는 눈을 돌려 도시의 중앙을 바라보았다. 하늘을 찌를 듯이 높게 솟아 있는 빌딩이 있었다. 블랙 하운드의 본사였다.

'오길 잘했어.'

이곳에 오지 않았다면 저승에 대해 모르고 있을 뻔했다.

진우의 목표가 뚜렷했다. 아무리 생각해 봐도 저승은 대군주인 자신이 지배를 하는 것이 맞았다.

'일단 이곳부터 정리해야겠군.'

진우는 다시 통곡의 벽 위로 올라갔다.

황무지 쪽을 바라보며 좀비를 데려올까 하고 생각해 봤지만 도움이 되지 않을 것 같았다. 블랙 하운드의 정규군들은 꽤 괜찮은 수준이었다. 좀비 따위는 상대가 되지 않았다. 그리고 통곡의 벽 밑을 돌아다니는 괴물들도 있었다.

생체실험을 통해 만들어진 것들이었다.

'저승에도 육체가 생긴다는 게 신기하긴 한데……'

하데스라는 자의 짓일까?

진우는 축제가 벌어지고 있는 도시를 바라보았다. 이곳을 피의 축제로 만들 만한 것을 가지고 있었다. 오래전에 아공간에 넣어놓고 잊고 지냈던 물건이었다.

좀비가 통하지 않는다면 더 강력한 걸 꺼내면 되었다.

언데드 따위는 상대도 되지 않는 생체병기였다.

"설마 이걸 다시 꺼낼 줄이야."

통곡의 벽 위로 강시들이 모습을 드러냈다.

무협의 맛은 아주 화끈할 것이다.

"저 아이들만 남기고……"

통통통!

강시들이 제자리에서 뛰기 시작했다.

"모두 쓸어버려."

강시들이 통곡의 벽 아래로 뛰어내렸다. 진우는 아공간에서 팝콘과 맥주를 꺼내고 바닥에 주저앉았다.

통곡의 벽이 워낙 높아 구경하는 맛이 있었다.

"뭐, 뭐야."

"끄아아악!"

"꺄악!"

피의 축제가 시작되었다.

강시가 나타나자 사람들이 다가왔다. 위기감이라고는 전혀 느껴지지 않았다. 그들은 생전의 기억을 가지고 있었고, 이곳이 저승세계라는 것을 알고 있었다. 이곳이 천국이니만큼 자신들에게 위협을 끼칠 수 있는 건 없다고 생각했다.

"오! 멋진데?"

강시가 두 손을 든 채로 가만히 멈춰 서 있자 남자 하나가 강시와 어깨동무를 했다. 사람들이 그걸 보며 크게 웃었다. 남자가 강시와 함께 사진을 찍으려는 순간이었다.

주변에 있던 사람들의 얼굴이 굳어졌다.

"왜?"

남자가 위를 바라보았다. 하늘에서 강시들이 계속해서 떨어졌다. 마치 비가 내리는 것 같았다. 남자는 그제야 평범한 사태가 아니라는 것을 깨달았다. 남자가 어깨동무를 한 팔을 슬쩍 빼려는 순간이었다.

휙!

강시가 머리를 옆으로 돌렸다. 턱 관절이 빠진 것처럼 입이 크게 벌어졌다. 흡혈귀를 보는 듯한 날카로운 이가 보였다. 이와 이 사이에는 침이 아니라 마치 독 같은 진득한 액체가 흐르고 있었다.

"컥! 끄아악!"

강시가 남자의 목을 물었다. 남자는 발버둥 쳤지만 벗어날 수 없었다. 남자의 몸이 추욱하고 처지며 바닥에 쓰러졌다.

꿈틀!

남자의 손이 꿈틀거렸다. 천천히 몸을 일으키더니 주변의 사람들을 바라보았다. 사람들은 도망칠 생각도 하지 못한 채 멍하니 그 광경을 바라보고 있었다. 남자의 눈이 돌아갔다.

"키에에엑!"

남자가 비명을 질렀다. 그러더니 마구 달려 나가며 사람들을 공격했다. 느려 터진 좀비와는 달랐다. 인간의 속도를 넘어선 기이한 움직임이었다. 무림인이었다면 내공을 이용해 강시가 되었겠지만, 안타깝게도 일반인은 그렇게 될 수 없었다. 그저 육체가 변형되는 것에 그쳤다.

피부가 굉장히 질겨졌고, 힘도 강해졌다. 그 정도만으로도 훌륭한 생체병기라 부를 수 있었다.

"끄아아악!"

"꺄악!"

강시들이 사람들을 물기 시작했다. 사람들은 도망치려 했지만 강시들에게서 벗어날 수 없었다. 강시들은 모두 무공을 익히고 있었다. 심지어 생전의 무공수위보다 훨씬 높아진 상태였다.

강시들이 공중을 가르며 날아가는 모습은 공포 그 자체였다.

푸시시식!

사람들에게서 피가 뿜어져 나오며 깔끔했던 도시가 피바다가 되었다. 강시에게 물린 사람들이 미친 듯이 달리며 사람들을 뜯어먹었다. 서로 엉키며 굴러가는 모습이 마치 파도를 보는 듯했다. 그들에게도 진우의 명령이 새겨진 상태였다.

이곳에 있는 모두를 쓸어버리는 일밖에 생각할 수 없었다.

'미, 미친……! 나, 나는 돈 내고 와, 왔다고! 여, 여긴 천국일 텐데…….'

DJ 잭이 테이블 밑에서 덜덜 떨었다. 죽기 직전 계약을 했다. 생전에 모은 모든 부와 명예를 전부 주고 아늑한 천국행을 보장받았다. 덕분에 매일매일 아주 즐겁게 살 수 있었다. 하층민들이 좀비들에게 잡아먹히는 걸 보며 꿀맛 같은 맥주를 마시는 건 그의 취미였고, 이곳에 있는 모두의 취미였다. 그는 하층민이 부러워졌다.

좀비보다 더 끔찍한 것에 벌벌 떨게 될 줄은 꿈에도 생각지 못한 DJ 잭이었다.

'젠장! 블랙 하운드는 뭐 하는 거야!'

DJ 잭은 덜덜 떨면서 제발 이 상황이 끝나기를 빌었다.

터억!

갑자기 옆에서 들려오는 소리에 DJ 잭이 고개를 돌려 옆을 바라보았다. 사람의 머리였다. 방금 전까지 자신의 옆에서 떠들어대던 사회자가 혀를 내민 채 굴러왔다.

"으, 으아아…… 헙!"

나오는 비명을 간신히 막았다. DJ 잭이 숨까지 참으며 그렇게 있을 때였다.

통! 통! 통!

바닥에 진동이 울렸다. 진동의 근원이 자신을 향해 다가오고 있었다. DJ 잭은 공포에 질렸다. 죽음 이후에는 무엇이 존재할까? 단 한 번도 생각해 보지 않은 일이 지금에서야 떠올랐다.

통! 통!

강시의 발이 옆으로 지나가는 게 보였다. 그가 안도의 한숨을 내쉬는 순간 강시의 발이 멈칫했다.

파각!

테이블이 두 동강 나며 DJ 잭의 모습이 노출되었다.

"키에에에엑!"

"키엑!"

강시가 나설 필요도 없었다. 주변에 있던 생좀비들이 DJ 잭을 덮쳤기 때문이다. DJ 잭은 비명조차 지르지 못한 채 갈기갈기 찢겨 나갔다. 진우는 그 광경을 보며 고개를 끄덕였다. 웬만한 좀비 영화보다도 훨씬 박진감이 넘쳤다. 하지만 역시 무언가 부족하긴 했다.

진우는 진지하게 고민하다가 무엇이 부족한지 알아차렸다.

'폭발이 없군.'

역시 이런 장면에는 빌딩이 마구 폭발해야 했다. 진우가 손가락을 튕기자 도시에 세워져 있던 빌딩들의 밑부분이 검은 화염에 휩싸였다.

콰아아앙! 쿠웅!

화염이 순식간에 빌딩의 옥상까지 이르더니 화려하게 폭발했다. 장관이었다.

사람들이 강시와 생좀비들을 피해 통곡의 벽으로 대거 몰려왔다. 통곡의 벽에 있는 문을 두드리며 살려달라고 소리치고 있었다. 블랙 하운드의 병사들은 갑작스러운 사태에 당황하며 제대로 대응하지 못했다.

'열어달라면 열어줘야지.'

진우는 지배의 권능으로 통곡의 벽을 지배했다. 통곡의 벽의 모든 문이 열리자 사람들이 황무지를 향해 도망치기 시작했다. 황무지에도 많은 좀비들이 있었다.

오늘은 아마 좀비들이 포식하는 날이 될 것이다.

통곡의 벽 아래에 있던 블랙 하운드의 덩치가 큰 좀비가 강시를 향해 덤벼들었다. 강시를 물었지만 오히려 이가 모조리 다 나가버렸다.

강시는 기본적으로 도검불침이었다. 검기 정도 되는 위력이 아니고서는 피부에 생채기조차 낼 수 없었다.

서걱!

손톱을 휘두르자 목이 가볍게 떨어졌다. 그 광경을 본 블랙 하운드의 병사들은 기겁할 수밖에 없었다.

[제, 젠장! 실험체들을 내보내!]

[하, 하지만…… 보, 본사의 승인이…….]

[어서! 전력으로 대응한다!]

그런 소리가 들려왔다. 블랙 하운드의 빌딩 문이 열리며 무언가 나타났다. 특이한 목걸이가 달린 좀비들이었다. 근육이 부풀어 있어 꽤 징그러웠다. 숫자도 강시를 압도할 정도로 상당히 많았다.

좀비들만 있는 게 아니었다. 좀비들 사이에는 블랙 하운드의 정규군들과 전차를 포함한 현대의 장비들이 있었다.

강시들이 그들을 바라보았다.

'흥미진진한데?'

동양과 서양의 대결이었다.

강시와 좀비, 그리고 인간의 대결!

그 누가 이런 장면을 볼 수 있을까? 그 어떤 영화에서도 볼 수 없는 장면이었다. 하지만 영화 같은 극적인 연출은 기대할 수 없었다. 승패는 이미 정해져 있었으니까.

블랙 하운드의 군인들과 함께 좀비들이 진격했다. 블랙 하운드가 후방에서 총과 포탄으로 지원을 해주었다.

전차포탄이 강시를 향해 날아왔다. 강시가 전차포탄을 바라보다가 손등으로 쳐내자 옆으로 튕겨 나가며 건물에 처박혔다.

콰아앙!

건물이 폭발했다.

"미, 미친……!"

"그럴 수가…….."

블랙 하운드는 그 광경을 보고 당황할 수밖에 없었다.

저건 무슨 괴물이란 말인가!

좀비들이 근육을 부풀리며 주먹을 휘둘렀다. 인간을 아득히 뛰어넘은 힘이었지만 안타깝게도 강시에게는 통하지 않았다. 강시는 미동조차 없었다.

강시들이 좀비를 바라보며 고민에 빠졌다. 저걸 물어야 하나 말아야 하나 고민을 하고 있는 것으로 보였다. 통곡의 벽 위에 있는 진우를 힐끔힐끔 바라보면서 눈치를 살폈다.

'음…… 군주의 기운도 느껴지긴 하는데…….'

진우는 그렇게 생각하며 잠시 생각에 빠졌다.

저 강화된 좀비에게서 군주의 기운이 아주 작게 느껴졌다. 물리면 어떤 현상이 나타날지 궁금하긴 했다.

"물어."

진우가 그렇게 말하자 강시는 부르르 떨다가 깊은 한숨을 내쉬었다. 강시는 숨을 쉬지 않는데도 그렇게 보였다.

진우의 명령은 절대적이었다. 강시가 좀비를 붙잡더니 잠시 멈춰서 좀비를 바라보았다.

"으……."

강시의 입에서 그런 소리가 나왔다. 솔직히 비주얼이 조금 그렇기는 했다. 살은 다 썩었고, 구더기가 들끓었다. 부풀어 있는 시뻘건 근육이 굉장히 징그러웠다. 역겨운 냄새까지 풍기니 아무리 강시라고 하여도 신음을 흘리는 건 당연한 것인지도 몰랐다.

강시가 간신히 좀비를 물었다. 좀비가 부르르 떨더니 바닥에 쓰러졌다. 강시에게 있던 진우의 권능이 좀비에게 깃들기 시작했다. 조금 더 거들어줄 생각으로 권능을 뽑았다.

[지배의 권능이 깃듭니다.]
[하데스의 기운을 지배하였습니다. 하데스의 기운 속에 잠들어 있던 분노의 그림자가 모습을 드러냅니다.]

지배의 권능마저 좀비에게 깃들자 썩었던 부분이 모두 녹아버리며 근육이 검게 변했다. 검은 근육에서 촉수가 뽑어져 나오더니 좀비를 물었던 강시를 휘감았다.

"……으?"

강시가 순식간에 검은 근육에 휩싸였다. 검은 근육이 강시를 먹어치웠다. 그리고 점점 더 커지기 시작했다. 이제는 좀비라 부를 수도 없었고 강시라고 말하기도 힘들었다.

크기가 점점 커지더니 4미터가 넘어갔다.

"무, 무슨……."

"쏴! 쏴 버려!"

그것은 거인이 되었다. 블랙 하운드가 공격을 했지만 간지러운 수준이었다. 마치 철근이 엮인 것처럼 보이는 검은 근육이 전신을 뒤덮더니 피부가 되었다. 주변에 있던 강시들도 눈을 깜빡이며 그 광경을 지켜보았다.

치이이이!

전신의 근육이 팽창과 수축을 반복하더니 몸에서 연기가 뿜어져 나왔다. 바닥이 녹을 정도로 뜨거운 열기가 사방을 휩쓸었다. 정적이 내려앉았다. 블랙 하운드의 군인들은 그 어떤 말도 할 수 없었고, 좀비들은 감히 고개를 들지 못했다. 연기가 걷히며 검은 거인이 모습을 드러냈다.

"크아아아!"

검은 거인이 울부짖는 순간 충격파가 뿜어져 나오며 블랙 하운드의 군인들을 터뜨렸고 전차들을 뒤집어 버렸다.

강시들은 날아간 모자를 찾으러 뛰어다녔다.

'대단하군.'

진우는 감탄했다.

생각보다 훨씬 대단한 것이 나타났기 때문이다.

권능 소모가 꽤 있던 게 납득이 되었다.

[S]거신 타이탄

하데스의 기운에 잠들어 있던 거인족의 피가 지배의 권능과 만나 본래 모습을 되찾았다. 막강한 육체에 부활한 타이탄은 죽음과 파멸을 상징하는 거대한 절망이다.

[S]타이탄의 육체

내구, 민첩, 근력이 S랭크 이하로 떨어지지 않는다. S랭크 이상의 상대를 만날 경우 육체 능력이 상승한다.

[타이탄의 등장을 알아차린 하데스가 경악합니다.]

타이탄이 마구 날뛰며 주변에 있는 모든 것을 쓸어버리기 시작했다. S랭크의 근력에서 발휘되는 파괴력은 굉장했다. 주먹을 휘두를 때마다 충격파가 뿜어지며 대지가 하늘 높이 치솟았다.

"보, 본부로 후, 후퇴……."

"으아아악!"

블랙 하운드가 모두 곤죽이 되었다. 강시들은 뻘쭘하게 제자리에서 뛰고 있을 뿐이었다. 생좀비들은 도시를 돌아다니며 남아 있는 사람들을 모두 감염시키고 있었다.

'왜 좀비를 기르는지 알겠군.'

군말 없이 가장 열심히 일을 했기 때문이다.

팝콘도 다 떨어졌으니 슬슬 움직이기로 했다. 진우는 자리에서 일어나 바닥에 내려섰다. 그가 나자 강시들이 빠르게 흩어지며 사람들을 찾아 없애기 시작했다.

타이탄이 전차를 한 손으로 들고 우그러뜨렸다. 과일이었다면 즙이 흘러나왔겠지만 아쉽게도 그런 건 기대할 수 없었다. 진우는 타이탄의 육체를 바라보며 고개를 끄덕였다.

"농사를 잘 지을 것 같네."

중간계의 척박한 땅으로 보낸다면 꽤 괜찮을 것 같기도 했다. 타이탄도 진우의 명령을 충실히 이행했다. 도시를 깔끔하게 부수기 시작했다.

타이탄이 그렇게 날뛰니 괴수 영화를 보는 것 같았다.

'아이들은……'

아이들이 강시의 손에 매달려 있는 게 보였다. 고생이 꽤 심했음에도 불구하고 환하게 웃으며 놀고 있었다. 아무것도 모르는 아이들이 죽어서까지 고통을 받는 건 너무 불합리했다. 진우가 손을 휘젓자 통곡의 벽이 가루가 되어 사라졌다.

천국과 지옥을 나누었던 경계가 힘없이 사라졌다. 진우는 도시의 가운데에 위치한 블랙 하운드 빌딩으로 걸어갔다. 이곳을 관리하는 놈이 어떤 놈인지 그 면상이 궁금했다.

블랙 하운드의 빌딩은 굳게 봉인된 상태였다. 두꺼운 철문이 내려와 있었지만 가볍게 뜯어버리고 안으로 들어갔다.

많은 병력이 마중을 나와 있었다. 우가 들어온 순간 그에게 총을 겨누었다. 그러나 진우가 할 일은 아무것도 없었다.

"키에에엑!"

"키엑!"

진우 뒤로 나타난 생좀비들이 군인들을 덮쳤기 때문이다. 숫자가 워낙 많아 순식간에 모두 사라졌다.

VIP전용 엘리베이터가 보였다. 진우는 엘리베이터 앞에 가서 버튼을 눌렀다. 문이 열리자 안으로 들어갔다. VIP 전용 엘리베이터의 버튼은 1층과 44층 두 개뿐이었다.

진우가 닫힘 버튼을 누르려는 순간이었다. 변형된 사람들이 엘리베이터 앞에 몰려오더니 진우를 바라보았다.

"너희도 타려고?"

"키엑."

"계단으로 가는 게 어때?"

"……키엑."

"좁을 것 같은데."

"키에…… 엑……."

생좀비들이 시무룩해졌다. 진우는 한숨을 내쉬며 고개를 끄덕이자 생좀비들이 조심스럽게 엘리베이터에 올랐다.

어색한 침묵이 감돌았다. 진우는 괜히 헛기침했다.

딴다라라!

엘리베이터에서 음악이 흘러나왔다. 음악이 어색함을 더욱 증폭시켜주었다. 그렇게 44층에 도달했다.

띵!

엘리베이터의 문이 열렸다. 사람들이 바들바들 떨며 모여 있었다. 모두 파티 복장이었는데, 이런 상황과 어울리지 않았다. 모두 블랙 하운드와 깊은 관련이 있는 특권층이었다.

자비는 필요하지 않았다. 사람들과 진우의 눈이 마주쳤다.

"키에에에엑!"

"키엑!"

생좀비들이 어색함을 깨고 다시 활동을 시작했다.

"꺄악!"

"사, 살려줘!"

공포를 참다못해 창문으로 뛰어내리는 사람도 있었다. 아래에 있던 타이탄이 사람을 잡아채더니 다시 44층으로 날려 보냈다.

퍼억!

빌딩에 부딪혔는데…… 그 결과는 너무 참혹해 말하지 않는 게 좋을 것 같았다.

진우는 44층을 살펴보았다.

'이곳은……'

백화점 같았다. 과자나, 냉동식품 같은 식료품들뿐만 아니라 명품들도 잔뜩 진열되어 있었다. 지구의 평범한 것들이라서 아 공간에 넣기에는 조금 그랬다.

차라리 하사품으로 주는 게 나을 것 같았다.

'요즘 신도가 좀 늘긴 했지.'

잼식 덕분이었다. 진우는 신도의 숫자를 확인해 보았다.

[신도 목록을 불러옵니다.]

교주: 이재미(잼식)

추종자: 제리

신도: 463명

죽음의 신도: 292,313명

기도 목록(465개)

1. 건강하게 해주세요.

2. 좋아하는 사람이 있습니다.

3. 상처를 낫게 해주세요.

…….

변형된 사람들도 신도로 계산되는 모양이었다. 지금도 숫자 가 계속 올라가고 있었다. 진우는 44층에 있는 물건들을 모조리 하사품으로 지정했다. 모든 물건이 빛으로 변하더니 사라졌다.

"깔끔하군."

물건들이 모두 사라지니 44층은 깔끔해졌다. 44층이 꼭대기 층이 아니었다. 44층 위에 이곳을 관리하는 장소가 있었다. 진우는 위층으로 가기 위해 올라가는 길을 찾기 시작했다. 계단이 보였다.

"음?"

계단으로 가보니 계단 옆에 숨겨져 있는 공간이 있었다. 안은 텅텅 비어 있었다. 44층의 물건들을 모조리 하사품으로 지정한 까닭이었다.

총과 수류탄 같은 무기가 진열되어 있던 곳인 것 같았다.

'괜찮겠지.'

진우는 그렇게 생각하며 위로 향하는 계단에 올랐다.

아침 예배 시간이 되자 잼식은 쇼핑센터 중앙에 마련된 교회로 이동했다. 예배는 잼식이 만든 것이었다. 방송을 하는 기분으로 하다 보니 어느새 꽤 그럴듯해졌다.

'더 많아졌네.'

사람들이 더 많아졌다. 잼식은 이게 자신의 천직이 아닐까 하고 생각했다. 잼식은 무게를 잡으며 입을 뗐다.

"오늘도 대군주 교회에 찾아오신 모든 분들께 축복을 내려드

럽니다."

잼식이 그런 멘트를 하자 제리가 빠르게 손짓했다. 그러자 커튼이 처지고 조명이 어두워졌다.

잼식이 손을 뻗어 성력을 집중시키자 은은한 빛이 뿜어져 나왔다.

"오오!"

"아아……!"

사람들의 리액션은 굉장했다. 그냥 성력일 뿐이었지만, 사람들이 그걸 알 리 없었다. 그저 기적으로만 보일 뿐이었다.

'이거야! 짜릿해! 늘 새로워!'

존경받는 기분은 굉장히 좋았다. 방송에서는 느낄 수 없는 쾌락이 존재했다. 그도 그럴 것이 애청자들에게까지 무시를 받는 게 일상이었기 때문이다.

'크흐! 이 맛에 성녀합니다!'

그동안 안 좋았던 기분이 많이 나아졌다.

기분이 안 좋은 이유가 있었다.

'시체를 들키지 않은 건 좋았는데……'

텃밭에 묻어놓은 시체들이 무슨 작용을 했는지, 새싹들이 무수하게 올라와 있었다. 잼식이 텃밭에서 돌아오는 걸 하필이면 제리가 목격해 버려, 성녀가 축복을 내렸다고 소문이 나버렸다. 아무래도 시체들 때문에 그런 일이 벌어졌으니 무슨 일이 생길까 봐 접근하지 말라고 부탁을 했다.

그런데 제리는 그 말을 이상하게 받아들이며 텃밭을 성역으로 선포해 버렸다. 시체를 묻은 텃밭이 성역이 되어버렸다.

'개자식……'

제리를 떠올릴 때마다 이를 갈았다. 성역이 되어버린 까닭에 자연스럽게 잼식의 방이 그쪽으로 이동했다. 리첼과의 달콤한 시간을 보낼 수 없게 되어 분노가 폭발하기 일보 직전이었다. 잼식은 겨우 마음을 다스리며 예배를 진행했다.

대군주께 은혜를 바라는 기도를 하는 것이 마지막 순서였다. 잼식이 무릎을 꿇고 하늘을 향해 두 손을 높이 들었다.

"대군주시여. 은혜를 내려주시옵소서!"

잼식이 그런 말을 하자 신도들도 모두 무릎을 꿇고 따라 외쳤다.

[하사품 목록을 검색합니다. 이재미(잼식)과 신도들에게 랜덤으로 하사품을 지급합니다.]

잼식의 손에서 빛이 뿜어져 나왔다. 잼식은 당황했지만 이런 현상을 이미 알고 있었다. 대군주께서 라면을 하사할 때 나오는 현상이었다.

'조, 좋았어!'

신도들에게 확실하게 기적을 보여줄 찬스였다! 성스러운 빛을 보며 눈물을 흘리는 신도들이 생겨났다. 잼식은 인자한 표정으로 입을 뗐다.

"대군주께서 여러분들의 기도에 응답하셨습니다. 아아! 이 얼마나 거룩한 광경입니까! 이 성스러운……."

성스러운 물건이 나올 것 같았다!

잼식이 그렇게 말을 이으려는 순간이었다.

두 손에 묵직한 무게가 느껴졌다. 빛이 사라지며 나타난 물건이 그를 당황스럽게 만들었다.

'총?'

소총이었기 때문이다. 잠시 정적이 내려앉았다.

"서, 성스러운 M4A1 자동소총입니다!"

잼식은 그렇게 말하고 말았다. FPS게임을 즐겨 했던 잼식은 손에 들린 총에 대해 알고 있기는 했다.

그게 끝이 아니었다.

우르르!

잼식의 뒤로 총기들이 무수하게 쏟아졌다. 각종 탄창과 수류탄, 여러 커스텀 파츠들도 함께였다. 신도들이 입을 벌리며 멍하니 잼식을 바라보았다.

잼식은 식은땀을 흘렸다.

아아! 대군주님! 이걸 어떻게 수습해야 한단 말인가.

"서, 성스러운 무기로 좀비들을 쓸어 버립시다! 우리는 지지 않습니다! 이것은 성전입니다!"

잼식이 성전을 선포했다.

"으아아! 성전이다!"

"모두 함께 거리로 나갑시다!"

신도들이 미쳐 날뛰기 시작했다. 잼식은 눈알을 굴렸다.

이것도 대군주의 뜻이리라. 대군주에게 책임을 전가했다.

진우는 계단을 올랐다. 블랙 하운드 빌딩은 44층이 끝이었지만, 계단은 끝도 없이 이어져 있었다.

하늘로 이어진 것 같은 아주 터널이었다. 저 멀리서 희미한 빛이 보였다. 주변이 너무 어두워 하나의 별빛처럼 보일 정도였다. 진우는 빠르게 도약해 계단 끝에 도착했다.

계단 끝에는 문이 있었다. 거대한 대리석으로 만들어진 문이었는데, 여러 인물들이 조각되어 있었다.

신화의 이야기를 그대로 새겨놓은 듯했다.

진우는 이런 쪽에 관심이 없어 자세히 살펴보진 않았다.

문은 열리는지, 열리지 않는지가 가장 중요했다.

안타깝게도 이 문은 후자였다.

'봉인되어 있군.'

문은 강력한 힘으로 봉인되어 있었다. 군주급이 아니라면 봉인을 깰 수 없었다. 그러나 진우에게는 그저 아주 얇은 종이에 불과했다. 이런 걸 부수는 건 그의 특기였다.

'옛날 생각도 나고 좋네.'

탐욕의 군주가 봉인되어 있던 시절이 떠올랐다. 그때는 설마 여기까지 올 줄은 예상하지도 못했다.

군주를 넘어 대군주가 되었다. 차원과 우주를 넘어 저승에까지 왔다. 자신이 생각해도 참 대단했다.

진우는 가볍게 문에 손을 대었다. 문 전체에 대군주의 권능이 깃들기 시작했다.

[신의 권능이 대항을 하기 시작합니다. 그러나 소용없습니다. 봉인이 해제되었습니다.]

두드드드드!

봉인이 단번에 깨져 버리더니 문에 새겨진 조각상들이 녹아 내리기 시작했다.

퍼석!

맨 위에 번개를 들고 있는 남자의 머리가 터지더니 검은 촉수가 꿈틀거리며 튀어나왔다. 다른 조각상도 마찬가지였다.

조각상이라 그렇게 끔찍하게 느껴지지는 않았다.

"음……."

다만 문에 빼곡하게 자리를 잡은 촉수가 징그러울 뿐이었다. 문이 워낙 커서 그런지 수십 개가 넘는 구멍이 생겼다.

촉수가 사라지자 문이 박살 나며 바닥에 떨어졌다.

'취향 참…….'

지배의 권능은 어째서 촉수를 그렇게 좋아하는 걸까?

굳이 이해하려 노력할 필요는 없었다. 그걸 이해하게 된다면 자신도 머나먼 곳으로 가버릴 것 같았기 때문이다.

차원과 우주가 넓은 만큼 다양한 취향이 존재하는 법이었다. 피해가 없다면 취향은 존중해 주도록 하자.

'누군가 있군.'

문 너머로 거대한 공간이 나왔다. 진우는 거대한 공간을 걸었다. 그 끝에 고대 그리스 양식을 보는 것 같은 신전이 있었다. 그 신전의 주위로 커다란 모니터가 붙어 있었는데, 지구 전역의 모습이 비치고 있었다.

그런 걸 제외하면 일반적인 사무실 같은 느낌이 강했다.

"미국 지역 블랙 하운드가 사라졌답니다!"

"뭐? 그, 그게 무슨 소리야? 언제?"

"그, 그게 방금……."

"또 시스템 오류일 게 뻔하잖아. 일단 복구해!"

굉장히 바빠 보였다. 진우가 기척을 내자 모두 고개가 돌아갔다. 마치 못 볼 것이라도 본 것 같은 표정이었다.

"치, 침입자?"

"사, 살아 있다!"

"어떻게 저승에……!"

진우가 죽지 않고 살아 있는 자라는 걸 알자 단체로 기겁을 했다. 마치 귀신이라도 보는 것 같은 표정이었다.

진우는 저들을 바라보면서 잠시 고민에 빠졌다. 그냥 간단히 모두 없애 버릴까 고민하고 있었다. 진우는 고개를 올려 신전에 위에 붙어 있는 간판을 바라보았다.

[VVIP]제1지구 전담 구역

하데스 님이 지시한 특별 관리 구역!

저승의 보물! 제1지구! 최대 매출 달성!

그런 말이 써져 있었다. 어째서인지는 모르지만 제1지구는 저승세계에서도 특별하게 관리가 되는 모양이었다. 제1지구는 일선그룹이 있는 지구였다.

'한패 같으니 괜찮겠지.'

블랙 하운드와 동류인 것 같으니 적당히 처리해도 괜찮을 것 같았다. 진우의 몸에서 검은 기류가 뿜어져 나왔다. 한 발자국 발을 내디딘 순간 바닥에서부터 검은 기류가 치솟더니 촉수가 되었다. 지배의 권능이 진우가 밟은 바닥을 변형시킨 것이다. 내키지 않기는 하지만, 저런 것들을 한 번에 처리하기에는 딱 좋았다.

휘이익!

촉수가 뿜어져 나가며 모두의 몸을 묶었다. 진우가 온 계단 밑으로 강하게 던져 버렸다. 비명 소리가 들려왔는데, 아무래도 생좀비들과 좋은 시간을 보내게 된 것 같았다.

'깔끔해졌군.'

진우는 신전 안으로 들어가 보았다. 웅장한 신전 안에는 영화에서나 볼 법한 조각상들이 세워져 있었다. 다양한 신들을 나타내는 것 같았는데, 굳이 알아보지는 않았다.

진우에게 신은 루나 하나면 족했다.

신전 안에는 거대한 개가 있었다. 3개의 머리를 가지고 있는 개였다.

[S]죽음의 문지기 케르베로스

제1지구의 저승을 관장하는 문지기. 하데스의 명령에 따라 타르타로스의 입구를 지키고 있다. 강대한 힘을 지니고 있지만 목줄이 걸려 있어 문에서 벗어날 수 없다.

군주급에는 미치지 못하는 걸 보면 아무래도 하데스가 죽음을 관장하는 군주인 것 같았다. 케르베로스는 잠을 자고 있었는데, 진우가 가볍게 머리 하나를 걷어찼다.

퍼억!

케르베로스의 커다란 몸이 붕 뜨면서 신전의 벽에 부딪혔다.

"크헉!"

케르베로스가 당황하며 몸을 일으켰다. 아직 비몽사몽한지 머리 3개가 서로 부딪혔다. 고개를 돌려 진우를 바라보았다.

"감히 미천한 인간⋯⋯."

아무래도 맞아야 정신을 차리는 모양이었다. 이런 강아지에게 허비할 시간은 없었다. 진우는 케르베로스를 주먹으로 후려쳤다. 케르베로스가 신전 천장에 부딪히며 바닥에 떨어졌다. 가볍게 발로 차자 신전 구석에 처박혔다.

'때리는 맛이 있군.'

퍽퍽퍽!

3개의 머리에서 모두 코피라 줄줄 흐를 때까지 팼다. 몸집이 워낙 크고 가죽이 질겨 때리는 맛이 있었다. 가죽이 터지는 소리가 경쾌하게 느껴졌다.

"그, 그만……!"

"그만?"

"크, 크헉!"

가운데에 있는 머리통을 후려치자 케르베로스가 깨갱거리면서 고개를 숙였다.

"죄, 죄송합니다. 제, 제가 몰라뵙고 무, 무례를 저질렀습니다."

"내가 누군데?"

"그, 그거야…… 헤, 헤라클레스와 가, 같은 존재이신 것 같기도 하고……."

헤라클레스? 꽤 익숙한 이름이었다. 이쪽 동네의 신화를 잘 모르는 진우도 제우스나 헤라클레스에 대해서는 잘 알고 있었다. 만화나 영화로도 많이 제작되었기 때문이다. 하데스뿐만 아니라 그와 비슷한 존재들도 있는 것 같았다.

어쩌면 신의 세계라 불리는 곳에 있는지도 몰랐다.

개는 개였다. 몸을 발랑 뒤집으며 뱀처럼 생긴 꼬리를 마구 흔들었다. 나름대로 애교를 부리고 있는 것 같았는데, 상당히 징그러웠다.

"아닙니다! 훨씬 위대한 권능이 느껴집니다. 어휴! 제가 미쳐가지고 그런 무식한 놈과 비교를 하다니! 죄, 죄송합니다."

눈동자를 굴리며 그렇게 말했다. 케르베로스가 은근슬쩍 몸을 일으켰다. 슬금슬금 물러나더니 신전 뒤에 있는 커다란 검은 공간에 이르렀다. 어디론가 통하는 문 같았다.

쉬익!

케르베로스 앞에서 쇠창살이 올라오더니 신전의 천장까지 이르렀다. 그러자 케르베로스의 태도는 완전히 바뀌었다. 엄청나게 거만해졌다.

"하, 하하! 역시 인간은 멍청하군. 이곳에 어떻게 들어온지는 모르겠지만 넌 영원히 이곳에서 나갈 수 없을 것이다! 영원히 고통받거라!"

진우는 쇠창살에 다가갔다. 그렇게 단단해 보이지는 않았다. 주먹을 쥐어 후려치자 쇠창살이 크게 진동했다.

케르베로스의 눈이 동그랗게 떠졌다. 조금 더 힘을 주어 후려치니 쇠창살이 휘기 시작했다. 그러나 아예 부술 수는 없었다. 쇠창살이 크게 휘어지니 바닥에서 거대한 진동이 느껴졌다.

"하, 하하! 이 쇠창살은 신의 권능이 담긴 쇠창살이다! 제1지구 저승의 뿌리에 깊게 박혀 있지!"

진우는 정보의 마안으로 쇠창살을 바라보았다.

[S+]타르타로스의 쇠창살
하데스의 권능이 담긴 쇠창살.
죽은 자는 닿는 것만으로도 영혼이 분해된다. 제1지구 저승의 뿌리에 박혀 있어, 강제로 부수게 된다면 제1지구 저승세계 전체가 붕괴될 우려가 있다. 저승세계에서 절대적인 힘을 발휘하지만, 산 자의 기운이 섞이게 되면 크게 약해진다. 그것은 저승세계의 특성과 같다. 현재, 대군주와 잼식의 영향으로 랭크가 한 단계 떨어진 상태이다.

지금 당장에라도 부술 수 있었지만 저승세계를 날려 버리는 일은 조금 꺼려졌다. 아무것도 모르는 사람들이 모조리 소멸할 수도 있었기 때문이다. 지배의 권능으로 지배하기 위해서는 저승 세계를 전부 지배해야 가능했다.

일이 조금 복잡해진 것 같았지만, 조금 돌아갈 뿐이지 결과는 바뀌지 않을 것이다.

"하하하! 네놈의 무식한 힘은 없애기 아깝군. 엎드려 나에게 복종을 맹세한다면 특별히 부하로 삼아줄 수도 있다."

진우가 가만히 정보를 보고 있자, 쫄았다고 생각했는지 케르베로스가 진우에게 그런 말을 했다. 지금까지 저렇게 건방진 소리를 하고 멀쩡하게 살아 돌아간 존재는 없었다.

진우는 케르베로스를 바라보며 미소 지었다. 저 강아지에게 죽음보다 더한 고통을 느끼게 해주고 싶었다.

"목줄이 있군."

케르베로스는 목줄이 걸려 있었다. 케르베로스가 자력으로 목줄을 벗는 건 불가능했다. 그래서 신전 주변을 떠날 수 없었다.

"고양이로 만들어주지."

그렇게 하는 것도 괜찮을 것 같았다. 묻고 싶은 게 많았지만 일단 쇠창살을 없애고 케르베로스를 반쯤 죽인 다음, 백과사전을 사용해 고양이로 만들어버릴 생각이었다.

진우가 조용히 물러가자 케르베로스는 안도의 한숨을 내쉬었다.

"고양이?"

케르베로스는 저 정체불명의 존재가 헛소리를 한다고 생각했다.

케르베로스는 블랙 하운드가 완전히 박살 난 것을 발견하자 크게 놀랐고, 스크린을 통해 강시와 생좀비를 보았을 때 두 번 놀랐다. 그리고 타이탄을 보았을 때는 오줌을 지릴 뻔했다. 하데스에게 긴급연락을 해봤지만 받지 않았다.

케르베로스는 강한 불안감을 느꼈다. 앞에 있는 쇠창살들이 어째서인지 유난히 얇게만 느껴졌다.

진우는 블랙 하운드 빌딩 밖으로 나왔다. 천국이었던 곳은 사라지고 없었다. 잠깐 사이 모조리 폐허가 되어버렸다.

그나마 남아 있는 멀쩡한 건물도 타이탄이 발견하는 즉시 박살 냈다. 블랙 하운드 빌딩만이 유일하게 멀쩡했다. 진우가 당분간 건들지 말라고 명령했기 때문이다. 납치되었던 아이들은 강시가 몰래 쇼핑센터에 데려다 놓았다.

'지배가 되려나?'

진우는 지배의 권능을 일으키며 저승세계를 지배하려 해보았다. 진척이 있기는 하지만 시간이 굉장히 많이 걸리고 있었다. 역시 저승세계를 약하게 만드는 것이 우선이었다. 쇠창살도 해결해야 하니 말이다.

'일단 돌아가야겠군.'

진우는 황무지를 지나 쇼핑센터로 향했다. 황무지에는 도시에서 도망쳐온 사람들이 있었는데, 모두 좀비가 되어 버린 후였다. 쇼핑센터 근처로 오자 진우는 이상한 광경을 볼 수 있었다.

"대군주님을 위하여!"

"죽음을 두려워하지 마라! 우리는 발할라로 간다!"

"성스러운 총탄이 우리를 보호해 줄 것이다!"

소총을 든 이들이 좀비들을 향해 총을 갈기고 있었다. 총알을 아낌없이 퍼붓자 좀비들이 너덜너덜해지며 쓰러졌다.

남자와 여자, 노인 할 것 없이 광기에 휩싸여 있었다. 그들 모두 다양한 총기를 손에 쥐고 있었다. 방아쇠를 당기는 표정이 예사롭지 않았다. 섬뜩하게 느껴질 정도였다.

진우는 멍하니 그 광경을 바라보았다.

무엇이 저들을 저렇게 만든 것일까?

'도대체 무슨 일이지?'

강시와 좀비의 대결을 본 것보다 이게 더 이상한 광경이었다. 얼마 전까지 죽으니 사느니 했던 사람들이 능숙하게 클레이모어도 터뜨리고 수류탄도 던져댔다.

중년의 여인이 쌍권총을 들고 날뛰는 모습을 본 순간 진우의 정신이 아득해졌다.

콰아아앙!

총소리와 폭발음을 듣고 좀비들이 몰려왔다. 조금 막기 힘들어 보이는 숫자였다.

'어쨌든 도와줘야겠군.'

진우가 손을 쓰려고 할 때였다. 총을 갈기던 사람들이 홍해가 갈라지듯 갈라졌다. 그곳에는 잼식이 무릎을 꿇고 있었다. 잼식의 앞에는 대전차 로켓포가 놓여 있었다.

"대군주님, PZF-3에 성스러운 힘을 내려주세요."

잼식이 대전차 로켓포를 들더니 사격 자세를 취했다. 군필답게 폼은 굉장히 그럴싸했다. 하지만 귀여운 외모와 매치되니 이질감이 상당했다.

"오오! 나왔다!"

"드디어 로켓포 축성이 끝났군."

"저것이 바로 대군주님의 요술봉!"

이미 몇 번 선 보인 적이 있는 모양이었다.

사람들은 PZF-3을 대군주님의 요술봉이라 부르고 있었다. 잼식은 분위기에 휩쓸렸는지 텐션이 굉장히 높았다.

"대군주님은 가장 위대하시다!"

잼식이 그렇게 외치며 대전차 로켓포를 발사했다. 큰 진동과 함께 발사체가 날아갔다.

휘이이이이! 콰아아아아!

좀비들을 쓸어 버리며 화려하게 폭발했다. 성력 때문인지 본래 폭발보다 훨씬 강력해진 것 같았다. 압도적인 광경에 모두 주먹을 불끈 쥐었다. 잼식은 두 팔을 벌렸다.

"이것이 전지전능한 대군주님의 힘! 사악한 이교도 좀비들아. 너희는 죽어서도 편히 잠들지 못할 것이다!"

성녀라는 이미지가 있기는 했는데, 완전히 달라졌다. 옥상 위에 서 있던 진우는 삐끗하며 바닥에 떨어질 뻔했다.

'잼식아…….'

저건 추한 걸까, 멋진 걸까. 진우는 고개를 절레 저었다.

일방적인 학살이 계속되었다. 좀비들이 정리되자 사람들은 그냥 물러나지 않았다. 바닥에 쓰러진 좀비에게 다가가더니 송곳니를 뺐다. 무려 대군주님께 바치는 신앙의 증명이었다.

송곳니로 목걸이를 만들어 착용하고 있는 사람도 있었다. 좀비에 대한 공포를 이겨낸 것은 좋은데, 분위기가 굉장히 위험해진 것 같았다. 알렉스와 리첼도 어색한 표정을 지으면서 서 있었다.

리더는 감탄하고 있을 뿐이었다. 진우가 나설 차례는 없었다. 좀비가 모두 정리된 후에야 은근슬쩍 모습을 드러냈다.

잼식은 송곳니를 수집하고 있는 신도들을 보며 허망한 표정이 되었다.

"……전쟁은 사람들을 미치게 만드는군요. 역시 평화가 제일 좋은 것 같아요."

깨달음을 얻은 듯한 말투였다.

"그러게."

그 말을 듣고 있던 진우도 고개를 끄덕였다. 이런 미친 광경
은 쉽게 볼 수 없었기 때문이다.

쇼핑센터는 완전히 교회로 바뀌어 있었다. 촛불이 여기저기
세워져 있었고, 하얀 천에 '성전', '대군주님은 위대하시다.'라는
글자가 붉은색으로 휘갈겨져 있었다. 전체적으로 수상하고 위
험한 종교 같은 분위기였다. 진우는 신도들의 광기가 조금 진정
되자 잼식과 방에서 이야기를 나눴다.

"허억! 여기가 저승이었어요?"

"그래. 미국에서 죽으면 아마 이곳으로 떨어질 거야."

잼식은 나름대로 일반인 관점에서 상황을 바라볼 수 있었
다. 진우는 그의 생각을 들어보고 싶기도 했다.

진우는 지금까지 알아낸 사실을 이야기해 주었다.

"나쁜 놈들이네요. 천국행 티켓을 팔다니…… 돈이 없는 게
죄는 아닌데……."

"하데스의 생각은 다른 것 같더군."

"하데스라면 그 그리스로마신화에 나오는 하데스죠?"

"그런 것 같더라. 케르베로스까지 나왔으니……."

진우는 잼식의 말에 고개를 끄덕였다. 이쯤 되니 잼식이 꽤
편하게 느껴졌다. 동네 동생을 보는 것 같았다.

"으엑, 큰일이군요. 그쪽 동네는 제정신인 놈들이 없거든요, 근

친상간, 불륜, 겁탈에…… 아주 미친 집단이에요. 특히 제우스 새끼는…… 할 수만 있다면 정말 뚝배기를 깨버리고 싶네요."

"만나게 되면 대신 깨줄게. 문제가 많은 놈이더군."

"크흐, 역시 화끈하십니다!"

잼식이 엄지손가락을 치켜들었다. 제우스의 악명은 진우도 들은 바가 있었다. 그나마 하데스가 신사적인 양반이었다.

"대군주님이 저승을 다스리시는 게 훨씬 낫겠네요. 죽은 다음에 이런 곳에 떨어진다고 생각하면…… 으……."

진우가 생각하는 올바른 저승은 단순했다. 선한 자가 상을 받고 악한 놈이 벌을 받는다. 그게 가장 좋은 규칙이었다. 물론, 그 규칙에서 자신은 제외였다. 아무튼, 지구뿐만 아니라 전 차원의 문제였다. 누구도 죽음에서 자유로울 수 없었다. 대군주인 자신은 어떻게든 벗어날 수 있겠지만 다른 이들은 아니었다.

저승세계를 약하게 만들고, 지배할 수 있는 방법이 있기는 했다. 정보에서 본 것처럼 산 자들을 이곳에 잔뜩 데리고 오는 것이었다.

"음, 그럼 일단 부하들부터 데리고 올까."

"잘못 들었습니다?"

"부하들을 데리고 온다고."

진우가 그렇게 말하자 잼식이 진우를 바라보며 눈을 깜빡였다. 무언가 충격을 받은 모양이었다.

"대군주님, 돌아갈 수 있었던 건가요?"

"당연하지."

"저는 이곳에 가, 갇히신 줄 알았는데…… 그, 그게 스토리 진행의 정석이기도 하고…… 그런데 왜 여기에 남아계셨던 거죠? 저, 저는 왜 이런 꼴로 여기에 있는 거죠?"

진우는 잼식의 시선을 피했다.

잼식의 강렬한 시선에 진우는 말을 돌릴 필요성을 느꼈다.

"아! 내가 아는 신이 하나 있는데, 데려와야겠군."

"신이요? 하긴, 대군주님이시니까 인맥이 있겠죠. 하하핫!"

"너도 알걸?"

"네? 호, 혹시 예수님이나 부처님? 크흐……! 완전 힙하네요."

진우는 무슨 말을 하냐는 듯 잼식을 바라보았다.

진우가 그런 대단한 존재들과 알고 지낼 리 없었다.

"루나 알지?"

"알죠. 동종업계 사람인데……."

"여신이야."

잼식은 믿을 수 없다는 듯한 표정으로 진우를 바라보았다.

루나는 미궁과 콤비로 엄청나게 많은 일들을 벌여왔다. 그중에는 막장스러운 일도 굉장히 많았다.

"……신은 원래 다 그런 건가 보네요."

신은 기본적으로 막장 속성이 있는걸까?

잼식은 이쪽 신도 정상이 아니라고 생각해 버렸다. 오늘따라 유난히 슬퍼 보였다.

✦ Chapter7 ✦
꿈과 희망 그리고 사랑

진우는 오랜만에 성소로 돌아갔다. 꽤 멀리 떨어진 곳이었지만 거리는 크게 문제가 되지 않았다. 포탈을 통과하는 시간이 조금 더 걸리는 것뿐이었다. 저승과는 다르게 성소는 평화로웠다. 조금 시끌벅적하긴 했지만 전체적으로 볼 때 제법 화목했다. 늘 향긋한 향기가 감돌았다. 시체 썩는 냄새가 나는 곳에서 돌아오니 이곳이 천국처럼 느껴졌다.

'잼식의 일은 그렇게 처리하면 되겠군.'

잼식은 자신의 방송을 걱정했다. 휴방이 계속 이어지고 있어 걱정하는 시청자들이 많았다. 진우는 도플로 일족을 파견해서 잼식의 그런 걱정을 없애주기로 했다.

안타깝게도 잼식은 저승에서 할 일이 많았다. 본인도 리첼 때문에 적극적으로 돌아가려 하고 있지는 않았다. 정말 대단한 순정이었다. 그것이 금단의 사랑이 될지 아니면 순애가 될지는 쟁식 본인에게 달린 문제였다.

진우가 성소에 모습을 드러내자 유나가 가장 먼저 다가왔다.

"잘 다녀오셨습니까?"

"음, 아직 진행 중이야."

어느 곳에 다녀왔는지 유나가 궁금해했다. 진우는 대략적으로 그동안 있었던 일을 설명을 해주었다.

"저승이라…… 그렇군요. 도련님께서 저승까지 지배하게 되신다면……."

유나는 고개를 끄덕였다. 군주급 정도의 존재가 되면 늙지 않고 젊음을 유지할 수 있었지만 수명에는 한계가 있었다.

여신인 루나나 군주인 다른 이들에 비해서 유나의 수명은 짧았다. 인간이었기 때문이다.

"그렇게 된다면 저승에 가서도 도련님을 모실 수 있겠군요."

진우가 저승을 지배하게 된다면 수명 따위는 아무것도 아니었다. 유나는 그 어느 때보다도 적극적인 자세가 되었다. 루나와 세연도 이야기에 합류했다. 희연은 성소에 있는 게 분명한데 어디 있는지 보이지 않았다.

루나는 제법 진지했다.

"천계 같은 경우에는 영혼이 자체적으로 순환하고 있지만 가끔씩 사라지는 영혼도 있어요. 아마 군주님이 다녀오신 저승에 떨어진 거겠지요."

"늘 사후 세계가 궁금했는데, 흥미진진하네요! 사탄이 살고 있을까요? 아…… 마계에 있었지."

세연은 꼭 데려가 달라는 듯한 표정이 되었다. 유나는 저승을 접수할 계획을 짜기 위해 직접 답사를 해보자고 제안했다. 그러려고 온 것이었기에 진우는 흔쾌히 수락했다.

쇼핑센터 옆에 있는 건물에 포탈을 설치해 놓았다. 성소를 통해 언제든 이동할 수 있었다.

"잠시만요!"

세연이 아공간에 이것저것 잔뜩 챙겨왔다. 단우천이 모습을 드러냈다. 진우와 다른 이들의 눈치를 살피더니 도시락을 챙겨주었다. 굉장히 큰 도시락이었다. 살짝 뚜껑을 열어보니 일식, 양식, 중식, 한식이 단계별로 들어 있었다.

단우천은 이미 높은 랭크의 요리 기술을 지니고 있었다. 무공에 쏟고 있던 열정이 요리에 집중되어 낳은 결과였다.

대군주에게 인정받기 위한 발악이기도 했다.

방금 전 대화를 엿들은 단우천은 직감했다. 대군주가 저승마저 접수한다면 자신은 영원히 대군주의 손아귀에서 벗어날 수 없었다. 조금이라도 이미지를 좋게 만드는 게 그가 편해질 수 있는 유일한 길이었다.

"청소, 빨래는 물론 성소의 모든 가사를 저 단우천이 책임지겠습니다! 이제부터 가사의 군주라고 불러주십시오!"

"쉬엄쉬엄해."

"아닙니다! 쉬어서 뭐합니까! 열심히 일하겠습니다."

단우천의 외침을 들은 아르카나는 위기감을 느꼈는지, 화들짝 놀라며 청소를 하기 시작했다. 단우천과 라이벌 관계가 형성되는 순간이었다.

진우는 포탈을 열고 저승으로 이동했다. 선발대로 유나, 세연 그리고 루나가 따라왔다.

루나가 도착하자마자 코를 막았다.

"윽, 냄새가 심하네요. 죽음이 가득해요. 하데스라는 신은 분명히 입 냄새가 심할 거예요."

여신답게 저승에 감도는 짙은 기운을 느낀 모양이었다. 폐허가 된 건물 안에 누군가 검은 천을 뒤집어쓴 채 서 있었다. 모두의 시선이 그자에게 향했다. 깊게 둘렀던 검은 천을 벗으며 모습을 드러냈다.

"아, 안녕하세요? 언제나 유쾌한 방송, 잼식TV의 잼식입니다."

유나와 세연, 루나는 뚫어져라 잼식을 바라보았다. 루나는 영혼의 본질을 볼 수 있었다.

"앗! 정말 잼식 님?"

"실제로는 처음 뵙네요."

루나와 시청자 숫자로 자주 경쟁이 붙던 사이였다.

루나가 반갑게 잼식의 손을 붙잡았다.

"반가워요. 예뻐지셨네요?"

"아, 그, 그게 사정이 있어서······."

세연과 유나는 무슨 사정인지 알고 있어서 크게 놀라지는 않았다. 다만 숨이 거칠어지고 얼굴을 붉힐 뿐이었다. 세연의 손가락이 꿈틀거리며 잼식에게 다가갔다.

"나, 남자 속성 히로인이라니…… 실제로 보니 파괴력이 엄청 나군요! 하, 하악!"

잼식은 기겁하며 뒤로 물러났다. 세연의 손가락이 촉수처럼 느껴졌기 때문이다.

"부, 부끄러워하지 마. 누나가 잘 입혀줄게."

잼식의 안색이 새파랗게 변했다. 진우가 세연을 말리자 세연이 겨우 정신을 되찾았다.

"진정해. 심호흡부터 하고……."

"하악, 흐, 흐흐. 그 백과사전을 빌려줄 수 있나요? 해보고 싶은 게 있습니다!"

무엇을 상상하는지 세연은 더욱 거친 숨을 내쉬었다.

진우는 고개를 저었다. 세연에게 넘겨줬다가는 큰일 날 것 같았기 때문이다. 모두와 함께 주변을 돌아보았다. 세연이 드론을 띄워 상공에서 저승을 촬영했다. 저승은 꽤 넓었다.

좀비들이 가득했다. 이곳에 온 영혼들이 대부분 좀비가 되어 자아 없이 걸어 다니고 있었다. 역시 여신인 루나가 가장 상황을 빠르게 파악했다.

"신의 권능이 아바타처럼 육체를 만들어내서 영혼을 쥐어짜고 있는 것 같네요. 그렇게 모은 힘은 아마 하데스라는 신에게 넘어가겠지요."

"꽤 악랄한 방식이군."

저승을 접수해 버리면 하데스의 힘도 약해진다는 말과 같았다. 그렇게 생각하니 의욕이 생겼다. 바로 회의에 들어갔다. 가장 먼저 발언한 것은 세연이었다.

"우주 세계처럼 아바타를 데려오는 것도 괜찮을 것 같은데요?"

"아바타는 기본적으로 산 사람에 해당되지 않기 때문에 소용이 없을 거예요."

루나가 고개를 저으며 그렇게 말했다. 늘 유용하게 쓰이던 아바타는 아쉽게도 소용이 없었다. 의식과 인형이 결합된 형태였기 때문이다. 그 때문에 살아 있는 생명체라고 보기는 어려웠다.

유나는 고개를 끄덕였다.

"그렇다면 진짜 사람들을 데려와야 한다는 말이군요. 그것도 한 번이 아니라 끊임없이 데려와야 하고……."

"역시 이런 곳에 사람들을 데려오기는 좀 그렇긴 하죠?"

유나의 말을 듣고 있던 잼식이 그렇게 말했다.

진우도 어떻게 할지 깊게 생각했다.

그때였다. 정보창이 떠올랐다.

[하데스가 제1 지구를 주시하기 시작합니다. 제1지구와 제2지구는 하데스의 보물창고도 마찬가지입니다.]

[하데스가 대군주의 존재를 드디어 알아차렸습니다.]

[대군주의 근원을 살펴보다가 눈이 잠시 멀었습니다. 옆 동네에 벌어졌던 라그나로크가 떠올랐습니다.]

하데스가 주시한다고 한다. 이곳을 애지중지하는 것 같았다. 그런 곳을 빼앗는 건 꽤 즐거운 일이었다.

일을 아주 화려하게 벌여주는 것이 보기 좋을 것이다.

'재미있겠군.'

진우는 산 자들을 대량으로 들여오는 방법이 떠올랐다. 하데스의 취향이 잔뜩 들어간 이곳을 아예 새로운 곳으로 바꿔버리는 일이었다. 문제가 될 것은 전혀 없었다. 우주세계를 거쳐왔기 때문에 장비는 충분했고 인력도 넘쳐났다.

"유나."

"네."

유나가 이야기를 나누는 것을 멈추고 진우를 바라보았다.

"다른 지구에 세계수 랜드를 건설한다고 했던가?"

"네, 미국 대통령 리처드와 협의가 되어 미국에 건설할 예정입니다."

"테마가 뭐라고 했지?"

"꿈과 희망, 그리고 사랑이 넘치는 세계수 랜드입니다. 설계도를 보시겠습니까?"

진우가 고개를 끄덕이자 유나가 태블릿PC를 꺼내 진우에게 내밀었다. 화면을 터치하자 홀로그램이 떠오르며 세계수 랜드의 모습이 나타났다. 잼식이 홀로그램 형태로 떠오른 세계수 랜드를 살펴보고 감탄했다.

"와, 세계수 랜드 엄청나네요! 원작이 잘 구현되어 있군요."

세계수 앱에 있는 소설과 만화, 그리고 영화를 주제로 한 테마파크였다. 롤러코스터 같은 놀이기구도 엄청나게 많았다.

세계수 앱은 현재 뉴월드가 없는 제2지구에서 훨씬 더 많은 인기를 누리고 있었다. 진우는 홀로그램 설계도에 손을 뻗었다. 크기를 더 크게 확장시켰다.

진우의 손을 거치니 도시 하나만큼이나 커지게 되었다. 행성 하나를 통째로 개조할 능력이 있으니 이 정도는 식은 죽 먹기보다 쉬웠다. 루나 역시 감탄했다.

"꿈과 희망, 그리고 사랑이 넘치는 세계수 랜드를 세운다면 죽음의 기운도 어느 정도 정화가 되겠지요!"

계획이 대략적으로 정해졌다. 진우는 한가지 문제점을 발견했다.

"문제는 저승의 사람들을 어떻게 이해시키느냐인데……."

그냥 일을 진행해도 상관없었지만 일단 협조를 구하는 게 맞는 것 같았다. 진우는 잼식을 바라보았다. 잼식은 필사적으로 고개를 저었다.

"저요? 제가요? 제가 어떻게요?"

"지금까지 잘했잖아. 빚 다 깎아줄게."

"크흑."

잼식은 진우의 말을 따를 수밖에 없었다. 어떻게 설명을 해야 할지 몰랐다. 그도 그럴 것이 무슨 광경이 펼쳐질지 알 수 없었기 때문이다. 그때그때 임기응변으로 넘어가는 수밖에 없었다.

'이 일이 끝나면 리첼에게 고백할 거야.'

잼식은 그렇게 생각했다.

시간이 빠르게 흘렀다. 쇼핑센터에는 어느덧 칠천 명이 넘는 사람들이 모이게 되었다. 진우가 도시 전체를 돌아다니며 생존자들을 데려왔기 때문이다. 그들은 모두 자연스럽게 대군주의 신도가 되었다.

잼식은 대군주로부터 착공 준비가 완료되었다는 말을 들었다. 대군주는 아무렇지도 않게 자신에게 이 일을 맡겼지만, 잼식은 부담스러워 미칠 지경이었다.

'어, 어떻게든 되겠지.'

지금까지 어떻게든 해왔으니 앞으로도 어떻게든 될 것 같았다. 잼식은 자신의 임기응변과 운을 믿어보기로 했다.

약속 시간이 되자 모두를 데리고 쇼핑센터의 옥상 위에 올라왔다. 옥상은 상당히 넓어 칠천 명 정도는 수용이 가능했다. 제리가 공들여 만든 단상이 있었다. 제리는 '성녀님께서 무언가 대단한 걸 하신다!' 라고 소문을 내고 다녔다. 그 덕분에 사람들의 기대가 엄청나게 높아진 상태였다.

성스러운 무기들을 내려받은 것보다 더한 기적이 있단 말인가! 신도들은 기대에 찬 눈빛으로 잼식을 바라보았다.

잼식은 쭈뼛쭈뼛 걸으며 무대 위로 올라갔다.

"힘내."

리첼이 잼식을 바라보며 힘내라고 말해주었다. 눈물이 날 지경이었다. 그를 진심으로 걱정해 주는 건 리첼뿐이었다.

여신 루나도 잼식을 전혀 걱정하지 않았다. 당연히 해야 하는 일이라고 생각하고 있었다. 세연은 징그러웠고 유나는 무서웠다. 잼식은 유나에게 슬쩍 물은 적이 있었다.

'제, 제가 만약 시, 실수를 하면 어떻게 되나요?'
'당신의 소중한 부위가 영원히 돌아오지 않을지도 모릅니다.'
'허억!'
'농담입니다.'

그런 말을 아무렇지도 않게 했다. 루나, 세연, 유나 그리고 대군주. 모두 미친 자들이었다. 이런 미친 자들과 엮이게 된 자신이 너무 불쌍해졌다.

잼식이 단상 앞에 서자 가장 앞에 있던 유디스가 고개를 숙이며 말했다.

"대군주는 위대하십니다."

그러자 신도들이 모두 그녀를 따라 제창했다.

잼식 역시 살짝 고개를 숙이며 입을 뗐다.

"대군주는 영원히 위대하십니다."

그것이 설교의 시작을 알리는 멘트였다. 잼식은 방송인 모드가 되었다.

[하데스가 불안한 표정으로 지켜봅니다.]

하데스가 지켜보고 있었지만 잼식은 당연히 몰랐다.

"안녕하세요. 오늘도 대군주님의 축복을 받아 유쾌한 날입니다."

말을 하는 순간 떨림이 사라졌다.

"대군주강림서 1장 2절에 보시지요. '대군주님은 무시무종하시다.'라는 구절이 있습니다. 여기서 무시무종의 뜻은 시작도 없고 끝도 없다는 걸 뜻합니다. 영원한 모든 것이 대군주님으로부터 탄생하였습니다. 우리의 영혼이 영원한 이유, 진리가 영원히 올바른 이유 역시 대군주님께서 무시무종하시기 때문입니다."

대군주강림서는 잼식이 작성한 게 아니었다.

세연이 건네주었다. 작성자는 총지배인이라는 인물이었다.

'누구인지는 몰라도 감사합니다.'

덕분에 그럴듯한 말을 마구 지어낼 수 있었다.

[하데스가 설교를 듣고 깜짝 놀랍니다. 어느 순간부터 진지하게 듣고 있었기 때문입니다.]

설교를 적당히 끝낸 잼식은 시계를 바라보았다.

약속 시간이 다가왔다.

'하늘에서 뭐가 나타난다고 했던데.'

대략 느낌만 들은 잼식이었다. 대군주는 귀찮은 표정으로 아주 대충 알려주었다. 그때 따지지 못한 자신이 한스럽게 느껴졌다. 속으로 한숨을 쉰 잼식은 우아하게 두 팔을 벌렸다. 이제는 숨 쉬는 것처럼 익숙해진 자세였다.

"저는 일주일 전에 대군주님의 계시를 받았습니다!"

"오오!"

신도들이 감탄했다.

"바로 오늘! 그 계시가 이루어집니다! 대군주 묵시록의 시작입니다!"

유디스가 필기도구를 꺼내자 신도들도 어디서 가져왔는지 모두 필기도구를 꺼냈다. 대군주 묵시록을 받아적기 위함이었다. 잼식이 하늘을 향해 손을 올렸다.

"하늘이 열리고……."

그렇게 말하고 나서 잠시 가만히 있었다. 그러나 아무것도 나타나지 않았다. 필기하는 소리가 잦아들었다.

"더 높은 하늘이 열리고……."

잼식은 눈치를 살폈다.

'크윽, 대군주님! 여기서 지각하시면 제가 곤란합니다!'

잼식의 팔이 부들부들 떨리기 시작했다.

"거대한 하늘이 열리고!!"

잼식이 악이 받치는 심정으로 외치는 순간이었다. 하늘에 거대한 무언가가 생겼다. 불길하게 일렁이는 검은 눈동자였다. 여러 빌딩을 합친 것보다 훨씬 더 거대했는데, 잼식은 저것의 정체를 알고 있었다. 다크 아이에 있는 눈동자였기 때문이다.

'아, 아니 저게 어떻게…….'

잼식은 당황했지만 티를 내지 않았다.

"대군주님의 눈동자가 세상을 굽어보신다!"

"맙소사!"

"기, 기적이다!"

신도들이 눈물을 흘렸다. 거룩한 기적을 직접 보았으니 당연한 것이었다. 잼식은 상황을 주시하며 말을 이으려 노력했다. 눈동자가 열렸다.

"누, 눈동자가 열리며……."

눈동자가 열리며 무언가 나타났다. 잼식은 할 말일 잊고 멍하니 그걸 바라보았다. 감탄하며 기도하던 신도들도 잼식처럼 모두 멍해졌다.

수십 척에 이르는 우주전함이 나타났기 때문이다.

'아니, 미친……! 저걸 뭐라고 설명해!'

잼식은 설마 저런 게 등장할 줄은 꿈에도 예상하지 못했다. 하늘에서 마법 같은 게 떨어질 거라 생각했는데, 나타난 건 거대한 전함이었다. 너무나 거대해서 하늘을 모조리 가려 버렸다.

"대, 대군주님의 시종인 하, 하늘의 고래가 지상에 강림할지니!"

"아, 아아……."

"저게 고래였다니……."

다행히 백색 계통이라 억지로 보면 고래처럼 보이기는 했다.

신도들은 잼식의 말이라면 무엇이든 받아들일 자세가 되어 있었다.

['저게 뭐야? 하, 하늘의 고래라니!' 하데스가 기겁합니다. 하늘의 고래에서 엄청난 기운이 느껴졌기 때문입니다.]

전함의 앞부분이 열렸다. 잼식은 그 모습을 보고 머릿속이 새하얗게 변했다.

'어억?! 설마 그걸 쏘는 건가.'

잼식이 그렇게 생각하기 무섭게 수십 척의 전함에서 마력입자포가 뿜어져 나갔다.

콰가가가가가가! 콰앙!

폐허가 된 도시에 마력 입자포가 닿자 모조리 소멸되었다. 오로지 쇼핑센터만을 남기고 도시가 완전히 사라졌다. 그뿐만 아니라 저 멀리에 있던 산맥도 사라졌고, 황무지가 폭발하며 마그마가 치솟았다.

미국의 일부가 완전히 평지가 되었을 것이다.

잼식은 깨달았다.

'그렇게 새, 생존자들을 수색한 이유가……'

바로 이것 때문이었다. 폐건물들을 깔끔하게 밀어버리기 위해서였다. 신도들은 넋이 나가버렸다.

어떻게든 말을 이어야 했다.

"하늘의 고래가 사, 사악한 이교도들에게 숨결을 내뱉을지니, 이것은 불과 바람, 번개가 합쳐진 대군주님의 철퇴이다! 대, 대군주님께서는 그저 새끼손가락을 올려 재해라는 이름의 버튼을 누르신 것에 불과하다!"

잼식은 아무런 말이나 지어냈다.

['헐……' 하데스의 턱이 바닥에 떨어졌습니다.]

신도들은 필기도구를 떨어뜨렸고, 하데스는 턱을 떨어뜨리고 말았다.

진우는 먼저 강시와 생좀비들을 투입해 사람들을 구출했다. 그리고 함대를 끌고 와 쇼핑센터만을 남기고 모조리 소멸시켜 버렸다. 마력입자포의 위력은 굉장해서 아무것도 남기지 않고 평지로 만들어버렸다. 미국 땅덩어리만 한 곳을 모조리 쓸어버리고 바로 세계수 랜드 착공에 들어갔다.

함선들이 오가며 재료들을 배달했고, A시리즈들이 모두 달라붙어 건설을 시작했다. 드워프들과 기술자들도 모조리 투입되었다.

"크흐흐, 극한의 롤러코스터……! 마력엔진을 단다면 가능하다!"

김대진 박사와 연구원들도 동참했다. 강시와 생좀비들도 투입되니 일꾼은 부족함이 없었다. 아주 빠르게 세계수 랜드가 건설되어 갔다. 이제 이쪽에는 신경을 쓸 필요가 없었다.

진우는 블랙 하운드 빌딩에 세연과 마족들을 투입했다. 마족들은 빌딩을 돌아다니며 저승의 시스템을 완벽하게 파악했다. 블랙 하운드 빌딩으로 왔다. 마족들이 신전을 완벽히 철거했고, 케르베로스가 움찔하며 눈동자를 굴리고 있었다.

돌아가는 상황을 이해하려 해봤지만 그러기에는 케르베로스는 너무 멍청했다.

"이곳은 구식 시스템을 쓰고 있네요."

"장악할 수 있겠어?"

"네, 이곳만이라면 문제없어요. 다른 차원의 저승이 추가된다면 다키를 이곳으로 옮겨와야 해요."

진우는 고개를 끄덕였다. 다크아이의 위성인 다키라면 저승 세계의 모든 데이터를 연산하고도 남을 것이다. 솔직히 지금은 너무 놀고 있는 감이 있었다. 비유하자면 수천만 원짜리 컴퓨터를 가지고 지뢰찾기를 하고 있는 것과 다름이 없었다. 세연은 능숙하게 제1 지구의 저승 시스템을 장악했다. 세연의 말대로 구식 시스템을 쓰고 있었다.

얼마 전까지는 양피지를 썼다고 하는데, 지금은 지구의 구식 컴퓨터를 가져와 쓰고 있었다. 어설프게 만든 엑셀 파일로 관리를 하는 걸 봤을 때는 진짜 너무한다 싶었다.

제1지구 전용이라는 스티커가 붙어 있는 걸 보면 다른 세계는 아직도 깃털 펜과 양피지를 쓰고 있는지도 몰랐다.

세연이 집중하며 일을 하기 시작했다. 마족들도 훌륭하게 세연의 일을 보조해 주었다. 유나와 루나는 케르베로스를 구경하고 있었고 케르베로스 앞에는 타이탄이 팔짱을 끼고 있었다.

"유나 님, 저것 좀 보세요! 커다란 강아지네요!"

"케르베로스군요. JW 게이트 앞에 묶어놓으면 좋을 것 같습니다."

"아니면 뉴월드에 투입해도 좋을 것 같아요."

참으로 평화로운 분위기였다. 세연과 마족들이 투입된 지 반나절 만에 제1지구의 시스템이 완성되었다.

[저승 시스템이 완성되었습니다! 설정의 백과사전과 연동하여 시스템을 이용할 수 있습니다. 저승을 지배하게 된다면 차원금화와 권능을 이용하여 다양한 옵션을 추가할 수 있습니다.]

블랙 하운드의 빌딩은 한층 더 깔끔해졌다.

"제1지구에서 오는 영혼들은 어찌할까요? 주기적으로 보충이 되는데, 이곳에 온다면……."

"좀비가 되거나 힘들게 살겠지."

"일단 막아놓을게요. 오래 버틸 수는 없을 거예요."

세연이 스크린에 대기줄을 띄웠다. 검은 강에 수많은 나룻배들이 있었다. 사람들이 누워 있었는데 영혼 상태인 것으로 보였다. 제1지구에서 몰려온 영혼이었는데, 세연이 막아놓은 탓에 오지 못하고 계속 대기 상태였다.

진우는 저승 시스템과 백과사전을 연동해 보았다.

[설정의 백과사전에 저승편이 추가되었습니다.]

[SS+]저승노트
저승세계의 시스템을 새롭게 구축하거나 조절할 수 있다.

'좋은데?'

백과사전의 표면이 검게 물들었다. 진우가 고민하고 있을 때 루나가 다가왔다. 루나는 스크린을 보며 눈을 반짝이고 있었다.

"와, 고결한 영혼들도 꽤 있네요."

"그래?"

"천계나 중간계로 보내게 된다면 많은 힘이 되어줄 것 같아요. 특히 천계 같은 경우에는 인력과 신성력이 부족해서 아바타를 생성할 수 없었거든요! 지구의 영혼들은 굉장한 가능성과 힘을 지니고 있으니 탐이 나네요."

그러고 보면 지구의 것들은 정말 대단했다. 영혼도 마찬가지라고 한다. 이런 저승세계에 오는 것보다는 다른 차원으로 보내는 게 낫지 않을까?

진우는 갈로드를 호출했다. 샤라 브리악이 마황이기는 하지만 갈로드가 실세였다. 갈로드도 영혼의 상태를 보고 감탄했다.

"타락한 영혼들이 굉장히 많군요. 고문을 하거나 잘게 갈아 버려 마계에 뿌린다면 마계의 사막도 다시 풍요로워지겠지요."

진우는 고개를 끄덕였다. 이용가치가 무궁무진했다.

"그럼 고결한 영혼은 천계로 보내고, 타락한 영혼은 마계로 보내면 되겠군."

"와! 좋네요! 천계의 모든 천사들이 기뻐할 거예요. 그렇게 된다면 천계도 더욱 확장되겠지요."

"대군주님의 은혜에 감사드립니다."

영혼의 숫자가 많다 보니 선별을 하고 관리를 할 인재가 필요했다. 마침 그런 인재들이 있었다. 진우는 페로를 호출했다. 페로가 나타나자 케르베로스가 겁을 먹고 깽깽거리기 시작했다. 오줌까지 지리고 있었다. 페로는 케르베로스를 보며 입맛을 다셨다. 그러고 보니 그녀는 뇌를 먹는 걸 좋아했다. 커다란 뇌가 무려 3개나 있었다.

진우가 상황을 설명해 주자 페로는 고개를 끄덕였다.

"마침 저희 일족들도 모두 진화가 끝나 딱히 할 일이 없는 상태입니다."

"좋군. 당장 움직일 수 있는 숫자는?"

"5,000억 마리 정도는 지금 당장 움직일 수 있습니다."

우수한 바퀴벌레 일족들이 우주에 무수하게 있었다. 지금은 일단 지구만 관리를 할 것이니 그렇게 많은 숫자가 필요하지 않았다. 천계나 마계로 보내기 애매한 영혼들은 중간계로 보내면 될 것 같았다. 루나가 고개를 끄덕였다.

"그렇게 된다면 중간계도 더 풍요로워질 거예요. 중간계에 영혼이 깃들어 찬란하게 빛나겠지요. 여러 차원이 발전하지 않는 이유는…… 영혼의 힘이 부족해서 그런 것인지도 모르겠네요."

중간계는 그 크기에 비해 생명의 숫자가 극히 적었다. 그러고 보면 다른 차원도 마찬가지였다.

진우는 환생이라는 개념을 도입했다. 영혼의 상태에 따라 다양한 생명에 깃들게 하면 될 것 같았다. 영혼이 생명을 갖게 되면 자연스럽게 기억이 지워진다고 한다.

지구의 저승을 완전히 접수하게 되면 다른 차원으로 보내는 것도 괜찮을 것 같았다. 무협 세계나 우주 세계도 있었으니까. 유나는 세연의 옆에 있는 컴퓨터를 조작했다. 영혼의 정보를 볼 수 있는 컴퓨터였다.

"영혼의 힘이 특출난 사람들도 극소수이긴 하지만 있군요. 일반인인 것 같은데…… 악인은 아닌 것 같습니다."

고결하거나 혼탁하지 않았지만 강력한 영혼이었다.

천계나 마계로 가기에는 애매했다.

"저 정도의 영혼이라면 기억이 지워지지 않을 거예요."

루나의 말에 따르면 일단 한 번 더 세탁을 해야 했다.

백과사전으로 강제로 지울 수도 있었지만 영혼이 견디지 못하고 소멸될 우려가 있었다. 진우는 잠시 생각하다가 고개를 끄덕이며 입을 뗐다.

"그럼 중간계로 보내자."

"네? 중간계요?"

"기억이 있는 상태라면 조금 가혹할 것 같습니다만……."

루나와 유나가 진우를 바라보며 말했다.

"잘 생활할 수 있도록 특전을 주면 되잖아. 별로 좋아하는 장르는 아니지만, 내가 읽은 소설 중에 그런 것들이 있었지. 뭐, 보내는 김에 여러 문제들도 해결하라 하면 되겠지."

"중간계에 여러 문제가 터지고 있다는 보고가 있긴 했습니다. 대표적으로 이종족과 몬스터의 숫자가 감소하여 거의 멸망하기 직전이라고 합니다. 수컷들이 좀처럼 나오지 않는다고 합니다."

유나가 고개를 끄덕이며 말했다.

이세계 진입! 그런 장르가 있었다. 고등학생이 이세계에 진입해서 깽판을 치는 내용은 양산형 퓨전 판타지의 교과서라고 볼 수 있었다. 유행이 지난 것 같기는 하지만 꾸준하게 사랑을 받는 장르였다. 요즘 들어서는 일본 쪽에서 더 많이 나왔다. 여러 차원을 관리하다 보니 중간계에 신경을 못 쓰고 있었다. 여러 문제가 있다고 하는데, 진우가 직접 개입하기에는 애매하긴 했다.

어느 정도 윤곽이 나오자 진우는 바로 백과사전을 이용해 시스템을 구축했다. 굉장히 복잡했지만 세연이 옆에서 도와줘서 순조롭게 진행할 수 있었다.

영혼 대기소는 이곳에 따로 만들면 될 것 같았다

진우는 블랙 하운드 빌딩을 영혼 대기소로 정했다. 빌딩은 굉장히 컸고 44층까지 있으니 많은 인원이 대기를 하기에 충분했다. 이곳에서 선별한 뒤에 천계나 마계, 또는 중간계로 보내게 될 것이다. 그리고 바퀴벌레 일족들이 영혼을 관리할 예정이었다. 페로도 상주하기로 했다.

'그럴듯한 직책이 있으면 좋겠군.'

진우는 많은 차원금화와 권능을 집어넣어 백과사전에 설정을 추가했다.

[페로가 새로운 칭호를 획득하였습니다.]

[SS+]염라대왕
대군주의 명을 받아 영혼을 관리하게 되어 얻은 칭호.
영혼들의 명부를 수정할 수 있는 권한이 있다.

[블랙 하운드에서 머물게 된 바퀴벌레 일족이 새로운 칭호를 획득하였습니다.]

[S]저승사자
반항하는 영혼을 포식할 수 있는 권한이 있다.

설정의 권능은 세연의 시스템을 넘어서는 영역이었다. 세연이 구현할 수 없는 부분을 구현할 수 있었다. 세연과 시너지 효과가 굉장히 좋았다. 꽤 많은 시간을 투자해서 설정을 하니 저승 시스템이 그럭저럭 완성되었다.

[저승 시스템(베타 버전)을 구축하였습니다. 하데스의 저승세계보다 훨씬 더 체계적이고 평등한 시스템입니다!]
[천계와 마계, 그리고 중간계가 더욱 발전할 것입니다.]
[하데스의 권력이 약해집니다. 대군주의 위엄이 크게 상승합니다!]

진우는 만족했다. 아니라 모두가 만족할 만한 결과였다.

루나님쿵카쿵카는 더 이상 뉴월드에 접속할 수 없었다. 지병이 악화되어 의식이 희미해졌기 때문이다. 어린 시절부터 평생을 침대 위에서 살았던 그에게 있어 뉴월드는 삶 그 자체였다. 처음 대지에 두 발을 디뎠을 때의 감동은 영원히 잊지 못할 것이다.

그의 부모님이 병원비를 대느라 고단했지만 G&P의 병원으로 옮겨지고 나서는 그런 부담을 덜었다. 게다가 뉴월드로 돈을 많이 벌어서 부모님에게 마지막 효도를 할 수 있었다.

'길드원들…… 보고 싶다.'

현실에서 길드원들과 술이라도 한잔하고 싶었다. 건강상의 이유로 길드에서 탈퇴할 때는 모두가 눈물을 흘렸다. 루나님쿵카쿵카는 간신히 의식을 되찾았지만 바로 몽롱해지는 것을 느꼈다.

"크흐흑……."

"같이 신성연합 놈들 부수러 가자고 했잖아. 흐흑."

그의 귀에 목소리가 들렸다. 익숙한 목소리였다. 설마 병실까지 찾아올 줄은 몰랐다. 남자는한손검이 흐느끼고 있었다.

'그 남자는한손검을 울리다니…… 나도 대단하군.'

루나님쿵카쿵카의 닫힌 눈에서도 눈물이 흘렀다. 그는 마지막으로 모든 힘을 짜냈다. 천천히 떨리는 손을 들었다. 그리고 엄지손가락을 펼쳐 보였다. 남자는한손검이 그를 멍하니 바라보았다. 그게 루나님쿵카쿵카의 마지막 인사였다.

'나 먼저 간다. 잘 지내라.'

손이 툭 하고 떨어졌다. 그래도 괜찮은 인생이었다!

아쉬운 점이 있다면 지금 이 나이가 되도록 솔로인 점이었다. 다음 생에 다시 태어난다면 꼭 여자친구를 만들고 싶었다. 루나님쿵카쿵카의 의식이 완전히 끊겼다.

그는 자신이 죽은 것을 느꼈다. 얼마나 시간이 흘렀을까? 눈을 떠보니 하늘이 보였다.

"와……."

별들과 은하수가 펼쳐져 있었다. 그는 무심코 몸을 일으켰다.

"어?"

상체가 자연스럽게 일어났다. 몸이 너무나 가뿐했다. 뉴월드에 있을 때보다도 훨씬 더 가벼운 느낌이었다. 두 손을 바라보니 정상적인 손이 있었다.

"나…… 죽었지."

그는 본능적으로 죽었음을 느꼈다. 주변을 둘러보았다. 자신은 나룻배에 타 있었다. 나룻배 끝에는 호롱불이 달려 있었고 나룻배 안에는 꽃과 사진, 생전에 그가 썼던 물품들이 들어 있었다. 선물도 존재했다.

'이건…….'

아마도 자신을 위해 같이 묻었거나 태운 것들 같았다.

'저승의 강 같은 건가?'

강이라기보다는 바다 같았다. 그 끝이 보이지 않았기 때문이다. 검은 바다 위에 무수히 많은 나룻배들이 떠 있었다. 너무 많아 거대한 물결처럼 보일 정도였다.

다들 두 손을 모은 상태로 나룻배에 누워 있었다. 주변을 둘러봐도 그만 유일하게 정신을 차린 상태였다. 그가 그렇게 잠시 있을 때였다. 하늘에서 무언가 날아오더니 그의 앞에 착지했다. 검은 로브를 입고 있는 여인이었다.

창백한 얼굴이었는데, 인형처럼 아름다웠다.

"루나님큉카큉카 님, 저승에 오신 걸 환영합니다. 저는 저승사자 K24호입니다."

"저, 저승사자요? 역시 이곳은 저승이었군요. 그런데 저 본명이 있는데……."

"그렇습니까? 본명보다 이쪽에 더 많은 것들을 쌓아 올리셨습니다. 루나님큉카큉카로 하시는 편이 조금 더 심사를 받기에 유리할 겁니다."

"그, 그래요?"

루나님큉카큉카는 고개를 끄덕였다.

"자! 갑시다!"

K24호는 나룻배에 있는 노를 들었다. 검은 바다를 살짝 치자 나룻배가 크게 날아오르더니 순식간에 검은 바다의 끝에

이르렀다. 검은 바다 끝에는 하얗게 일렁이는 소용돌이가 있었다. 그 안으로 들어가니 의외의 풍경이 펼쳐졌다.

어느 빌딩 안이었다. 빌딩에 줄이 길게 늘어서 있었고, K24호와 같은 자들이 안내를 하고 있었다.

루나님쿵카쿵카는 잠시 그들의 대화를 들어보았다.

"저, 저는 어떻게 되는 건가요?"

"4층으로 갑니다. 판결을 받아봐야 알겠지만 아마도 마계행일 겁니다."

"네?"

"2건의 살인, 14건의 강간, 23건의 도둑질…… 볼 것도 없지요. 자, 가시지요."

"나, 나는 따, 딴 데로 가겠어!"

저승사자와 대화를 하던 남자가 도망치기 시작했다. 그걸 바라보던 저승사자가 손을 뻗자 손에서 갈색 손톱이 뿜어져 나가더니 남자의 사지를 꿰뚫었다. 엘리베이터로 질질 끌고 갔다. 루나님쿵카쿵카는 침을 꿀꺽 삼키며 K24호를 바라보았다.

"마, 마계는 어떤 곳입니까?"

"지옥이라 보시면 됩니다. 그곳에서 잘게 갈려서 비료로 뿌려질 겁니다."

"허억……."

"루나님쿵카쿵카 님은 걱정하실 필요 없으십니다. 마계로 가시지 않을 테니까요."

K24호의 말에 그는 겨우 안심을 했다. 긴 대기 줄이 있었는

데, K24호는 그를 다른 곳으로 데려갔다. 인적이 아예 없는 곳이었다. 특별전형 엘리베이터라고 적힌 곳에 타니 바로 43층에 이르렀다.

팅!

문이 열리자 눈앞에 색다른 풍경이 펼쳐졌다. 바닥에는 뭉게구름 같은 것들이 가득했고 푸른 하늘이 보였다. 건물 안이라고는 믿기 힘들었다. 커다란 무지개가 있는 곳에 누가 앉아 있었다. 성스럽게 느껴지는 복장을 입고 있는 여인이었다. 딱 봐도 여신으로 보였다.

"저는 여기까지입니다."

K24호가 고개를 숙이며 물러났다. 루나님쿵카쿵카는 침을 꿀꺽 삼키고 여신에게 다가갔다. 여신은 성스러운 빛으로 감싸여 있었다. 빛이 잦아들더니 여신의 얼굴이 드러났다.

"어? 루, 루나 님?"

아무리 봐도 루나였다.

'아…… 내가 가장 좋아하는 형태로 나오는구나!'

그는 그렇게 합리화를 했다. 루나도 당황했지만 티는 내지 않았다.

"루나님쿵카…… 루나님쿵카쿵…… 쿵카 님. 어서 오세요."

"아…… 그……."

루나의 모습으로 닉네임을 들으니 조금 기분이 묘했다.

"어째서 본명을 쓰시지 않은 건가요?"

"네? K24호 님이 그게 더 유리하다고 하셔서……."

"……참 그분도 성격이 나쁘네요."

루나는 깊은 한숨을 내쉬며 고개를 저었다.

이미 서류에 그 이름으로 올라갔으니, 어쩔 수 없었다.

"저는 어떻게 되는 건가요? 처, 천국에 가나요?"

"아쉽지만 천국에 갈 정도로 고결하지는 않습니다."

"그, 그렇군요."

닉네임만 봐도 그랬다.

"루나님쿵카…… 쿵카 님을 이곳에 데려온 이유는 한 가지 제안을 하기 위해섭니다."

"제안이요?"

루나는 아련한 표정이 되었다.

"현재 중간계라 불리는 곳에 루나님쿵카쿵카 님의 힘이 필요합니다."

"네? 서, 설마 마왕 같은 건가요?"

루나는 잠시 눈을 깜빡이다가 헛기침을 하고 고개를 끄덕였다.

"……가, 강력한 몬스터가 있기는 합니다. 크흠, 기억을 보존한 채, 지금과 같은 육체로 시작할 수 있습니다. 이세계에서 제2의 인생을 누릴 수 있습니다! 굉장하지요?"

"그…… 거절하면 어떻게 되는 건가요?"

"루나님쿵카쿵카 님의 상태로는…… 장수풍뎅이 정도로 환생할 것 같네요."

그는 곤충을 싫어했다. 결정은 빠르게 내려졌다.

"제안을 받아들이겠습니다!"

"오케이! 화끈해서 좋군요!"

무심코 그렇게 소리친 루나는 움찔하더니 다시 아련한 표정으로 돌아왔다. 루나가 손을 펼치자 카드들이 공중에 나타났다.

"루나님킁카킁카 님을 위한 특전 보상입니다."

"좋은 능력 같은 건가요?"

"맞습니다. 3장을 뽑으시면 됩니다."

그는 어디서 많이 본 전개라고 생각했다. 치트 능력을 얻고 이세계로 진입한다! 바로 그것이었다!

아마 자신은 용사가 되겠지. 루나님킁카킁카는 벌써부터 사명감에 불타올랐다.

일단 한 장을 뽑았다.

[D+]재능

괜찮은 수준의 재능. 빨리 익히고 빨리 배운다.

첫 번째로 뽑은 카드는 조금 애매하긴 했다.

연이어 두 번째 카드를 뽑았다.

[C]샘솟는 남자의 힘

대단한 정력. 인간의 수준이 아니다.

"……이런 것도 있는 건가요?"

루나는 슬쩍 시선을 피하며 카드를 내밀었다.

그는 다시 카드 한 장을 뽑았다.

휘이이이!

카드에서 금빛이 반짝였다. 분명 범상치 않은 능력일 것이다!

'레어 카드가 분명해!'

그는 그렇게 확신했다.

[A+]인외 마스터

위험한 몬스터, 경계가 심한 이종족이라도 친근감을 느낀다. 모든 인외의 존재와 언어가 통한다.

"응?"

"우. 와. 무려 A+랭크의 능력이군요! A+랭크면 신에 근접한 정도의 능력입니다!"

짝. 짝. 짝.

루나가 박수까지 동원하며 과장된 표정을 지었다. 무척이나 놀랐다는 표정이었지만 그가 느끼기에도 하나도 놀란 것 같지가 않았다. 잠시 정적이 내려앉았다.

"……루나님쿵카쿵카 님. 가, 강력한 몬스터들을 만나 행복한 이세계 생활을 즐겨주세요!"

"네? 방금 뭐라고……."

"당신이야말로 중간계의 희망입니다!"

"아니, 잠깐……!"

"아! 적응하실 수 있게 게임시스템도 넣었어요! 그럼 아디오스!"

루나가 손을 휘젓자 루나님킁카킁카가 밑으로 쑥 꺼졌다. 중간계로 향하게 된 것이다! 빛무리와 함께 어느 깊은 숲속에 도착했다. 루나님킁카킁카는 무언가 사기를 당한 기분이었다.

'……곤충이 되는 것보단 낫겠지.'

애써 그런 생각을 하며 자신을 위로했다. 정보창을 확인해봤다. 뉴월드처럼 정보창이 떴다!

'기왕 이렇게 된 거 마음껏 즐겨주겠어! 역시 이세계의 정석은 하렘이지!'

그렇게 생각했다. 뉴월드를 떠올리며 수련을 해봤더니 기술이 생성되고 레벨이 올랐다. D+랭크의 재능 덕분에 뉴월드보다 훨씬 빨랐다. 육체능력도 가파르게 상승되었다.

'이러다 금방 최강이 되어버리는 거 아냐?'

즐거운 하렘 라이프가 눈앞에 다가온 것 같았다. 어느 정도 강해지자 루나님킁카킁카는 바로 마을로 향했다.

"꺄아악!"

"윽!"

어디서 비명소리가 들렸다. 전투 소리가 들렸다.

'이벤트다!'

그는 그렇게 확신을 하고 소리가 들려온 방향으로 달려갔다. 마차가 거대한 몬스터에게 공격을 당하고 있었다.

'트롤……?'

키가 3미터에 달하는 트롤이 기사로 보이는 이들을 쓸어버리고 있었다. 넘어진 마차 옆에는 아름다운 여인이 눈물을 흘리고 있었다. 딱 봐도 공주처럼 보였다.

'할 수 있을까?'

트롤을 상대하는 건 처음이었다. 하지만 그는 용기를 내어 트롤 앞을 막아섰다. 이것이 정석 하렘 루트였기 때문이다.

"도와드리겠습니다."

공주가 무슨 말을 했지만 말이 통하지 않았다. 그는 아차 싶었지만 이 상황을 타계하는 게 우선이었다. 어설프게 만든 창을 들고 트롤과 대치했다. 트롤은 루나님킁카킁카를 멍하니 바라보았다.

"……잘생겼어."

"뭐?"

"아아, 드디어 만났어."

몬스터와 말이 통했다. A+랭크 인외 마스터 덕분이었다. 트롤은 황홀한 듯 그를 바라보았다. 트롤뿐만이 아니었다. 숲속에서 엄청나게 많은 몬스터와 이종족들이 나타났다.

트롤이 그를 잡더니 어깨 위로 들어 올려 앉혔다.

"집에 가요!"

"자, 잠깐……!"

"앙탈은."

그렇게 트롤과 몬스터 무리가 사라졌다. 에이론 왕국의 공주 나타샤는 멍하니 그 광경을 바라보았다. 그녀는 신성제국의 부름을 받아 성녀가 되기 위해 제국으로 가는 중이었다.

'모, 몬스터와 대화를 했어. 게다가 몬스터가 저렇게 따르다니……'

요즘 몬스터와 이종족 국가에서 이변이 생기고 있었다.

"마, 마왕!"

나타샤는 그렇게 외쳤다. 전설에 따르면 몬스터와 말이 통하는 존재는 마왕뿐이었다. 기사들도 공포에 질린 표정으로 고개를 끄덕였다.

"고, 공주님! 어서 이, 이 사실을 신성제국에게……!"

"마왕이라니……! 인류는 생존할 수 있을 것인가."

기사들이 그렇게 말했다. 나타샤는 결연에 찬 얼굴로 모두를 바라보았다.

"제 사명을 깨달았습니다. 자, 가요. 신성제국으로!"

이미 그녀는 성녀가 되어 있었다. 그리고 루나님쿵카쿵카는 마왕이 되어버렸다.

to be continued

무공을 배우다

목마 퓨전 판타지 장편소설
WISHBOOKS FUSION FANTASY STORY

"무(武)를 아느냐?"

잠결에 들린 처음 듣는 목소리에 눈을 떴을 때,
눈앞에 노인이 앉아 있었다.

"싸움해 본 적 있나?"
"없는데요."

[무공을 배우다.]

20년 동안 무공을 배운 백현,
어비스에 침식된 현대로 귀환하다!

'현실은 고작 5년밖에 지나지 않았다고?'

밥만 먹고 레벨업

박민규 게임 판타지 장편소설

WISHBOOKS GAME FANTASY STORY

바사삭, 치킨, 새벽 1시에 먹는 라면!
그런데 먹기만 해도 생명이 위험하다고?

가상현실게임 아테네.
먹고 싶은 음식을 먹을 수 있는 유일한 방법!

[식신의 진가가 발동됩니다.]
[힘 1, 체력 1을 획득합니다.]

「밥만 먹고 레벨업」

"천년설삼으로 삼계탕 국물 내는 놈이 세상에 어디 있냐!"
"여기."

우진 현대 판타지 장편소설
WISHBOOKS MODERN FANTASY STORY

다시 태어난 베토벤

1827년 한 남자의 죽음으로 고전 시대가 저물었다.

**그러나
그가 지핀 낭만의 불씨가 타오르니
비로소 새로운 시대가 열렸다.**

긴 시간이 흘러 찬란했던 불꽃도 저물어 갈 즈음.
스스로 지핀 불씨를 지키기 위해
불멸의 천재가 다시 태어났다.

〈다시 태어난 베토벤〉

**마치 운명이 문을 두드리듯
힘차게 손을 뻗어 외친다.
"아우아!"**

ish
ooks

만 년 만에 귀환한 플레이어

나비계곡 퓨전 판타지 장편소설
WISHBOOKS FUSION FANTASY STORY

어느 날, 갑작스럽게 떨어진 지옥.
가진 것은 살고 싶다는 갈망과 포식의 권능뿐.

일천의 지옥부터 구천의 지옥까지.
수십만의 악마를 잡아먹고 일곱 대공마저 무릎 꿇렸다.

"어째서 돌아가려 하십니까?"
"김치찌개가… 김치찌개가 먹고 싶다고."

먹을 것도, 즐길 것도 없다.
있는 거라고는 황량한 대지와 끔찍한 악마뿐!

"난 돌아갈 거야."

「만 년 만에 귀환한 플레이어」

崑崙覇仙

곤륜패선

윤신현 신무협 장편소설
WISHBOOKS ORIENTAL FANTASY STORY

선대의 안배로 인해 시공간의 진에 갇힌
곤륜의 도사 벽우진.

"……뭐야? 왜 이렇게 되어 있어?"

겨우겨우 탈출해서 나온 그의 눈에 보이는 것은!

"정말, 정말 멸문했다고? 나의 사문이? 천하의 곤륜파가?"

강자존의 세상, 강호.
무너진 곤륜을 재건하기 위해 패선이 돌아왔다!

곤륜패선(崑崙覇仙)

'이왕 할 거면 과거보다 더 나은 곤륜파를 만들어야지.'

나는 될
놈이다

글쓰는기계 게임 판타지 장편소설
WISHBOOKS GAME FANTASY STORY

판타지 온라인의 투기장.
대장장이로 PVP 랭킹을 휩쓴 남자가 있다?

"아니, 어디서 이런 미친놈이 나타나서……."

랭킹 20위, 일대일 싸움 특화형 도적, 패배!

"항복!"

'바퀴벌레'라고 불릴 정도로
끈질긴 생명력을 가진 성기사조차 패배!

"판타지 온라인 2, 다음 달에 나온다고 했지?"

평범함을 거부하는 남자, 김태현!
그가 써내려가는 신개념 게임 정복기!